牛轉窮苦

2

一曲花絳 著

風 文創 938

風文創 938

目錄

第十一章

眼看就要破曉，天亮就寓意著新的一年到了，一家人新年的第一頓飯要吃紅糖湯圓、喝糖茶，代表新年甜甜蜜蜜。

隨著天邊綻出第一抹朝陽，村裡也響起了此起彼伏的鞭炮聲。

新年到了，小孩子們忙著給長輩們磕頭拜年、說吉祥話，口袋裡收穫滿滿的紅包。

守歲到了天明，無論是大人還是孩子都睏倦得不行。

「走，咱回家睡大覺去！」何慧芳帶著小輩們往家裡走，忍不住又想起昨夜的膈應事。

「么兒被他娘教得沒有一點血性，這樣的人，要是以後真考上功名，做了父母官，那可不能佑一方百姓唷！」

毛毛把手揣在口袋裡。「嬸娘，他考不上的。上次去私塾時，我聽他同窗說了，夫子一上課么兒就睡大覺，書也背不下來。」說著毛毛還有些生氣。「我和澤平哥說好了，以後誰也不搭理他！」

回到家裡，何慧芳燒了一大鍋熱水，大家洗漱一下後，準備上床補眠。

屋子裡，安寧睏倦地把頭上的銅簪子取下來，用木梳順著頭髮。

沈澤秋把外頭的厚棉袍脫下，正彎腰鋪著床。

等安寧走到床邊時，他已經閉著眼睛躺好了，安寧以為他睏了，特意放輕了手腳，正背對沈澤秋放下帳子時，腰就被沈澤秋從後頭摟住了，她猝不及防，縮了縮身子。

沈澤秋把頭靠在她腰側，笑著問：「嚇到了？」

「才沒有。」安寧伸手摸了摸他的臉。「快睡吧。」

沈澤秋望著她的眼睛直搖頭。「待會兒睡，還有事要辦。」

安寧躺下了，面對著沈澤秋，四目相對，十指相扣，輕聲問：「啥事？」接著有些害羞地說：「咱們可一夜沒睡了，你……」

「哈哈哈！」沈澤秋把安寧攬在懷中，笑得有些不正經，另一隻手在枕頭下摩挲，拿出一個大紅包放在安寧掌心。「給妳壓歲。」

「我壓什麼歲？」安寧蹙了蹙眉。「小孩子才壓歲哩！」

沈澤秋在她額上落下一吻，手指撥開額上的碎髮。「妳是我的小孩啊！」

猝不及防的，安寧紅了臉，兩人抱了一會兒後，她想起什麼。「你的錢從哪兒來的？」

「昨夜贏來的。」沈澤秋用手去解自己衣襟上的扣子，邊解邊說：「娘子，借我十個膽子，我也不敢藏私房錢。」

安寧有些不好意思了，眨著水汪汪的眼睛望著他。「其實，你偷偷藏一點點也沒事的——」話還沒說完，沈澤秋已經俯下身來。

「娘子，大年初一做了某事，那就意味著今年每一天，都會做這事……」

安寧伸出拳頭輕捶沈澤秋的肩膀。「沒正經！」

整個冬季，安寧、沈澤秋，還有何慧芳算是忙慘了。

趁著過年休息了一、兩日，安寧又閒不住了，拿了筆墨出來，要畫春裳的花樣子。

何慧芳也是閒不住的性子，張羅著和大房、二房的人一塊兒納鞋底，做枕套、被套，還琢磨著拿些南瓜、絲瓜、辣椒、豌豆的種子去鎮上，種在布坊的院子裡頭。

唐菊萍笑著納鞋底。「我倒忘了講，去年俺家地裡的南瓜，長得又大又好，比往年產量高了不少。慧芳啊，妳從哪裡要來的種子？」

「喲……就妳給我的那個啊！」何慧芳想了想，若說有什麼不同，那大概是安寧親手種下的。想一想確實哩，安寧照顧的那根快枯死的絲瓜苗，後來也起死回生，結了好多的大絲瓜呢！這閨女，還真是天生的有福運。

至於沈澤秋則坐在院子裡，用一根木棍在地上寫字，毛毛蹲在旁邊，手裡也拿著一根小棍照著寫，大黃搖著尾巴在旁邊看。

「寫仔細，待會兒你安寧嫂子要檢查咱倆的功課。要是寫壞了，今晚不准吃肉。」

毛毛一筆一劃寫得格外認真。「哥，我一定寫好。」

暖暖的冬陽打在他倆的身上，安寧畫累了，揉著手腕看過去，唇邊帶著一抹笑。

「安寧她二叔、二嬸來了啊？真少見呢！這外頭吹了啥風，竟把你們這樣的貴客吹上了門？」何慧芳微揚了揚下巴，面上露出幾抹笑來。

上次何慧芳撒開了罵人的模樣，安二叔還記憶猶新呢，因此呵呵笑了幾聲，沒吭氣。王婆只好硬著頭皮寒暄。「哪裡，一家人嘛，勤走動那是應該的！」

何慧芳皮笑肉不笑地勾了勾唇，覺得情況有些不大對勁。這個王婆從見第一面開始，她就瞧了出來，不僅不是個省油的燈，還是個眼高於頂的人，平白無故的，才不會一大家子人來鄉下走親戚呢！

「我去端些點心來。」何慧芳進了屋，順便小聲地把安寧也喊了進去。「安寧，和娘說實話，妳對妳二叔和二嬸，心裡親近嗎？」何慧芳抓著安寧的手，認真地問道。

安寧靠著門板，輕輕地搖了搖頭。從被捧在手心到家道中落，她早看清楚他們的為人，哪還有半分值得親近的？

「唉，我原本還想著他們是妳唯一的娘家親人，在面上總要過得去……」她一咬牙，有些後悔。「行，我心裡有底了！」

年前家裡備了好些糖餅、麻花、炸米皮，還有炒花生和紅棗桂圓等零嘴，何慧芳去拿來一個小竹篩，裝了滿滿一堆，往桌面上一放，招呼安家一雙兒女過來吃。

毛毛還蹲在地上寫字，安二叔伸長脖子望過去。「小孩兒，字寫得挺工整的，你幾歲開蒙的？」

「什麼叫開蒙？」毛毛疑惑地抬起臉。

「就是你幾歲開始讀書習字？」安二叔說道。

毛毛明白了，回答道：「我前幾天才開蒙。」

「喔？你的字寫得好，一點都不像才開蒙的……」

這頭，王婆搓了搓手，臉上陪著笑。「親家母這身衣裳挺好看的。」

何慧芳撣了撣自己的袖子，那是當然，這款式和料子都是安寧挑的，哪還會有錯？

「安寧選的。」她驕傲地回答道。

「喲，得花不少銀子吧？」王婆瞪大雙眼。

呵！何慧芳在心裡嗤笑一聲，瞧瞧，狐狸尾巴露出來了，才坐下沒一刻鐘，就忙著探自家底細。「不用花錢。」何慧芳笑得燦爛。「我家布坊自己裁的。」

啥？王婆一怔，她沒聽錯吧？沈家啥時開布坊了？不行，她要探聽清楚，如果是安寧給的本錢，這無論如何自家也該有分的，安寧可是在自家白吃白住了半年呢！

王婆急忙追問一句。「你們開布坊了？喲，這樣的好事情，我一點都不知道呢！」

何慧芳蹺起腿，一邊嗑著瓜子，一邊笑了笑。「喔，你們不曉得啊？就開在花街布行，從前叫做錢氏布坊，那錢掌櫃去做大生意了，就把鋪子租賃給我們。」

「呀！」王婆更是驚訝得合不攏嘴，心裡直驚嘆。「這得花不少本錢吧？」

何慧芳是一點都不藏著掖著的，砸吧砸吧嘴，又喝了口甜茶。「是呢！」她面上平靜無波，實際上在心裡早不知道把王婆給罵了多少遍，這就開始摸他們家的底了？也不看看自己是誰！

果然，王婆是給點顏色就開染坊，一整個順杆爬的人，見何慧芳有問有答，又追問了一句。「親家母，你們家原來還藏著這麼多私房錢呀？安寧嫁過來時……哎喲，不說了、不說了，大過年的！」

何慧芳的眼睛直直地看過去，把瓜子殼往地上吐。「她二嬸，有話妳直說。」

王婆挺了挺肩背，把腰杆子挺得筆直。「那我可照實說了！安寧出嫁的時候，你們家什麼情況，我們都是看在眼裡的。我們可是啥都沒要，就體諒著你們困難，左右以後成了姻親，就是一家人了，這有了難處，也是要互相幫一把的。」

何慧芳瞪大眼睛，她真想看看王婆的心究竟是黑還是白？當初安寧到底為啥嫁到沈家、安家為什麼不要彩禮，這些是一早明碼標價講好的，從一開始就沒啥情分可言，還一家人互相照應？啊呸！她在心裡狠狠鄙夷著王婆，按捺下脾氣沒有發作，從鼻腔裡發出一聲淡淡的輕「嗯」，就想看王婆還有什麼渾話好說？

「……」見何慧芳冷冷的不說話，王婆倒有些局促，沒話了。她搓了搓手，轉臉往蹲在地上的毛毛那邊看去。安二叔這人，是個童生，又好讀書唸詩，見毛毛字寫得工整，看他的眼神又充滿了崇拜，現正唸詩給毛毛聽呢！

「鋤禾日當午，汗滴禾下土……這叫做五言絕句，詩的意思是，農民在烈日下除草鬆土，汗水不斷滴落在長有禾苗的土地上……」

毛毛的眼睛一眨也不眨地看著安二叔，聽得幾乎入了迷。

王婆輕嘆了聲。「過了年，我家子昂就要去縣裡的書院讀書了，哎，這些年別看我家表面風光，其實日子也過得緊巴巴。」

何慧芳低頭又喝了口茶，回的還是那不冷不熱的一聲「嗯」。

明白了，這是鄉下人來了城裡的窮親戚，找她打秋風呢！王婆怕不是瘋了吧？何慧芳撇了撇嘴。

不過，何慧芳還是低估了王婆的臉皮，在王婆心裡，她只是在要回自己該有的那份。

「到時候子昂去讀書，就靠他安寧姊幫襯一把了！」王婆扯起嘴角，露出一個乾澀的微笑。

「蛤？這話怎說的？」何慧芳換了個姿勢。「俺家現在處處開銷也大，可沒這個心力喲！」

王婆臉色一白，沒料想到何慧芳竟拒絕得這麼乾脆，心裡登時極不是滋味。她打心眼裡還是瞧不上何慧芳，認為何慧芳就是個沒見識的鄉巴佬，臉上硬擠出來的笑也不裝了，當場垮下臉。「安寧是他堂姊，姊姊幫弟弟，那不是天經地義嘛！」

聞言，一直安靜地坐在一邊的安寧開口了。「二嬸，沒這個道理。子昂是你們的孩子，和我這個做堂姊的有什麼關係？」

王婆一聽就炸了，伸出手指著安寧。「喲，安寧，妳可不能不講良心——」

「王婆！妳幹啥?!」何慧芳爆氣了，王婆陰陽怪氣地和她說話就算了，憑什麼對安寧撂臉子？現在安寧是她的兒媳婦、沈澤秋的老婆，她王婆算哪根蔥？竟然敢到她家裡罵她家的人！

王婆還真是欺負安寧欺負慣了，才會一時沒多想。她把手指縮回來，訕訕地扯了扯衣裳下襬，眼神陰沈沈的。行，話說到這個分上，看來直接借錢、要錢是沒指望了。她往旁邊走了幾步，拍了拍還在和毛毛唸詩的安二叔。「你這個做二叔的倒是說句話啊！」

「……妳說就行了。」安二叔一甩袖子，縮在一邊不出頭。一到關鍵時刻，他就爛泥扶不上牆。

王婆不管他了，雙手抱著臂。「好，那我就把話說開了！安寧，妳爹是不是還留了東西？」

安寧驚呆了，還是沈澤秋從身後扶住了她的肩，她才勉強站穩。

「沒有，什麼都沒留下。」安寧氣得胸口一起一伏。「我到桃花鎮上時，除了幾套換洗衣裳，身無分文。」

何慧芳也驚呆了，原來他們今天來是打著這個荒唐主意！

「我看你們是想錢想瘋了！我家開布坊、我們穿新衣，那都是辛辛苦苦賺來的！」

王婆呵呵冷笑。「妳敢對天發誓，不是安寧帶了私房錢來貼你們家？」

「我當然敢！」何慧芳插著腰，氣勢洶洶的。「但你們不配！」一開始，她以為他們來是借點錢、打打秋風，萬沒想到竟這麼死不要臉！退一萬步說，就算安寧手頭上有她爹留下的私產好了，安二叔一家又憑什麼開這個口？何慧芳把他們帶來的一包蘋果、一袋糕點，還有酒水一件件往院外丟。「行了，大過年的我不想弄得太難看！我家廟小，容不了你們這尊大佛！走啊，出去，非要我拿著掃把往外轟人嗎？」何慧芳的潑辣勁出來了，擼了把袖子，真往院角走去，手裡拿著掃落葉的那種竹掃把。「做長輩的和叫花子一樣，死盯著姪女的錢袋子，也不知道臉紅！樹活一張皮，人活一張臉，妳這樣沒臉沒皮的，實在少見，我開了眼了！想要錢，自己掙去！」

民以食為天，吃一頓好的，便什麼壞心情都能被吹散了。

何慧芳帶著毛毛去灶房裡起鍋燒熱水，割下一截臘香腸還有一塊燻得焦黃直滴油的臘肉，泡在熱水中洗了洗，洗去上頭的焦灰，然後把臘腸切成薄片，和米飯一塊兒蒸。

「澤秋，把這幾個萵筍剝了皮，待會兒拿來和臘肉炒著吃。」何慧芳丟給沈澤秋幾個綠油油的萵筍。

安寧搬著一張凳子，坐在旁邊剝蒜、摘小蔥，沈澤秋時不時說幾句話逗她笑，沒過一會兒，早前那點陰霾終於煙消雲散。

灶房裡頭，油鍋已經熱好，發出滋滋的響聲，切好的蔥薑蒜末一丟進去，唰的一聲響，用鍋鏟翻動著煸出了誘人的香味，何慧芳才把切成薄片、如蜂蜜般色澤棕黃的臘肉，以及如翡翠般青綠、紅如瓜瓤的兩種乾辣椒一一放入油鍋中爆香，最後澆上一些白糖，放一點黃酒燜入味，一道臘肉炒鮮蒿筍就做好了。

光吃這些自然會生膩，便又洗了半顆脆生生的白菜，細細的切成絲，瀝乾水分後下到熱油鍋中爆炒去生，點幾滴醬油、香油提味，最後再撒上幾顆紅辣椒絲，又爽口、又好看。

「開飯咯！」何慧芳捧著早熬好還沒吃完的冬瓜肉丸湯出來了，張羅著叫沈澤秋把飯桌搬出來。幾個菜陸續上桌，有肉有菜，配的還是大米飯，何慧芳心裡又踏實、又舒心。管啥貓啊狗兒的瞎叫喚，還是自家人一起過得舒心最要緊！過年前沈有福家自己釀了甜酒，給了何慧芳一大碗，現就扣在碗櫃裡，何慧芳去取了來。「今晚咱喝這個，酒不烈，毛毛也能喝。」

今天已經是大年初五了，鋪子裡還攢著些元宵前交貨的單子，到時候元宵燈會，很多年輕男女等著穿新衣呢，因此安寧嚥下酒問：「咱們哪天開業啊？」

何慧芳去把黃曆拿來，讓沈澤秋和安寧翻了翻。

「娘，正月初八是好日子，宜開市，咱們就初八開業吧？」沈澤秋說道。

「喲，那初七就要上去哩，也就是後天了。」何慧芳心裡有些捨不得這方住久了的院子，但一想到鎮上的生意，和嘩嘩往裡進的銀錢，眉眼就又笑開了。「成，就那天了！」

吃完了飯，天色才綿綿黑，毛毛和村裡的幾個小孩出去放鞭炮玩，么兒見了，悄悄溜出來，想跟在他們背後一起玩。

禾寶也剛吃完飯，從家裡溜達出來，眼尖看見么兒跟在後頭，立刻大聲地罵道：「回去背你的詩、寫你的字去，我們不愛和你玩！」

「就是，他最愛告狀了！」

「么兒你愛耍賴，你走開！」

小孩子的愛恨很簡單，雖然禾寶和毛毛不對盤，但現在顯然是站在同一戰線上。

么兒瞪著眼睛，可憐兮兮地說：「毛毛哥，我以後不告狀了。」

毛毛淡淡地看了么兒一眼，上回在私塾裡，么兒求他玩鬥雞遊戲，結果么兒輸了咬人；大年夜好心把么兒從水溝裡拉上來，又倒打一耙說他是故意的。毛毛已經吃了兩回虧，所以這次無論么兒怎麼裝可憐，他都不會再心軟了。

「隨便你告不告狀，但我不會再帶你玩了。」毛毛說完，帶著一堆男孩蹦蹦跳跳的跑遠了，商量著要一塊兒做陷阱去逮麻雀。

初七很快就到了，早上沈澤秋特意去了渡口一趟，尋了輛馬車來接人，何慧芳把家裡沒吃完的臘肉、糍粑裝好，要帶到鎮上去，還把新做的鞋墊、被套也收好了裝上車，更沒忘記她找的各種瓜果的種子，還有用習慣的鋤頭、鏟子。

車廂都快被她給塞滿了，他們回到鎮上後，毛毛就要繼續和沈家大房吃飯，但何慧芳還是給毛毛留了兩塊肉和腸，告訴他嘴饞的時候自己熬來吃。

「嬸娘，幫我把這個帶給妮妮吧。」毛毛從懷裡掏出一個兔子形狀的小木雕，這是他自己用小刀做的，兔子耳朵長又尖，臉圓嘟嘟，有幾分憨態可掬。

「行。」何慧芳收下了，摸了摸毛毛的頭。

馬車一路飛馳，往桃花鎮上奔去。

過了新年，路邊樹梢上已經抽出了點點新芽，雜草地上也氤氳出一叢叢綠色，春意盎然。帶著春意的風潤潤的，吹拂在臉龐上少了刺骨凜冽，多了柔情。

沒過一會兒，馬車就穿過一條條街，駛入花街，停到了布坊門口。

十多天沒有人清掃，門口已經積了許多枯葉。

街面上的人還不多，還沒有什麼鋪子開門。

沈澤秋付了車錢，安寧用鑰匙把門打開了，三人一塊兒把車廂裡的東西搬下來，堆在鋪子裡的空地上。

略微收拾一會兒，就到了半下午，三人都累了，躺下歇了會兒養養精神。過了今夜，從明天開始又有得忙了。

新年第一次動火，何慧芳還點了炷香，弄了些糖餅、瓜果，拜了拜灶王爺。

這頓飯吃得較簡單，何慧芳做了一大鍋麵條，用從家中帶來的酸菜炒了半根臘腸，一家人坐在灶房裡頭暖呼呼的吃下肚。

沈澤秋想了想，說過了元宵想去更遠些的青州城瞧瞧，看能不能找到便宜些的貨源。

「行，澤秋哥你說的對呢。」安寧點了頭。

何慧芳把碗筷收好了，說道：「我得去包幾個紅包，裡面塞二十六枚銅錢，給慶嫂她們意思意思，圖個吉利。」說完去把她藏錢的陶罐子抱了過來。

三人一塊兒包紅包時，忽然聽見隔壁傳來了唱小曲兒的聲音。

何慧芳側耳聽了聽。「喲，隔壁姓宋的這麼早就回來了？」

其實不然，安寧、何慧芳他們哪裡知道，宋掌櫃不是回來得早，而是壓根兒就沒回去過年！

除夕前兩日，他去濱沅鎮雲嫂的娘家找過一回，誰知雲嫂不僅不願跟他回來，還讓宋掌櫃在岳父母面前丟了臉。宋掌櫃失了面子，心中又恨又氣，乾脆自己的老家也不回了，託人捎了個信，說今年不回去，然後樂顛顛地把家裡幾件稍值點錢的東西拿去當鋪換了錢，他一個人還樂得自在呢！

就算是過年，鎮上的宜春樓也是從不歇業的，有人闔家團圓，享受天倫之樂，也有人燈紅酒綠、紙醉金迷。這不，紅蓮雖然已經是半老徐娘，可還是進了宋家布坊的內院。

「常言道，衣不如新，人不如故，還是妳最懂我。」宋掌櫃舉起酒杯啜了口，深深地喟嘆一聲。要不是雲嫂一哭二鬧三上吊，當年他或許早就為紅蓮贖了身，可惜呀！

紅蓮穿著一身水紅色的襖裙，描眉點唇，眉間暗藏風情，垂眸低聲道：「尊夫人性子急躁了些，但都是為了郎君您著想，有男兒的風骨呢！不像紅蓮，什麼都不懂，只會唱曲兒、彈琵琶。」

宋掌櫃笑得有些發苦。「做妻子的，就該溫柔些，男兒風骨有什麼用？不就是母老虎？」

「郎君別這樣講，尊夫人聽見會生氣的。這樣吧，紅蓮給您唱一支曲聽一聽，可好？」紅蓮微笑著給宋掌櫃斟酒。

「好，不聊掃興事了！妳唱哪一支？」宋掌櫃問道。

紅蓮羞澀一笑。「你我初見那日，我所唱的那支。」說完後奏起一串音律，抱著琵琶輕柔開嗓唱道：「春江潮水連海平，海上明月共潮生……」

第二日一大早，沈澤秋點了一掛長鞭炮，伴隨著噼哩啪啦的炮竹聲，布坊開業了。

每年的元宵節晚上，鎮上都會舉行花燈集會，當晚各色花燈光芒璀璨，年輕的男女會乘機出來幽會，夫妻則會攜兒女一塊兒出來觀燈，就連古稀老人，也會出來湊一湊熱鬧。

對於尚未婚配的年輕男女們來說，不失為一個互訴衷腸的好機會。本朝民風近年來越發開放，已經有不少人家默許兒女們先有情，後訂婚約。

鋪門開沒多久，便有客人登門，皆是年輕男女，要為元宵燈會裁新衣。他們倒不在意價格，更看重款式和花色，年前沈澤秋進回來的好料子，很快便又訂出去幾套。

安寧忙著裁剪，然後把活兒分給慶嫂她們做。

慶嫂她們頭回收到開年紅包，雖然錢不多，也是一番心意，臉上笑呵呵的，心裡頭也暖呼呼的，這說明安寧他們有心啊！

「家裡自己做的糍粑，拿幾個回去嚐嚐！」何慧芳又包了幾個糯米糍粑，非要慶嫂拿著。「咱們還客氣啥？」

慶嫂笑呵呵地收下了。她和何慧芳投緣，每次來店裡拿貨、交貨，都會聊上幾句。「街面上好幾家鋪子也進了綢緞呢，我瞅那款式，也和你們家做的差不多。」慶嫂把裁好的料子包起來。「怕是有人故意模仿你們喔！眼下整條街，就數你們家生意好，同行是冤家，你們注意著些，就怕有人眼紅盯上你們。」

面對慶嫂的好意提點，安寧聽在耳、記在心。有人跟風進貨，模仿自家的衣裳款式，這是禁不掉的，只要自家內部不出問題便好了。

正所謂怕啥來啥，一直幫自家做活的一位叫春秀的娘子，沒能準時交上貨。

安寧初八下午給的活兒，說好了初十中午過來交貨，可左等右等，到了晚上關鋪門也沒見著人影兒。

這些女工們都住在街上，彼此熟悉，安寧倒不怕找不著人。

等到十一日中午，春秀還不來，安寧便與何慧芳一塊兒直接找到家裡去了。

「春秀！春秀——」

春秀一家子與兩戶人家合住一間院子，安寧和何慧芳站在院子裡喚了好幾聲，緊閉的房門才開了一條縫。

一個四、五歲的女童探出半張臉，奶聲奶氣地問：「妳們找我娘嗎？」

安寧對小丫頭溫柔地笑了笑，對她招手，柔聲說：「我們找春秀，妳娘叫春秀嗎？」

小丫頭眨著懵懂的眼睛點點頭，把門拉開。「是的。」然後仰頭看看安寧，又看看何慧芳，好像在判斷她們是不是好人？看了一陣子才問：「妳們找我娘幹啥？」

「妳娘接了我家店裡的活計，誤了交貨時間，我們來問問。」安寧說。

小丫頭「喔」了聲，吸了吸鼻子，眼圈肉眼可見的紅了。「我娘生病了。」然後轉身往屋子裡走去，邁著小短腿把她們帶到了臥房裡。

屋子裡光線不好，黑漆漆的，一道虛弱的女聲傳來。「咳咳……誰呀？」

何慧芳本來嘔了一肚子火，誤工期的事不是沒發生過，但女工們都會及時來打招呼，或者乾脆彼此間幫幫忙，像這樣誤了工還一聲不吭的，是頭回撞見，可一見裡頭是這等場景，她火氣就消了一半。

「我，沈家布坊的掌櫃娘子。」安寧邊說邊走到床邊。

春秀躺在床上，被子蓋得密密實實，掙扎著要起身。「哎喲，我病糊塗了，誤了工，實在對不起！」說完重重嘆息一聲。「孩子她爹這幾天也不在家，我病得起不了床，這……這可怎麼辦？」

何慧芳是刀子嘴、豆腐心，不忍對一個病人甩臉，便把放在床邊完全沒動的料子包了起來。「那妳好好養病吧！」

做這套衣裳的客人說好十二日早上要來取，為防萬一，安寧也不敢把衣裳交給別人做了，直接把慧嬸子叫到店裡來，加上何慧芳，三人一塊兒分工合作，趕工！

一邊做，何慧芳一邊把春秀的事情說了，心裡為了耽誤工期著急生氣，也為春秀感到可憐。

但慧嬸子越聽，眉蹙得越深，這不大對勁啊！「妳說的那個春秀，我昨天才去了他們院，她男人是碼頭的搬運工，昨兒就在家裡呀，我還瞅見了呢！」慧嬸子有些納悶。

何慧芳正用針給衣裳鎖邊呢，聞言心裡也犯起了嘀咕。剛才在春秀病床前沒空多想，現在一琢磨，才感到有點蹊蹺。如果春秀真的病得迷糊了，那她這兩日和娃兒倆吃啥喝啥？況且慧嬸子方才說昨天才看見了她男人，那便說明今早春秀撒了謊。

點點滴滴，都有理不順的地方。

「慧嬸子，麻煩妳幫我暗中打聽打聽，春秀到底病了沒？」何慧芳壓低了嗓音。「順便再探聽探聽，她和別的掌櫃有來往不？妳和街坊們熟，好打聽，我不行。」說完了，何慧芳把手掌貼在嘴邊，添補一句。「不叫妳白出力氣，算一套女衫的工錢好啦！」

「哎喲，我們之間哪用這麼客氣？」慧嬸子搖了搖頭。「不用、不用！」

何慧芳拍了拍慧嬸子的手。「就衝著咱們關係好，我就不能虧待妳！妳也知道，我家是新搬來的，路難行，全靠妳們幫襯呢！

「對了，這事妳知我知就好，可別往外透出風去。」

慧嬸子忙不迭地點頭，眼睛瞪得圓圓的。「那自然了，這點子機靈我有，妳放心。」

三人緊趕慢趕的，終於在夜晚把衣裳做了出來。天早已經黑透了，飄飄灑灑落了幾滴細雨。

沈澤秋去後院煮了一鍋麵條，麵碗裡加了小青菜、碧蔥，還有幾片臘肉，在雨夜裡飄散著濃濃的香味。「慧嬸子，留下吃碗麵吧！」

慧嬸子的肚子早就餓了，也沒過多推辭，和他們一塊兒把麵吃完後，她擦了擦嘴，有些感慨地說：「沒想到沈掌櫃還會下廚呢！」一邊說邊起身準備回家了。

「喲，這有啥？澤秋好小的時候就會做飯、洗衣了。」何慧芳笑著說道。

沈澤秋提著燈籠，把慧嬸子送出門一截，半路遇見了她兒子來接人，於是把慧嬸子交給她兒子後，才放心地提著燈往回走。

此刻已經很晚了，離宵禁只有一個時辰，街上幾乎沒了行人。一場春雨霏霏，把這幾日回暖的天氣又給澆了下去，風雨寒刺骨，春寒料峭。

沈澤秋快步往家去。

突然，一輛馬車快速從背後駛來，風吹起了車簾，剛好透出車裡人的一句話——

「快！船就在清水口等著了！」

沈澤秋蹙眉望著遠去的馬車，恍然覺得這聲音十分的耳熟。他一邊低頭琢磨，一邊繼續走著，後來終於靈光一閃，想了起來，那不正是吳掌櫃的聲音嗎？

夜晚睡覺的時候，安寧一般睡在裡側，沈澤秋靠在外面。如果安寧想要起夜，必須跨過沈澤秋才行。

今夜又降了溫，沈澤秋怕安寧畏寒，將她整個人圈在懷裡，沒睡一會兒，安寧睜開了眼睛，輕手輕腳地翻騰了身子，怎麼也睡不著。

沈澤秋就像何慧芳說的那樣，睡著了後哪怕打雷下雨都不會醒。安寧伸出手摸了摸他的臉，見他沒醒的跡象，輕輕掀開被角，從溫暖的被窩中爬了起來，抱著身子縮了縮，然後輕輕地從沈澤秋腿上跨了過去。剛坐在床沿穿好鞋，披上外衫，起身摸黑往門邊走去，手腕便被睡得迷糊的沈澤秋攥住了。

他的聲音裡還帶著濃濃的睡意，皺眉睜開一條眼縫，邊掀開被子坐起身，邊打著呵欠說：「點上燈再去，黑燈瞎火的容易磕著碰著。」

嚓的一聲細響，沈澤秋點燃火，把煤油燈點亮了，眼睛睏得有些睜不開，仍迷迷糊糊地拉著安寧的手。「我陪妳去。」

安寧扯了下他的衣角。「我不是內急，我餓了……」

「不是睡覺前才吃過麵嗎？」沈澤秋打了個呵欠，拍了拍她的腰。「我去灶房給妳找吃的。」

「好。」安寧笑了。

沈澤秋提著燈，翻找了一會兒，找來一捧花生、幾塊糖餅，還有些油炸糯米丁。

安寧倒了兩碗溫水，兩個人坐在桌旁吃了個乾淨。

他輕捏了捏安寧的臉。「最近越來越能吃了。」

安寧嗔怪地看了他一眼。「心疼了？」

沈澤秋笑著幫她攏了攏衣裳。「當然心疼了，心疼妳。」

沒過兩日，慧嬸子就把春秀的底摸了個透。正月十四傍晚，她來交貨，安寧把錢算給她後，慧嬸子特意壓低聲音對何慧芳說：「何姊，妳叫我打聽的事，我都打聽到了！嘖嘖，盤正條順的一個女子，怎能做出這樣的混帳事！」

何慧芳忙把手上掃灰塵的刷子放下，在衣襟上擦了擦手，拉著慧嬸子往角落走。「妳打聽到啥了？」

慧嬸子撇了撇嘴。「春秀哪裡生了病？那都是裝的！那日妳們前腳剛走，她後腳就爬了起來，帶著她女兒出門玩耍去了！什麼病得起不了床、男人也不在家，都是賣慘裝傻，蒙妳們的呢！」

何慧芳心裡一驚，雖然早有預感，可事實擺在眼前時，她還是覺得荒唐無比。

安寧聽見了她們說的話，訝異地追問一句。「她這樣做是為了啥？難道背後有人指使？」

「安寧，妳可說到重點了咯！」慧嬸子往外瞄了幾眼，確定外面沒有相干的人後，才壓低嗓子說：「聽她同院的鄰居講，春秀和街口的胡掌櫃熟悉得很呢，她以前是幫胡掌櫃做事的，年前你們家不是漲了工錢嘛，她才轉而幫你們做事。聽說就為了這個，胡家掌櫃娘子記了她的仇，春秀想回去做工，那掌櫃娘子還不讓了呢！」

安寧眉頭緊鎖，這麼說來，這次誤工是春秀自己演的戲，目的就是為了哄胡家掌櫃高興？

現在幫她家裡做活的女工一共有五位，都是和慶嫂、慧嬸子交好的，人品可靠，手藝也不錯，剩下幾個就像春秀這樣，是新找的，偶爾接一、兩套衣裳做。這回只有春秀一人耍花招還能應對，要是同時有好幾位都撂挑子，那這生意便不用做了。

「娘、澤秋哥，咱家生意越來越好，這找女工的事，是該好好想想了。」

沈澤秋重重地點了點頭，接著說道：「街口那位胡掌櫃不知道是個什麼樣的人？」

「呸，管他啥人？春秀的事不能這麼了了，我非要叫她吃個教訓！」何慧芳覺得自己一把年紀了，竟然被一個年輕婦人給耍得團團轉，登時氣得不行，不反將對方一軍，她嚥不下這口氣！

安寧趕緊給何慧芳倒了杯溫茶。「娘，喝口茶消消火氣，別氣壞了自己。」

「我曉得。」何慧芳喝著茶說道。

眼看天色漸黑，路上行人越加稀少，不會再有客人登門，沈澤秋和安寧便收拾著東西，準備關門了，何慧芳則去後院做飯吃。

這時候，隔壁院牆又傳出了隱隱約約的歌聲，時不時還夾雜一、兩聲歡笑。

那紅蓮今年三十有二，已經過了女子容顏鼎盛的年歲，身邊更沒攢下什麼錢，一想到今後容顏凋零，又沒有其他的謀生路，已經鬱悶了好一陣子。

可天無絕人之路，又叫她遇到了年輕時的恩客，紅蓮暗自在心裡發誓，這回無論如何不能叫宋掌櫃跑了。

雲嫂越是脾氣大、愛說教，紅蓮就越展示自己溫柔如水的一面，每日千依百順，把宋掌櫃哄得以為自己是活神仙。

這不，天才剛黑，從鳳仙樓叫的一桌菜就準時送到了，紅蓮接過食盒，一碟碟擺好在桌上，又燙了一壺酒給宋掌櫃滿上，自己抱著琵琶彈唱，給宋掌櫃助興。

「……一曲淡幽情，再彈濃春宵……」

宋掌櫃一邊喝酒、吃菜，一邊用手打著拍子，搖頭晃腦的聽了一會兒，心思漸漸飄了。賢妻美妾，是多少男子都想作的美夢，眼下賢妻已成泡影，但美妾嘛，倒不是不行。

「紅蓮啊，這些年妳受苦了，我真想把妳抬進家門，從此做一對鴛鴦，日日在一起，那該多好。」

紅蓮一雙水波粼粼的眼睛一眨也不眨地望著宋掌櫃，搖了搖頭。「紅蓮不敢多想，只要能讓郎君開心片刻，就是奴家的福分了。」說完落下幾滴淚。「以紅蓮這樣的身分，怎麼能配得上郎君？再說，夫人肯定也不准的，奴家不想讓郎君為難……」

美人的一番哭訴，更叫宋掌櫃的心狠狠一顫，越加對她產生了憐惜之情。

一牆之隔外，何慧芳洗乾淨鍋，鍋底放上水，準備熱饅頭，一邊忙和一邊嘀咕。「姓宋的這是犯了病還是中了蠱啊？一天天的這麼荒唐！哎喲，當初裝神弄鬼的上進心哪裡去了？」

沈澤秋剛好走進來，聞言笑出了聲。「娘，裝鬼嚇人也叫有上進心？」

何慧芳望了沈澤秋一眼。「怎麼不是？只不過是用錯了地方，聰明反被聰明誤……」

就在此刻，雲嫂帶著兩個孩子下了船，雇了個船工幫忙拿東西，正慢慢地往自家布坊走去。

明日就是元宵節，雲嫂在娘家等了半個正月，都沒盼見宋掌櫃的人影，一開始氣，後來怒，最後被磨得沒了脾氣，只好自己帶著行李和孩子回到桃花鎮。

布坊總是要開下去的，至於宋掌櫃，她會好好收拾的！

「喲，這不是宋家掌櫃娘子嗎？」有相熟的人打了聲招呼。

雲嫂點了點頭。「是啊，就快出元宵了，該開業了。」

那人面色一怔，露出意味深長的眼神，「喔」了兩聲，笑笑不再說話。

何慧芳已把饅頭熱上了鍋，出來和沈澤秋、安寧一塊兒關鋪門，耳朵靈聽見了雲嫂和人寒暄的聲音，疾走兩步，探出頭往外看，忍不住道了句。「我的娘喲！」

正巧這時候慶嫂也疾步匆匆地從家中趕來，嘴裡邊說道：「哎呀，瞧我的記性，忘記拿包邊的料子了，做到一半才發現——」

「慶嫂，妳看。」何慧芳用手肘輕碰了碰慶嫂，示意她往前看。

只見街上走來幾個人，慶嫂定睛一瞧。「喔喲，是雲嫂回來了！」

這下可有好戲瞧了！宋掌櫃包了個妓子藏在家裡頭，已經是個半公開的秘密了，恐怕就只有雲嫂還被蒙在鼓裡。

砰砰砰！雲嫂拍響了大門，她沒吭聲，心裡憋著的火氣在此刻不斷蒸騰而上，一想到姓宋的這個烏龜王八蛋真讓他們娘幾個在外家過年，她就氣得慌。

等了好一會兒，門還緊閉著不開，雲嫂心裡的氣慪得更加旺，又狠狠拍了幾下，然後對身邊兩個孩子說：「待會兒你們爹出來了，不准喊他！這個死沒良心的，他不要我們了……」

夜深人靜，街面上的一丁點動靜都會被無限放大。雲嫂還沒把自家門給敲開，倒是敲醒了附近人家的耳朵，不少人或推開窗、或推開門，暗暗地往宋家布坊門前探望。

宋掌櫃早就喝得迷糊了，手一揮，叫紅蓮去開門。

紅蓮舉著燈，提著裙襬，款款往樓下走，聲音嬌滴滴的能出水，一邊答道：「來了，莫急嘛！」一邊拔下門栓，拉開了門。

一陣風吹過，把雲嫂從裡到外澆了個透心涼，門拉開了，她一張臉也已經氣成了白紙一般。紅蓮她認識，如今再見到，簡直恨不得撲上去撕花這個狐狸精的臉！

「哎喲，怕不是要打起來？」慶嫂和何慧芳站在鋪子門前，嘀咕了一句。

何慧芳嘖嘖搖頭，倒有些可憐那兩個無措站著的孩子。

「姓宋的呢？」雲嫂狠狠剜了紅蓮一眼。

紅蓮往前走了半步，擋在雲嫂身前。「郎君……喔不，宋掌櫃就在上面，奴家幫夫人喚他下來。」

「攔什麼？妳給我讓開！」雲嫂更氣了，這紅蓮倒比自己更像這個家的主人，憑什麼？她也配！說完了火氣上湧，隨手推搡了紅蓮一把。

勁兒沒使多大，但紅蓮一個踉蹌沒站穩，整個人摔倒在地上。

宋掌櫃感覺到不對勁，走了出來，看見的正是紅蓮可憐兮兮趴在地上，而雲嫂活像隻母老虎，正狠狠地瞪著自己的場面。他心裡「咯噔」一下，暗道不妙！

「夫人，妳回來了？太好了！」宋掌櫃疾步往前，展開手去接雲嫂手裡的東西，佯裝無事發生，接著對地上趴著的紅蓮拚命使眼色，暗示她趕緊走。

紅蓮怎麼肯？她捂著腳踝，哎喲哎喲地痛呼著。

雲嫂氣得大腦一片空白，尤其這個紅蓮年輕時就迷過宋掌櫃一次，這回又是她，還被接到了家中，那不是說明這麼多年來，這兩人一直沒斷過嗎？

她鬆開手上的東西，抬起手臂，狠狠給了宋掌櫃一耳光。「我跟你拚了！你這個負心漢、沒良心！我當年怎麼會看上你這種畜生……」

緊接著，屋子裡乒乒乓乓的，傳來摔打和叫罵的聲音。

慶嫂拿了忘記帶走的包邊後，和何慧芳嘀嘀咕咕半晌，眼看時間不早了，急匆匆的準備往家裡趕，臨走時提醒道：「何姊，他們夫妻吵架，妳可千萬別上去勸啊，到時候吃力不討好，白惹一身腥！」

「放心吧，我是那麼糊塗的人嗎？這事我絕對不摻和！」何慧芳把燈遞給慶嫂，回答道。說完後驚叫了聲，哎呀，饅頭還在灶火上熱著呢！光顧著聊天、聽人吵架，把火的事情給忘到了天邊。

安寧把最後一片衣料裁剪完，笑著攬住何慧芳的胳膊。「放心吧，娘，剛才澤秋哥已經把火撤了。現在饅頭熱好了，粥也出鍋了，咱們去吃晚飯吧。」

何慧芳心裡鬆了一大口氣，看看安寧，又看看沈澤秋，慶幸自己養了個好兒子，也找到了一個好媳婦。「要是澤秋敢在外面掐啥野花、紅花的，我第一個打斷他的腿！」

沈澤秋有些哭笑不得。「絕對不會！娘，您怎這樣想我？」

何慧芳往地上呸了三口。「我說錯了！哎呀，被隔壁姓宋的給氣糊塗了！」

話音方落，隔壁院牆外突然竄出一抹火，緊接著一股濃嗆的煙火味傳來，紅光映著黑煙，格外駭人。

「起火了！」

要說這雲嫂，那也真是個狠人。一巴掌甩下去，宋掌櫃懵了沒有反應過來，躺在地上的紅蓮卻爬起來抱住她的手，又哭又求地說：「夫人，這都是紅蓮的錯！您要打要罰，都衝我一個人來吧！宋掌櫃是好男子，紅蓮自知配不上，從未有過非分之想……」

一邊是柔情似水的情人，一邊是河東獅一樣的妻子，宋掌櫃自然更偏向前者。不過，他再昏了頭也不敢在這時對雲嫂甩臉。他伸手扶了紅蓮一把，想叫她趕緊回宜春樓去。

豈料紅蓮順勢一撲，就軟趴趴地縮到了宋掌櫃懷中，那可憐見的小模樣，倒像是雲嫂在棒打鴛鴦。

雲嫂本就是個急性子，見此情景，氣得拿起旁邊的掃帚，埋頭就朝吳掌櫃和紅蓮身上打去！「狗男女！不要臉！在我眼前裝牛郎織女？好啊，老娘成全你們，給我滾出去！當初要不是我哥哥出錢出力幫忙買下這房，你還不知在哪裡喝西北風！這房子姓雲，快滾！」宋家這間鋪子在買時，雲嫂的哥哥出過一些錢，雖然還了，但十幾年下來，雲嫂還是常拿這個說事。

活了半輩子，宋掌櫃最厭煩的就是聽雲嫂說這話。落魄時她哥嫂的幫忙，成了他永世擺脫不了的枷鎖！憑什麼？借的錢早就還完，還叨叨個什麼勁！

一時間，酒意、積怨齊湧上心頭，宋掌櫃怒火沖天。「妳放屁！這宅子何時姓過雲？我看妳是瘋了！女子三從四德，妳一點都沒放在心上，哪裡有個女人該有的樣子？我是妳丈夫，是妳的天，出嫁就該從夫妳知不知道？」

雲嫂目瞪口呆地看著宋掌櫃，就像在看一個陌生人。好，三從四德是吧？今天她就叫姓宋的開開眼！

「你說這宅子是你的？呵，等著！」雲嫂狠狠剜了宋掌櫃一眼後，衝上二樓，去到了臥房中，望著屋中的女子衣飾，還有種種香豔的痕跡，更是氣得腦袋嗡嗡作響。

她推翻了一桌酒菜，然後提起煤油燈，把燈油倒在床褥上，厲聲說：「這房誰也別要了，日子也不用過了，我一把火燒了它！」說完也不等宋掌櫃反應，拿起燭臺，把沁了煤油的褥子點燃了！

火苗一下子就躥了上去，呼啦一下，不一會兒就成了勢。剛剛還是微風，偏偏這會風變大，閣樓都是木造的，這花街房子一間連著一間，燒起來可不得了！

沈澤秋急忙跑出來，隔壁幾戶人家也都跑了出來，提著水澆、用土壘、直接用鏟子打，後來街坊越聚越多，在臥房裡的東西差不多被燒完後，終於把火給撲滅了。

「哎喲，你們兩口子吵架幹仗，關這房啥事？招你們、惹你們了？這火真燒起來，可不是你們一家的事，大家都要跟著遭殃，明白嗎？」何慧芳被氣得夠嗆！今日也算長見識了，這兩口子不是一家人，不進一家門，都是荒唐人。

紅蓮見勢不妙，早已經溜走了。

雲嫂不知道是嚇的還是氣的，臉色煞白，站在院子裡發愣，兩個小孩在旁邊一直哭。

宋掌櫃感到額際突突直跳，院子裡聚集的街坊們七嘴八舌，紛紛指責他們，可宋掌櫃偏又不能反駁，只能聽著。

「是，你們都說的對，是我們衝動了。多謝多謝，請各位早些回家吧，日後宋某人請客再謝！」

千恩萬謝，人群終於散去，留下了滿地狼藉。

第十二章

第二日清晨，雲嫂帶著兩個孩子，再次回了娘家。

何慧芳晨起時看著隔壁二樓被燒得黑黢黢的臥房，直嘆可惜了，多好的宅子，硬是被糟蹋成這個模樣。

今日是元宵節，家家戶戶都要做元宵吃，何慧芳用水和好糯米粉，弄了一碗芝麻花生餡，和安寧一塊兒包著元宵。

「早就聽說鎮上每年有花燈集會，可惜從沒看過。」何慧芳嘆了句。

安寧用麵粉塗了塗手，以免黏手，笑了笑對何慧芳說：「我也從沒去過呢！娘，今晚咱們早些吃晚飯，也出去看看燈會吧！」

「成！唉，沒想到有一天，我也能像鎮上的老婆子一樣，自在地看燈、吃元宵，實在不敢想啊！」何慧芳連連感嘆。

不遠處，一個人影往這邊望了幾眼，猶豫躊躇了好一會兒，才下定決心似的上前進了鋪門，居然是春秀。

「沈掌櫃，我是春秀，想問問你們店裡，還有活兒要派嗎？」

春秀話音才落下，何慧芳就聽見了她的聲音，她用濕濕的棉帕擦了擦手，走到外面鋪子裡，扯長嗓門問道：「春秀啊，妳不是病著嗎？好了？」

「勞您掛記，好了。」春秀笑著回答。

「不會耽誤工期？」何慧芳雙手抱臂，往前走了幾步，抬著下巴道。

春秀的臉色變得有些不好看，聲量小了下去。「不會的，我能準時交貨。」

「但我不信妳了！」何慧芳的臉色冷了下來，看著春秀，語氣低緩地說：「紙是包不住火的，自己做了啥，心裡明白。本來想好好罵妳一頓，現在我覺得，不值得！妳走吧，好好的節日，別叫大家難看沒臉。」

春秀腆著張白如紙的臉，怔怔的說不出話，既覺得丟人，心裡又感到後悔，「嗯」了聲後轉身逃也似的走了。

她呢，原先一直幫胡掌櫃家做衣裳，好幾年的交情了，每年節前胡掌櫃家的娘子蘇氏都會給老相識的工人包紅包，一包就是一、兩百文錢，讓她們多買年貨好過個富足年，還有就是年前活兒多，希望她們多盡力幫忙趕工。

可春秀一聽安寧這邊漲了工錢，就在收了蘇氏的過年紅包後，藉口提前回鄉拒絕了蘇氏的單子，轉臉接了安寧派的活，沒過幾日，蘇氏自然知道了。春秀因為還想回胡家做事，這才自作聰明，故意耽誤安寧的事情，以為能討好蘇氏，誰知道反被蘇氏諷刺了一頓。於是春秀又回頭想再來找安寧，結果一頓忙活下來，兩邊都得罪了。

吃完元宵，天剛麻麻黑，已經有不少人往鎮中心的大葉街去看燈。每年的花燈集會，都在大葉街上辦，那兒街道寬敞，又臨著桃花江，就算失火了也不怕。

「時間到了，咱們出發吧。」沈澤秋點亮燈籠，拿在手上道。

何慧芳心裡有些小激動，堪比第一回到林府去時的心情，站起來直說好。不知道花燈會到底是啥模樣？

十五的夜晚，月亮圓如玉盤，皎潔的月光把路照得亮堂堂，夜空中繁星點點，就連風也比前兩日暖了些。

一改往日入夜後的清冷，今日街面上人群熙攘，年輕男女、一家老幼都出門赴燈會。

「安寧、澤秋，你們看，那酒樓上掛著一串燈，上頭畫了好多花紋，還寫了字兒，真好看！」

越靠近大葉街就越熱鬧，路邊的店鋪基本上都掛著彩燈，但這還只是應景的裝飾，真正好看又精巧的燈，還要往前走呢！

與此同時，剛到桃花鎮就任的主簿李遊李大人也正緩緩往大葉街走去。如今盛世太平，各郡縣人口激增，李遊雖是縣裡的官，卻被派到桃花鎮就任，等同於桃花鎮的一把手。

他今年二十五，尚未娶妻，這不，剛上任就有人牽線搭橋要為他說親了，說的是一位商戶人家的千金。

元宵夜，媒人特意撮合他們出來見面，李遊忙完了公務，如期赴約。

走過一個十字路口，剛好和沈澤秋三人迎面撞上。

「欸……」沈澤秋感覺李遊有些面熟。

李遊皺了皺眉，也覺得沈澤秋似曾相識。

過了一會兒，沈澤秋先想起來了，眼前的人不就是當初在文童生的私塾裡，那個邊讀書邊教課的窮書生嗎？當初破履爛衫，如今長袍嶄新、髮冠高懸，完全變了個人似的。

「沈澤秋！」

「李遊！」

二人齊喊出聲。

李遊祖籍並不在清源，只短暫地在文童生的私塾中逗留了半年，賺取些許盤纏後就離開了。當初他兩耳不聞窗外事，一心唯讀聖賢書，在這邊並未結交什麼人，沈澤秋偶爾跟著秋娟去私塾玩，和李遊見過幾次面，彼此算是相熟，如今故人相逢，當然極是感慨。

「這是令慈和令荊嗎？」李遊問道。

沈澤秋微點頭，介紹道：「對，這是家母和內子。」

「晚輩李遊見過沈伯母。」李遊不愛擺官架子，非常謙和地尊稱何慧芳一聲伯母，然後轉臉對安寧頷首道：「沈夫人，幸會、幸會。」

安寧攬著何慧芳的胳膊，回了個頷首禮。

何慧芳平日裡很討厭文謅謅的這一套，可李遊說起話、作起禮來，瞧著挺順眼的，沒半點倨傲排場，因此何慧芳臉上堆了笑，寒暄般問道：「李小哥今天晚上一個人出來看燈嗎？要不和我們一塊兒往前去吧？」

「喔，今晚在下約了人，多謝伯母美意了。」李遊微微一笑，眼眉低斂。

看著身邊不斷走過結伴而行的年輕男女，何慧芳和安寧心領神會，一下子就明白過來了，李遊說不定是和佳人有約，如此，就不打攪了。

「下次有緣再會。」沈澤秋拱了拱手。

告別了李遊，往前再走了一炷香的時間，就到了大葉街上，街面上兩邊擺滿了小攤，有售賣各色小吃食的，也有擺攤賣糖人、泥人小玩意兒的，但大部分都掛著各色花燈和河燈在賣。

路邊的酒樓、茶肆也是燈燭璀璨、亮如白晝，熙熙攘攘的人群裡，時不時傳來各種驚嘆聲。

小孩子們舉著糖畫，手裡提著燈，一路嬉戲打鬧；年輕的父親讓年幼的孩子騎在脖子上，一路走馬觀花。

嬉鬧聲、食物的香氣，還有交錯的光影，就像一幅緩緩鋪開的盛世畫卷，把安寧、沈澤秋還有何慧芳帶入了幻境中似的。

路過一個高高的燈架，何慧芳仰頭出神看，忍不住頓住了步伐。

燈架上掛著五顏六色的燈，花樣繁多，有圖案不停變幻的走馬燈，也有三頭並列的兔子燈，此外圓燈、提燈也各有各的風采。

「大娘，要買花燈嗎？」小攤主笑著上前。「您要是能猜出燈謎，我贈送也成！」

何慧芳哪裡懂這些，忙回頭看了看安寧。「娘不會。安寧，妳懂不？」

「我試試。」安寧往前走了半步，踮著腳看花燈下懸掛的燈謎，只見一個畫了關公騎馬圖的走馬燈下，有這麼一個燈謎。

「十加八。」安寧一字一句地唸了出來。

這三個字沈澤秋也認得，他歪著頭看了又看。

安寧搶先答了出來。「這是個字謎，謎底單字一個架。」

小攤販忙點頭。「這位娘子答對了！」說罷，大方地將花燈取下，遞給何慧芳。

燈面上的花紋不斷變幻，何慧芳看得又稀奇，心裡又美，嘴都快合不攏了。

沈澤秋抬著頭，繼續尋找能猜的燈謎，他現在認識大部分簡單的常用字，複雜些的還不行。一路梭巡，終於發現一個有趣的。「上頭去上頭，下頭是下頭。」他唸道。

何慧芳聽得稀裡糊塗，這什麼上頭下頭？可繞得人頭暈。

「上頭……下頭……」沈澤秋靈光一閃，大聲說道：「是走字！」

「恭喜恭喜，又答對了！」小攤主又把這支兔頭燈給取下來，抹了抹額上的汗說：「你們可真厲害！」

再猜下去怕攤主虧本，安寧他們道了謝，提著兩盞燈繼續往前走。不一會兒到了一塊空地上，那邊圍了好大一群人，有雜耍藝人正在表演呢！

只見穿著短褂的精壯男子紮著馬步，一聲大吼之後，含了一口酒囊中的液體在口中，接著呼一聲噴出來，手上握著的火把一撩，瞬間便是兩尺多高的火焰。

「哇——」

每吐一次火，人群中就響起一片驚嘆聲。

「哎喲，真是個奇人！」何慧芳看得嘖嘖稱奇，津津有味。

元宵節的夜晚不用宵禁，哪怕徹夜遊逛都不打緊。

與此同時，楊府的馬車也剛剛停在大葉街附近，楊筱玥和許彥珍從馬車上下來，立刻就被熱鬧的景象吸引了。

「彥珍表姊，妳去吧，我去茶樓，妳去尋妳的陵甫哥哥！」楊筱玥快言快語，大剌剌地說道。

許彥珍的臉微微一紅，嗔怪地看了楊筱玥一眼。「少胡說！」

「好啦，表姊，妳別害羞嘛！」楊筱玥屬於還沒開竅的姑娘，對於男女情誼一竅不通，也感覺不到許彥珍這副嬌羞模樣究竟是為何？

「那妳小心一些，也別太給人家難堪……」許彥珍攥著楊筱玥的手囑咐道。

楊筱玥披上一件紅色的斗篷，提了一盞精巧的燈，微微一笑。「我知道的，點到為止嘛！」

隨著月亮越升越高，街上的人更多了，遊人們逛得乏了累了，自然需要坐下來喝口茶、吃些點心或者湯麵。

「娘，我們去吃一碗羊肉湯麵吧！」沈澤秋提議道。逛了這麼久，元宵不頂餓，現在早就覺得腹內空空。

街角的一塊空地上，麵攤主用粗油布搭了個棚，擺了幾套桌凳，火上熬著一大鍋羊肉湯，正咕嘟咕嘟的冒著泡，那饞人的香味一陣又一陣飄來。

羊肉性暖，天冷時吃一碗熱氣騰騰的羊肉湯麵，別提多舒坦了。

「行，咱們一人來一碗！」何慧芳樂呵呵地說。

一家人自己尋找個空位坐下，沈澤秋伸著脖子對老闆喊了一嘴。「老闆，來三碗羊肉麵！」

這空地往上是一條走廊，旁邊茶肆的二樓剛好可直接望到下面。

李遊將手背在身後，往媒人說好的王記茶樓去，走過走廊時，正好看見沈澤秋一家三口笑著坐在一處吃麵。

李遊家貧，幼時父母便陸續去世了，見此情景，不免生出了許多的感慨。只有別人的家和溫馨，才能襯出他的孑然一人。李遊苦笑著，邁步去了王記茶樓裡，如約坐到了臨窗第二間的位置。

「娘，您喝口湯，這湯挺鮮的。」安寧笑道。

「唔，滋味是不錯，改明兒咱們也買些羊肉煮湯喝！」何慧芳嚐了幾口湯，滿足地嘆息一聲。

沈澤秋看了看安寧的碗，轉身對攤主說：「再要一碗黃糖糍粑。」

攤子是露天的，來往行人絡繹不絕，穿著紅斗篷的楊筱玥格外亮眼，安寧一眼就看到了，指了指說：「那是楊家小姐呢！」

何慧芳回身看了眼，楊筱玥已經走上樓梯，往二樓去了，她隨口說了句。「平日裡楊小姐和她表姊總是形影不離，今兒倒是一個人出來了。」

再說楊筱玥，她到了二樓，穿過走廊，走到茶肆臨窗的第二間位置。

李遊憑窗下眺，啜了口茶後回首一顧，見到了半丈開外的楊筱玥。

「在下李遊，請問妳可是……」

「我叫許彥珍。」楊筱玥抬起眸子，燦然一笑。

李遊一聽，趕緊站起身，拱手頷首謙和道：「許小姐安。」

「喔，你就是李大哥啊！」楊筱玥把花燈放在桌上，大剌剌地坐下來。「走了好久，我渴了。」

李遊才要了一壺龍井，聽楊筱玥這麼一說，急忙給她倒了一杯龍井茶，然後輕推到楊筱玥面前。「許小姐請。」

楊筱玥拿起杯子喝了一小口，眉頭很快就糾結地皺在一起。「我不喜歡喝龍井，我喜歡喝花茶。」接著吐了吐舌頭，把杯子放下，噘起嘴，有些嫌棄。

李遊一怔，看著楊筱玥充滿稚氣的臉龐，心中不免有些莞爾，還只是個剛及笄的孩子吧？「店小二，再添一壺茉莉花茶。」他說道。

楊筱玥雙手支著下巴，仔細地盯著李遊看了一會兒。「李大哥，你今年貴庚？」

李遊二十五還未娶妻，在本朝絕對算是少數中的少數，他面有赧色地道：「虛歲二十五。」

「嗯……你有點老。」楊筱玥小聲說道。「我這樣講你會生氣嗎？」

李遊差點以為自己聽錯了，初次相見，眼前這位許小姐說話未免過於刺耳和失禮。他抓起杯子啜了半口茶，勉強勾了勾唇角。「有些許生氣。」

楊筱玥一聽，差點被茶水嗆住，她以為像李遊這樣的讀書人，哪怕心裡已經氣得七竅生煙了，面上仍會端出一派雲淡風輕的表情呢！不過，她本來就是故意表現出莽撞和無禮的，這樣李遊看不上「許彥珍」，這樁婚事自然也就無疾而終了。所以，她低頭「喔」了一聲，自顧自地跳過了這個話題，眨了眨眼道：「我餓了，你想吃什麼，我請你？」

李遊一哂，把杯子放下。「初次相見，怎能讓姑娘破費。」

「別客氣，我的月銀說不定比你的俸祿還高些呢！」楊筱玥瞇著眼睛，笑得天真爛漫。

「……嗯。」李遊揉著眉心，蹙眉說道。

楊筱玥偷瞟了李遊一眼，在心裡默默地道：李大哥，我也不是故意要給你難堪，實在是我表姊許彥珍早已經心有所屬，我假冒她來與你見面，就是為了叫你死心啊！

再說沈澤秋這邊，三人吃完了羊肉湯麵後，一路觀燈看景，到了大葉街放置巨形龍燈的高臺上，隨著一陣敲鑼打鼓的聲音，有人高聲喊道——

「點天龍燈嘍——」

接著龍燈被點燃，火焰燃燒，龍形花燈微微上仰，好似真龍在騰雲駕霧，特別的壯觀。

龍燈下有支撐身體的木棍，十幾個身強力壯的漢子舉著棍子，抬著巨形龍燈遊走在一個個街口。

「澤秋哥、娘，咱們也去放花燈吧。」

不知不覺走到了桃花江岸邊，河堤附近也滿是遊人。人們將點亮的花燈放在河水中，讓其順水飄走，然後雙手合十，默默地許下各種美好的心願。

「好啊！」沈澤秋去和路邊賣燈的小販買了三盞蓮花燈。

燈芯點燃，紙做的蓮花瓣緩緩打開，栩栩如生，如一朵真正的蓮花般清雋風雅。

安寧把燈小心翼翼地安置在河水中，一簇簇燈火星星點點，在河面上匯聚成粼粼銀河，河水就像燃了火一般，成了琥珀色。

「願家人身體健康，萬事順意。祝親人朋友們歲納永康……」安寧閉上眼睛，認真地許下了自己的心願。

不一會兒就到了子時，有人在桃花江畔放了一陣煙火，五彩繽紛的煙火稍縱即逝，可那美麗燦爛的畫面，卻深深埋在所有人的心中。

何慧芳仰頭出神地看著，將手放在心口上。「哎喲，可真好看，比畫上畫得還要好哩！」

夜漸漸深了，雖然今夜可徹夜狂歡，但大部分遊人還是選擇了歸家。

何慧芳年歲大了，禁不住熬大夜，有些意猶未盡地說：「我們回家吧，今兒我也算開眼了，多少年了，從沒有這麼暢快過！」

他們提著燈往花街走去，剛好路過楊家的馬車，楊筱玥坐在車廂裡，見到了安寧他們，笑著掀開車簾，對他們招了招手。

「楊小姐。」安寧微微一笑。

「沈娘子，你們什麼時候進春天穿的衣料呀？我和表姊等春花開了，想穿新衣裳去踏青呢！」楊筱玥說道。

安寧微點頭。「那好啊，過幾日我們就會進新貨，到時候去府上告訴妳們，可好？」

「好呀！謝謝妳了沈娘子，整個桃花鎮挑不出第二個能和妳做得一樣好的人！」楊筱玥晃了晃頭，認真說道。

安寧再次道謝，三人繼續往家裡去。

「欸，表姊怎麼還不回來？我等得就快要睡著了。」楊筱玥眼巴巴地坐在車廂裡，簡直望眼欲穿。

這時候，春杏疾步匆匆地往河堤邊跑過來，上氣不接下氣，扶著車轅喘勻了氣，才說道：「大小姐，表小姐說還有些話沒和張公子說完，叫您再等等呢！」

「嗯。」楊筱玥嘆了口氣。「他們的話怎麼那麼多？」

「嘔——」

第二天一大早，安寧有些疲倦地從床上爬起來，渾身微微泛酸，一點氣力都沒有，小臉也有點蒼白。

沈澤秋還以為她是昨晚上累著了，滿眼擔憂地摸了摸她的額。「受風寒了嗎？」

安寧搖了搖頭。「沒有。」

「我還是不太放心，等吃過了早飯，我們去醫館瞧一瞧吧？」沈澤秋說道。

「嗯。」安寧點了點頭，強忍著身體的疲乏，爬起來洗臉漱口。才剛把漱口水含在嘴裡，就感到一陣反胃，捂著喉嚨乾嘔不止。「嘔……」她的臉霎時沒了血色，扶著門框連連乾嘔，吐出來的卻全是酸水。

何慧芳正在灶房中做早飯，聽見這動靜急忙走出來，一邊用圍裙擦手，一邊問：「呀，這是怎麼了？」

「犯噁心、想吐……」安寧一張小臉皺成了苦瓜，有些痛苦地說道。

「澤秋，快去給安寧倒杯溫水來！」何慧芳說完，輕輕拍著安寧的背。「以前這樣吐過嗎？」

安寧蹙眉搖了搖頭。

何慧芳是過來人，一見安寧這模樣，心裡就有了數，這不正和當年她懷沈澤秋害喜時一模一樣嘛！安寧啊，多半是有了。

算一算日子，安寧嫁來已經有四、五個月了，何慧芳心裡一直都惦記著抱孫子，看見別人家的奶娃娃，心裡那個羨慕勁就別提了。但她一直沒提，更沒有催，因為安寧的身子素來有些弱，何慧芳是想等個一年半載，讓安寧先把身體養結實了再說的。

喝過了溫開水後，安寧稍微好受了些，就是眼尾還有些發紅。

「今天安寧在內院裡歇著，別出去了。」何慧芳又喜又慶，準備待會兒吃了早飯就去請大夫上門給安寧診脈。

吃罷了早飯，何慧芳就出去了，準備去醫館尋一位好大夫。以前和慶嫂聊天時，她知道菜市場那邊有個家醫館，裡面坐診的大夫是出了名的擅長醫術，於是她便揣著個菜籃子，美滋滋地往菜市場去。

她喜上眉梢，一派春風得意，就連路上遇見熟人，打招呼的聲音都比平常更響亮些。

「何姊！」慶嫂一大早出來買魚，現正提著菜籃子和魚攤主閒聊天呢，遠遠看見何慧芳走過來，急忙打了聲招呼。「昨晚的事，妳聽說了嗎？」

何慧芳一頭霧水，搖了搖頭。「昨晚看花燈去了，妳指的啥？」

慶嫂走近幾步，壓低了聲音。「吳掌櫃跑了！我親眼看到的，昨晚路過吳掌櫃在花街的老宅，門都被人踹開了，裡面就剩些不值錢的木頭、板凳，連個看門的人都沒有！聽別人說，好幾日前，這吳掌櫃就不見了人，誰都尋不著他。街上好幾戶店家都投了他的商船隊，人不見了可急壞了他們，這不，元宵一過，可以討債了，就紛紛堵上門，把吳掌櫃在桃花鎮的好幾處宅子都敲開了，但愣是沒找到人！而且錢莊的人說了，他的所有宅院都放在錢莊做了抵押，還是以急用錢為說法，便宜抵押出去的！」

何慧芳越聽越後怕，脊背都有些發寒。那時候吳掌櫃也想叫他家投商船隊，還好安寧沒同意，不然今日竹籃打水一場空的，就是他們家了！更要命的是，布坊還不是他們家的，這要是被騙了，下半輩子都得苦哈哈還債。

「慶嫂，我還有急事，先不和妳聊了。」何慧芳驚訝之餘，也還惦記著安寧，匆匆和慶嫂道了別，去到醫館請大夫。

大夫揹著醫箱，和何慧芳一塊兒進了沈家布坊。

「大夫，俺家媳婦自小就身子弱，不過近半年好了許多，待會兒煩勞您好好幫她瞧瞧，給開幾副補身子的藥。」

沈澤秋見到大夫來了，也想跟著一塊兒進去。

何慧芳拍了拍他的手臂。「澤秋，你在外頭守著鋪子，裡面有我呢！放心吧，安寧肯定沒啥事。」對於安寧有喜這事，何慧芳在心裡已經十拿九穩，可凡事都有個萬一，所以她還沒往外透露。

「行。」沈澤秋咬了咬牙，轉身對大夫拱了拱手。「有勞了。」

臥房裡頭，安寧蹙眉閉眼躺著，渾身還是乏力，時不時拿帕子捂在嘴前乾嘔幾下，然後喘兩口氣，說不上來的不對勁。她越躺越不舒服，乾脆扶著腰起身，在院子裡緩緩走了兩圈。

「安寧，大夫給找來了！」何慧芳大聲說道，一進來看見安寧在院子裡溜達，心尖尖都跟著顫了下。院子裡好幾處地方有積水，還有青苔，這要是踩上一腳摔倒了，那可不得了！「去屋裡坐，讓大夫診脈吧。」何慧芳搭了把手，做出要攙扶安寧的動作。

瞧著這舉動，安寧不禁想起第一次和何慧芳見面那天，那時候她還病懨懨的，行走站立都要何慧芳這樣搭手攙扶。安寧微微勾起唇角，露出一絲淡淡的微笑。「娘，我還好，您別擔心。」

何慧芳的眼神就沒離開過安寧的腳下，盯著她一步步走到屋子裡，這才放下心，「欸」了聲。

「沈娘子，妳這種症狀有幾日了？」醫者診病講究望聞問切，在診脈前，需要先問清楚症狀和持續的時間，溝通過程中觀察病人的氣色、精神等，最後再切脈。

「就是今日晨起後，第一次犯噁心。至於身子疲乏，我們是開裁縫鋪子的，生意好時難免勞累，記不清以前有沒有……」

大夫也姓沈，行醫多年了，經驗豐富，他聽完安寧的描述後，捋著鬍子沈吟了片刻，神情有些嚴肅。

安寧的心都給瞧得攥了起來，生怕自己又舊疾復發。「沈大夫，我究竟是什麼病，你直說吧。」安寧把雙手放在膝蓋上，有些緊張地揪緊手指。

不料沈大夫聽了，竟是忍俊不禁地笑了起來。他扭頭看著上熱茶的何慧芳，朗聲道：「我想沈娘子的病，沈老太太心裡也有數了吧？」

何慧芳一聽，樂不可支，咧開嘴笑個不停。

安寧左看看、右看看，越發覺得一頭霧水。

「沈夫人，把手給我，我切脈確認一番。」沈大夫說道。

一炷香的時間很短，但對於此刻的安寧來講，卻十分的漫長，她覺得過了很久很久。

沈大夫閉眼切脈後，終於睜開了眼睛，然後雙手合拳，朗聲說道：「恭喜，沈夫人，妳有喜了。」

那一剎，何慧芳再也憋不住笑容，高興得就快蹦起來了。她的猜測可能會有錯，但大夫切脈後說的，那可就是板上釘釘嘍！

安寧瞪大眼睛，下意識摸了摸自己平坦的小腹，她懷上小寶寶了？

「不過沈夫人有些氣虛體弱，又是頭胎，還是謹慎些。我開幾副安胎方子，如何？」沈大夫說道。他特意問這一句，是有些人家覺得女子懷孕生子乃是平常，常有婆婆拉高嗓門叫他不必開坐胎藥，說「當年我懷著孕不也洗冷水澡，還下地幹活」？真真假假沈大夫不想探究，但女子生產本就是在鬼門關前過一遭，需一開始就細心調養，以免生產時出問題。

何慧芳忙不迭地點頭。「要的要的！大夫您揀好的藥開，我們吃得起！」

就算剛才沈大夫不提，她也會主動要求沈大夫開補藥呢！

「安寧啊，要不要再躺會兒？」送走了沈大夫後，何慧芳問道。

安寧搖了搖頭。「我站著舒服些。」

聞言，何慧芳也不勉強，只又往院子裡瞧了幾眼，心想待會兒就拿鏟子把青苔給鏟了，再去找些泥灰把那幾個坑窪的地方都補上！

「那我去給妳沖碗糖水喝喝。」何慧芳去灶房裡忙活了。

安寧點點頭，把放在臥房裡的花樣本拿出來，攤放在走廊下的木桌上，又回屋提了把椅子，就著日光慢慢畫著。等春日到了，肯定會有許多人訂製春裳，早把新款式畫出來才好。

這時候沈澤秋實在是按捺不住了，見何慧芳把大夫送出去後，趁著店裡還沒來客人，三步併作兩步，疾步匆匆地走到內院來。

「安寧、娘，剛才大夫說了啥？」他焦急地問道。

安寧笑了笑，把筆擱下來，摸了摸他的臉。「我有喜了。」

沈澤秋瞪大了眼睛，隨後把目光落在安寧的小腹上，轉而再看她的臉，激動的心情和萬千思緒沒辦法用言語表達出來，握了握安寧的手後，倒是把眼眶給弄紅了。

他一紅眼眶，安寧也憋不住了，四目一對望，淚珠子就一顆顆滾下來。

捧著糖水的何慧芳從灶房中出來，一瞧他倆哭上了，趕緊把碗往桌面上一放。「哎喲，你倆怎啦？這不是好事嗎？」

「娘，我們這是高興，咱家終於要添丁了。」沈澤秋忍著眼眶裡的濕意，笑著說。

「兩個傻子！」何慧芳嘴上沒有饒人，可是背轉過身後，自己也默默地抹了抹眼睛，還一個人走到沈有壽的牌位前，點上一炷香，嘀嘀咕咕了半晌。「有壽啊，咱家要添丁啦，兒媳婦安寧有身子了。以前過節，中秋啊端午的，只有我和澤秋兩個人吃團圓飯，怪冷清的，以後可不一樣了，我們一家三代同堂，能坐滿一桌子呢！你要保佑我們順順利利，一家子平安吶……」

何慧芳把拿好的安胎藥拆開，用瓦罐裝上，按照藥堂夥計的囑咐，加了三碗水在裡頭，沒過了所有藥材，接著大火煮開，小火慢熬，煮成一碗即可。

去拿藥的路上她順便買了一尾魚，回家後用粗鹽和薑末醃製了一會兒，然後架上鍋，待鍋中油熱了後，將處理好的魚肉塊放進去，小心地煎至兩面金黃，這時候放水燉煮，煮出來的魚湯才是漂亮的奶白色。

晚上吃飯時安寧舒服了許多，邊喝著湯，邊聊起了女工的事。

如今安寧有了身子，而且害喜害得這般重，再像以前那樣勞神費力自然是不行，再說，沈澤秋和何慧芳也捨不得呀！

「澤秋哥、娘，今下午躺著休息時，我想出了個主意，我說給你們聽聽？」

沈澤秋用勺子給安寧添了幾塊嫩豆腐，對她點點頭。「妳說說看。」

「我想著慶嫂和慧嬸子都是可靠的人，對街坊鄰居的底細摸得比咱們準，人脈也廣，不如女工的事就交給她們來辦吧？麻煩她們幫忙留意找人，各自找的人各自管束，工期、活兒的品質都叫她們盯，我們除了給女工付工錢，也給慶嫂或慧嬸子一套三文錢的抽成，你們看合適不？」

這樣一來，鋪子裡的開銷便大了，如今一日能訂出去十來套衣裳，算下來一個月可得多付一兩銀子的工錢。

但話音才落，沈澤秋就滿口應了，想了想繼續道：「安寧，我記得慶嫂年輕時也裁過幾年衣裳，不如和她談談，妳懷孕這段時日，讓她來幫咱家裁衣裳料子吧？」安寧裁衣裳一站就是大半日，是極辛苦的，沈澤秋有心和她學過，奈何沒有這根筋，一直學不透。

「我覺得可以！」何慧芳喝完碗裡的魚湯，也搭了腔，不過心裡稍微有些顧忌。「不過安寧，要是教會了外人，會不會是徒弟出了師，餓死老師傅啊？」

「不會的，娘，裁衣裳誰不會呀？」安寧微微一笑，把碗放下說：「要是真有人想偷師，只要來咱家買件衣裳，回去拆開來一樣可以偷學。咱們家好在回頭客多，每季衣裳的款式又新鮮，料子花色也都選得好。」

聽她這麼一解釋，何慧芳放了心。「好，那明天慶嫂她們來交貨，我就同她們講！」

到了晚上睡覺的時候，沈澤秋有些糾結。安寧一直睡在裡頭，晚上起夜時要跨過他，不太方便，可若讓她睡在外側，沈澤秋又怕她容易受風寒。

「澤秋哥，咱們一切照舊就行了。」安寧笑得有些無奈，現在何慧芳和沈澤秋也太緊張了，倒把她弄得不自在。

夜漸漸深了，沈澤秋把安寧攬在懷裡，讓她枕在自己的胳膊上，一下又一下地輕拍她的脊背。

「等孩子生下來，我們該給起個啥名呢？」

沈澤秋瞇了瞇眼睛，思緒飄得很遠，彷彿已經能想像到以後小孩兒牙牙學語的可愛模樣。小孩子會是什麼模樣？究竟是像他還是像安寧呢？

「澤秋哥，都說賤名好養活，不如叫狗蛋、鐵柱？」安寧趴在沈澤秋懷裡說道。

沈澤秋一聽，瞬間瞪大了眼睛，安寧取的名字也太超乎他的預料了！沈家村有多少年沒有哪家娃兒取這類名字了！他想了想，蹙起眉。「不如叫小草莓、小包子、小橘子……」一聽就怪有食慾的，多好聽！

「……我餓了。」安寧嚥了下口水，肚子咕咕叫了幾聲。自從有了孕，她的胃口比從前好了兩倍不止，吃飽後過不到一、兩個時辰就會餓得前胸貼後背，安寧覺得她活了小半輩子，就從沒這麼餓過。

沈澤秋摸了摸她的頭髮，語氣裡充滿了寵溺。「我去給妳找吃的。」說完從床上爬起來，點上燈去灶房中給安寧找吃的。

安寧跟著走到灶房中，指著牆角小水缸裡泡著的糍粑道：「澤秋哥，我想吃這個。」

這些糍粑都是糯米捶打出來的，被壓成一個個白圓的餅子，最中央還點了一點嫣紅，是過節的吃食，或煮或煎、或炸或烤，滋味都好著呢！

沈澤秋仰頭問安寧。「想吃甜的還是鹹的？」

安寧坐在凳子上，雙手撐著下巴。「想烤著吃，加糖。」

「行，看我的。」沈澤秋把火點燃了，從小水缸中拿出兩個白糍粑，用清水洗乾淨，然後晾乾水分，用火鉗做架子，架在火上，把糍粑放在上面烤。

烤糍粑可是手藝活，火候要掌握好，不然一會兒糍粑準會糊掉。

這時候街面上靜悄悄的，只偶爾聽見風呼呼颳過，和街上打更人敲鑼報時的聲音，這些細微的聲音在靜謐的深夜中，倒越發顯得周遭安靜。

柴禾架在一塊兒噼哩啪啦的燃燒，火舌捲曲舔舐著白糍粑，不一會兒，原本癟癟的糍粑就鼓脹起來，像一個個圓包子，此時外皮已經被烤炙得十分酥脆，泛著誘人的焦黃色。

「好香呀！」安寧的眼睛亮晶晶的，完全被糯米糍粑的米香味還有焦酥氣給吸引了。

「別碰，現在燙著呢。」沈澤秋把火給撤了，然後從碗櫃裡拿出糖罐子，用勺子挖了兩大勺亮晶晶的白糖包在糍粑裡，將圓形的糍粑捏成一個半圓，確保不燙手了，才遞給已經忍著饞蟲等很久的安寧。

「酸兒辣女……這愛吃甜的？」沈澤秋抱臂看安寧小口小口的吃，心裡頭暖呼呼的，很充實。「愛吃甜，一定是女孩兒！」

「你喜歡女孩兒？」安寧問道。

「對呀，最好和妳一樣，漂亮又溫柔，有油亮烏黑的頭髮，圓嘟嘟的小臉，頭頂紮上兩個小揪揪……」

何慧芳是第二日看見灶房裡動了火，糖罐子放在灶臺上沒收拾，找到沈澤秋一問，才知道他居然烤了兩個糯米糍粑給安寧吃。

「烤的東西火氣旺，糯米吃多了又容易積食、溢酸水，你這都不知道啊？」何慧芳已經很久沒這樣粗聲粗氣的和兒子說過話了。明知一大早安寧乾嘔不止是孕初的正常反應，但何慧芳還是忍不住怪罪在沈澤秋的頭上。

「娘，我知道了。」沈澤秋抓了抓頭髮，對旁邊直勸的安寧擠了擠眼睛。

「不成，我今兒得去買些點心回來，這樣安寧餓了想吃就能吃。」何慧芳現在啥心思都沒有了，一心全撲在如何照顧安寧上，只要安寧吃好睡好，她的心情就能好。

一家人吃過早飯後，慶嫂來交貨了，安寧和沈澤秋急忙留住她，和她商量找女工和幫忙裁衣裳的事。

換作平時，何慧芳肯定要留下來一塊兒聊上一會兒的，但她今天滿心裝的就是給安寧買吃的和做飯，因此匆匆聊了幾句後，就提著菜籃子忙不迭的上街去了。

「慧芳！」

才走了沒幾步遠，何慧芳就聽見有人喊她，這聲音一聽還挺耳熟的，接著心咯噔一下，轉過身一看，果然，真是和她住了十幾二十年的鄰居——對門的劉春華。

劉春華一手提著個包袱，一手牽著么兒的手，推了推么兒道：「快喊人呀！」

么兒這才仰起頭，對著何慧芳老實地喊：「慧芳嬸子好。」

「……唉，都好、都好。」何慧芳震驚之餘，自然也不能對一個孩子垮臉，只好停下來應了。今兒真是太陽打西邊出來哩，劉春華多傲氣的一個人啊，竟然找到她來說話，而且態度還不錯。何慧芳打量著劉春華，不知道她葫蘆裡賣的啥藥？

「慧芳，我有事想求妳幫個忙。」劉春華訕訕笑著說道。

街面上來來往往的，好多熟人都看著，而且看在孩子的面上，何慧芳實在板不起臉來，但她心裡又氣，因此語氣說不上多和靄。「啥事？俺家無權無勢的，能幫到妳啥？」

劉春華這也是憋得沒辦法了，但凡她有一點辦法，都不會求到何慧芳的頭上。「慧芳，俺不借錢，是為了么兒讀書的事找妳。」

何慧芳就更加摸不著頭腦了，這事她怎幫啊？她家裡是開布坊的，又不是開私塾。

「妳尋錯人了吧？」她豎起眉毛，莫名其妙地說道。

劉春華一見何慧芳有扭身就要走的意思，趕緊捏了捏么兒的手心。

么兒手一痛，眼圈登時紅了一圈，可憐兮兮地昂起頭對何慧芳說：「慧芳嬸子，求求您幫幫俺吧！」

「唉！」何慧芳把菜籃子從右手挪到左手，再從左手挪到右手，心一軟，道：「好吧，和我去鋪子裡說。」

「好好好！」劉春華忙不迭的答應了，牽著么兒的手亦步亦趨地跟著何慧芳走。

早就聽說沈澤秋和安寧在花街布行開了間鋪子，現在可發達了，但劉春華一直沒有去看過。花街上賣的料子貴，做衣裳，那工錢更是高得不得了，一般家裡都是扯布自己做。

店鋪中，安寧坐在櫃檯後和慶嫂聊事，沈澤秋正接待客人。

何慧芳打了聲招呼後，把人往鋪子和院子交界的空地上帶，然後搬了兩張長凳子在那兒，開門見山地說：「要說啥，就快些講吧！」她可沒那個閒工夫和劉春華閒扯淡。

安寧和慶嫂也留意到了這邊的動靜。

慶嫂見過劉春華，猜想她肯定是有事才找過來，因此非常知趣地拍了拍安寧的手。「你們家來客人了，我先去買菜，晚些再和妳詳細的談談。」

「行，慶嫂，妳慢走。」安寧站起來送慶嫂走到門口。她對劉春華和么兒的到來也有些摸不著頭腦，便慢騰騰地往後院去，剛好聽見何慧芳驚訝的聲音響起——

「啥？妳消息倒是挺靈通的，誰和妳說的？」

劉春華腆著臉，笑得有些尷尬。「私塾的門房告訴我的，說徐夫子和安寧的二叔安爺認識，還常常在一起喝茶、聊天，交情很不錯。要是安爺肯幫么兒說兩句好話，徐夫子一定會繼續收么兒讀書的。」

原來今年過了元宵後，劉春華就帶著么兒去私塾，誰知道徐夫子死活都不願收了，任憑劉春華怎麼求都不鬆口。還是門房老頭瞧他們實在可憐，給支了這個招。

「安爺？」何慧芳簡直要被氣笑了，就安二叔那種德行的人，也配稱爺？她撣了撣前襟，站起來，把菜籃子重新挎在手腕上，沒什麼好氣地說：「那妳可求錯人了！我不認識這號人，妳哪裡來的哪裡回去！」

劉春華急了，把手邊的包袱打開，往外掏出一大包自家種的花生。「慧芳，上回的事是我著急了，今兒和妳賠不是！現在你們家好過了，不能一旺就瞧不上窮朋友不是？我們兩家是多少年的故交了，俗言道遠親不如近鄰，咱們該互相幫襯的呀！慧芳，妳能硬著心腸看么兒讀不了書嗎？這就是一句話的事，費不了妳多大的功夫！」

安寧在旁邊聽不下去了，呼吸急促了幾分，站到何慧芳身邊，對劉春華說道：「春華嬸，妳這話不講理！還有，這個忙我家幫不了！」

安寧一直以來說話、做事都很溫和，總是一派溫聲細語的樣子，何慧芳還沒見過她這樣著急和生氣，臉頰都給氣紅了。想想也是，安二叔受了安寧家那麼多好處，卻一點良心都不講，安寧的心早就被傷得透透的了，現在劉春華竟然有臉求上門，還想要和安二叔搭上線，安寧不氣那才奇了怪了！有孕的人最忌諱動氣，何慧芳一下子就怒了，千不該、萬不該，就是不該惹得安寧不痛快！

「妳走吧，劉春華！我待會兒還有事情，不留妳吃飯了！」何慧芳不客氣地下了逐客令。

何慧芳知道安寧最近愛吃甜口的東西，因此去菜市場的糕餅鋪子買了一斤白糖糕，這東西甜滋滋的，上頭還撒了層糖漬桂花，一口咬下去又甜又香，可綿軟好吃哩！

拎著白糖糕往前走了幾步，又看見路邊有賣橘子的，那些橘子一個個又圓，個頭又大，金燦燦的，還有淡淡的香味。沈大夫和她囑咐過，說這有孕在身的人吶，除了多吃肉蛋外，蔬菜和水果也是少不得的。「這橘子怎賣？」何慧芳蹲下來問道。

「十文一斤。」小攤販笑答，接著拿起一個剝開的橘子，掰下一瓣遞給何慧芳。「水分足，吃著又甜，大嬸，您嚐嚐看！」

何慧芳吃了一瓣，果然很香甜，於是豪氣地說：「給我秤兩斤！」

接著何慧芳又逛了逛，拎了半斤里脊肉回去，準備剁碎了和豆子一塊兒蒸，這樣既營養也沒火氣。走著走著，面前又看到了熟人。

春秀迎面走了過來，望見她笑笑道：「沈老太太，您出來買菜呀？」

何慧芳素來是愛恨分明，剛才一時心軟已經惹得滿腹不痛快，見春秀迎上來，只淡淡點了點頭，沒吭聲，準備繼續走。

「沈老太太等等！前日我回了趟娘家，帶了些乾山楂上來，這個熬湯吊味可好了，我提著一包，正準備給您送去呢！這麼巧在這兒遇到了，我現在就給您吧！」說完就從籃子裡掏出一包紙包的山楂要給何慧芳。

那態度是極好，還一口一個老太太的，尊敬得很。要沒春秀故意誤工期那碼子事，何慧芳一定會感到很親熱。

「沈老太太，上回的事情是我鬼迷心竅，現在壞了名聲，都沒有人願意雇我做事了，我家男人在碼頭做搬運工，賺的錢實在不夠養家的，我……」春秀笑得勉強，笑容裡透露出許多的辛酸。

要說不同情、不為她感到可憐，那是假的，何慧芳很不忍心，但瞎心軟可不是好事，最後是自己要吃虧！因此何慧芳心一橫，硬著心肝道：「不用了，好意我心領了。閨女，妳以後要走正道啊！行了，我走了。」說完，趕緊頭也不回的走了。

春秀攥著山楂乾，重重地嘆了口氣。

出了元宵，天氣一日比一日好，陽光照在身上走久了，甚至有些發汗。剛才春秀說要送她山楂乾熬湯，倒是給何慧芳提了個醒，慶嫂從海邊漁村嫁過來的，他們那兒的人最會煲湯了，明天得和她討教幾招才好。

「好，那咱們就這麼說定了。」下午慶嫂又來家一趟，坐下來和安寧、沈澤秋，還有何慧芳好好地討論了一下午。

「我回去就琢磨一下，看身邊哪些人可靠。」慶嫂笑咪咪的，一聽安寧叫她負責招攬女工和監督品質，心裡登時充滿了幹勁。這事不僅有錢賺，說起來還大小是個官，手底下的人都得聽她的哩！不過學裁剪這件事情，慶嫂心裡頭卻打起了鼓，安寧的手藝在整條街上都有名號，她學得會嗎？

「慶嫂，不必擔心，要說忐忑，我更勝過妳，畢竟這事要是做不好，砸的可是我家的招牌，妳就放心吧。」安寧笑著寬慰道。

「那……叫慧嬸子一塊兒來學吧？我一個人，心裡沒底。」慶嫂想了想，還是想把慧嬸子拉過來作伴。

其實多一個人也好，萬一其中一個人沒有空閒，另外一個人也好頂上。而且安寧是想著以後不同款式的衣裳，自己用油紙打個板，交給慶嫂和慧嬸子照著裁剪，她們只需要跟著尺碼放大或者縮小就好。

「行，晚上把慧嬸子叫過來，我們一邊喝茶、一邊商量，店裡的單子耽誤不起了。」

「行哩！」慶嫂滿臉春風的，沒想到自己都快奔四十的人了，還有這麼好的造化！

第十三章

眼看就快到二月了，春暖花開，門前的樹也長出一簇簇嫩芽，進貨的事情可不能再等了，沈澤秋準備去一趟青州，但青州太遠了，要是能敲個伴就好嘞。

沈澤秋就留意著、打聽著，到處問這幾日有誰要去青州？但是他沒想到，還沒打聽到有用的消息，隔壁宋掌櫃先瘋了。

宋掌櫃把自家地契抵押給錢莊，借出一大筆銀子給了吳掌櫃，現在還錢的期限過了，他還不起錢，錢莊的人給了最後三日時間讓他搬走，宋掌櫃死賴著不肯走。

這不，三日期限一過，錢莊的人就按時上門收房了。十幾個彪形大漢把房子圍了起來，那架勢恐怕比山上的綠林響馬還要足。

可光腳不怕穿鞋的，宋掌櫃已一無所有，這房子就是他最後的希望，一旦被錢莊的人收去了，就會被轉賣出手。

「天靈靈、地靈靈，山上住著個太上老君，老君白袍紫金冠，會除邪祟會插秧……」

誰也不知道宋掌櫃是裝瘋賣傻，還是真的瘋魔了。只見他左手拂塵、右手佛祖，身上還披著一塊袈裟，滿口胡說，且不知從哪裡抱來兩隻公雞，淋了滿屋子的雞血。

「哎喲，以前也是做掌櫃的人，多體面風光啊，怎麼就成了這副樣子？」

「呵，還不是鬼迷心竅，好日子過夠了，天天吃喝嫖賭，把家業給敗光了！」
「你們都錯了，宋掌櫃是被人騙了錢，才成了這副樣子的！」
「不會吧？我瞧他們兩口子挺精明的呀！」
街坊鄰居們議論紛紛，圍在旁邊看熱鬧，宋掌櫃不知是聽沒聽見，舞起來更加瘋了。
錢莊負責討債的漢子們什麼沒見過？宋掌櫃這點把戲在他們眼裡都是三歲小兒的把戲，管你是醒是瘋，他們只認白紙黑字的字據，現在過了期限還不起錢，那就得走人！
「把東西抬上來！」為首的漢子大聲說道：「宋掌櫃不是病了嗎？我今天就給你治一治！」
說著，有漢子捂著鼻子抬上來一桶黃白之物，散發著濃濃的惡臭味。
「我瞧宋掌櫃是撞了邪了！這東西為五穀輪迴之物，淋在身上能以邪驅邪，兜頭淋下，包管宋掌櫃你藥到病除啊！」那漢子說完話，就有兩個五大三粗的男子上前一左一右架住了宋掌櫃的胳膊，另外兩個鼓著臉、憋著氣，抬起桶子就要淋向宋掌櫃。
何慧芳和沈澤秋站在一邊看，都驚呆了，胃裡一陣陣上下翻湧。何慧芳是最愛瞧熱鬧的，但這次也顧不上圍觀了，疾步匆匆去找正躺著休息的安寧，為啥呢？得囑咐她待在屋裡不要出來！她擔心安寧看到了這一幕，能把隔夜飯都給嘔出來！
宋掌櫃眼睛死死地瞪著那桶子裡的東西，心裡噁心得要吐，眼看就要被淋一身，他再也裝不下去了。「各位爺！放過我吧！再給我寬限幾日，這宅子你們收回去也賣不出好價錢啊，這是所凶宅！」

宋掌櫃這句話一出口，立刻引起一片譁然，大家紛紛議論，凶宅二字，足以令人浮想聯翩。

領頭的漢子一愣神，隨後眸光一沈，揮著手，上前推搡宋掌櫃。「滿口瘋言瘋語！再胡說，就把那東西直接灌你嘴裡！」

宋掌櫃被推倒在地上，然後連滾帶爬地拿起角落的一把鐵鏟，甩掉身上的袈裟，費力地喊：「是真的，不信我帶你們去挖！這宅子真是凶宅，賣不出好價錢的！」

「放屁！」錢莊的人沒有耐心了，他們今天來這兒的目的就是把房子收了，將宋掌櫃趕出去。

可圍觀的人越來越多，不少人在心裡嘀咕，莫不是真的有命案在裡頭？於是有人就去衙門裡報了官，然後就在錢莊的人和宋掌櫃還在推搡的時候，衙門的人就到了。

兩個青衣衙差在前面開路，將圍得水洩不通的人群撥開一個口子，新來的主簿李大人穿著綠色的官袍，頭戴烏紗帽走了進來。

沈澤秋站在自家鋪子前踮腳一望，剛好看見主簿李大人的半張側臉，心裡直納悶，這位李大人瞧上去，怎麼有幾分面熟，好像在哪兒見過似的？

這時候何慧芳囑咐好安寧又出來了，一聽說隔壁院子裡可能有命案，她坐不住了，跟著一些街坊到了宋宅的後院。

李遊神情嚴肅，緊緊抿著唇，走到院子裡的枇杷樹下，用腳踩了踩樹下的土地，沈聲問已經被衙差架起的宋掌櫃。「你說這樹下有白骨？」

「是，我親眼見過！」宋掌櫃完全沒有上一刻瘋瘋傻傻的模樣。

李遊背著手，圍繞著樹轉了一圈。「你何時見的？為何當初不報官？」

「這……是十幾年前我剛買下這間鋪子，修整院子的時候挖開見到的。不報官……唉，那是怕擾了亡靈清靜啊……」宋掌櫃啜噎著說道。

何慧芳暗自冷笑，他可真會給自己戴高帽！什麼怕擾人清靜？怕是擔心消息傳出去，房子不吉利，影響他家財運吧！要不是錢莊的人上門趕人，他恐怕一輩子都不會說出來！

李遊端著一張冷凝嚴肅的臉，對另外兩個衙差點了點下巴，言簡意賅的發話。「挖！」

話聲一落，兩個衙差就握著鐵鏟，奮力地挖起土來。

這時候，何慧芳才仔細端詳起那位李大人，定睛一瞧，哎喲，差點站不住腳，那不就是元宵夜遇見的李小哥嗎？敢情人家是官家的人，是桃花鎮的父母官！哎喲喲，那天晚上居然還敬她一聲沈老太太呢！何慧芳心裡又喜又有些怵，還好那天晚上沒說啥不該說的。

沒過多久，樹下就被挖出了一個深坑，兩個衙差陸續挖出被慪爛了的破衣服、一些奇形怪狀像法器一樣的東西。

最後，其中一名衙差蹲下來，用小鏟子在坑底翻找，然後驚叫了一聲。「稟大人，找到了一些碎骨頭！」

何慧芳的心猛然揪緊了，怦怦怦地跳個不停，原來宋掌櫃說的不是瘋話，這院子裡的枇杷樹下，當真埋著東西吶！

「繼續挖。」李遊攥緊拳，說完以後轉臉對另外一名衙差道：「去衙門把仵作請來。」不知道啥時，慶嫂和慧嬸子也過來了。

慶嫂拍著胸口，心慌不已。「我的娘耶，真有命案！」

慧嬸子把眉頭蹙得深深的。「宋掌櫃既然早知道樹下埋著白骨，怎麼還敢在這兒十幾二十幾年的住呀？」

何慧芳聳了聳肩，對宋掌櫃佩服得五體投地。

衙差們繼續挖土，不一會兒陸續又挖出好幾塊，他們在地上鋪了塊白麻布，將拾撿出來的骨頭放在上頭。

何慧芳眯著眼睛仔細打量，看得分明，有像人手指的骨頭，還有根長長直直、像是孩子的大腿骨。越看她心裡就越瘆得慌，感覺在這大太陽底下曬著都發寒。

「哎喲，是不是個小孩兒啊？」

「我瞅著像！」

「太可憐了，也不知道是啥時候的事了……」

「唉，你們誰知道在宋掌櫃搬來前，這宅子是誰在住嗎？」

太造孽了！何慧芳嘆了口氣，和身邊的慶嫂還有慧嬸子說：「香山寺的慧能大師特別好，要是能請慧能大師來一趟，給這個可憐的孩子誦經超度，不知道要多少錢？」

「慧能大師嗎？我年後去上香，聽說他出去雲遊了……」

她們正議論著，衙門裡的仵作提著個小箱子匆匆趕到了。

仵作望著地上的白骨，急忙放下箱子蹲下來，拿起地上的骨頭仔細端詳。

這時候，人群中爆出一陣驚叫，原來是衙差又從坑底挖出半個破碎的頭骨。

仵作急忙接過，捧在掌心，還從自己的木箱子中拿出一枚據說可以放大物體的鏡子仔細看。「李大人……」仵作沈吟了一會兒才道：「這不是人骨，是猴子的骨頭。」

李遊正揉著額際苦思，聞言抬起頭，急問道：「你憑何斷定？」

「大人您看，此骨面部凸出，下顎厚實，鼻骨極低，這都是猴子頭骨的特點。」仵作說道。他當了幾十年的差，這些細節還是分得清的。

李遊接過頭骨細看，果然不錯。為了平息周遭的議論聲，他下令把猴子的頭骨靜置在院中半日，供人細看，隔日再拿去城外掩埋。

一場鬧劇終於結束，圍觀的人群裡發出一陣陣唏噓聲，原來是虛驚一場。

錢莊的人手握字據，白紙黑字上還有宋掌櫃的簽字畫押，是萬萬抵賴不掉的，李遊仔細看過字據後，轉臉對錢莊的人說：「欠債還錢乃天經地義，本官不會阻攔，但打罵乃至傷人，就是觸犯律法了。」

「您放心，李大人，我們一定規規矩矩的來！」

李遊點了點頭，帶著人走了。

站在鋪子前的沈澤秋這才看清楚，這位氣宇軒昂的李大人，正是昔日私塾中落魄潦倒的窮書生啊！

「看呆了？」何慧芳拍了拍沈澤秋，揶揄了他一句。

「原來他真當上官了。」沈澤秋抱著手臂，望著李遊的背影，想起有回去私塾裡玩，李遊坐在茅屋裡看書，秋娟扔了顆小石子打在窗戶上，不一會兒門便開了。李遊那年只有十幾歲，身形瘦得像根竹竿，笑著走出來同他們聊天，他還唸了詩給他們聽。

沈澤秋微笑著搖了搖頭，轉身回到鋪子中。

自從店中有了慶嫂和慧嬸子幫忙，又靠她們招攬了好幾位可靠的女工做活後，鋪子裡的工期不僅沒耽誤，反而更快了，客人訂的衣裳一般三日後就能交貨，加上安寧新推的款式新穎，生意比以前還要好。

安寧一半時間在後院休養，一半時間出來指點慶嫂跟慧嬸子裁衣裳。

沒過幾日，花街上就傳遍了，說沈氏布坊可厲害了，光是幫忙裁衣裳的人就請了兩位，而且要想在他們家做工，都是要有熟人介紹才能去呢！

「呵，店面不大，排場倒是不小。」說話的是胡氏布坊胡掌櫃的妹妹胡雪琴，胡家娘子的小姑子，今年二十三歲，嘴巴伶俐、頭腦靈活，一些長舌的人都叫她「老姑娘」，不過這話也就私下說說，誰也不敢當著她的面聊。

胡氏布坊開在街口，是整條街最大的店面，別的鋪子只有一層，他們這兒足足上下兩層，不僅賣衣裳，還賣鞋襪、帽子、女子的脂粉等，不過主要還是靠賣衣裳營利。

胡家娘子整理著貨架上的布，頭也沒抬地說了句。「妳管人家啊？看看妳，今年都二十三了……」

「哎呀，嫂子，妳催什麼呀？」胡雪琴最討厭聽這些個話，捂著耳朵站起來就往一樓走。「我還是去招待客人吧！」

胡家娘子急忙喊住她。「雪琴，妳聽一句勸，我喊王媒婆幫妳留意著，今年過年前，妳的婚事必須定下來。」

「他們都配不上我！」胡雪琴提著裙襬，蹬蹬蹬，頭也不回地下了樓。

身後的胡家娘子無奈地嘆了口氣。

「安寧、澤秋，吃飯了！今兒咱們喝排骨蘿蔔湯。」何慧芳做好了午飯，一邊擦手，一邊走到鋪子裡叫他倆吃飯。「慧嬸子，妳留下一塊兒吃吧！」何慧芳中午備飯時就多備了一份。

慧嬸子今天就一人在家，她男人領著孩子回鄉走親戚，她心裡放不下鋪子裡的活計，留在鎮上沒有回。

慧嬸子還要客氣，被何慧芳拉住了胳膊。

「咱們之間還客氣個啥？唉，說起來我還覺得慚愧呢，妳為了來做活兒，和家裡人吵架了吧？」

慧嬸子的男人是個不頂用的傢伙，幸好祖宗保佑，家裡留下一棟寬敞宅院，租了一半給別人住，一家子靠租金和慧嬸子幫工勉強生活，偏偏他心裡沒半點數，脾氣大又愛罵人，是家裡的土皇帝。

「沒事。」慧嬸子笑了笑，眼睛亮晶晶格外的有神采。「我現在看開了，我怕他做啥？我手底下管著好幾個女工呢，可比他厲害多了！所以啊，這回我才沒聽他的回鄉走親戚。有什麼好走的？什麼都不比我做事掙錢重要！」

何慧芳笑得合不攏嘴，這話心裡聽得痛快。「妳能這麼看最好！」

因為鋪子沒人照看，所以午飯通常是擺一張小桌子在鋪子和院子交界的空地上，這樣能留意外面的動靜，有人來取衣裳、訂衣裳也好及時迎出去。

「欸，不知道你們聽說了嗎？咱們鎮上新來的主簿李大人，今年二十五了，還沒娶親呢！」飯桌上，慧嬸子說道。

沈澤秋有些驚訝，他以為李遊考上功名後早就成家了，沒想到至今還是一個人。

安寧喝了口湯，輕聲問：「像李大人這樣的青年才俊，應該有很多人和他說親吧？」

「安寧妳說的一點都沒錯！」慧嬸子說完，把話鋒一轉，蹙起眉道：「不過聽鎮上的媒人們講啊，這位李大人眼界高著呢，先前說了位知書達禮、家境優渥的小姐給他，李大人見了面，回來後二話不說就拒絕了，說什麼性子不合適。偏偏那小姐家裡人對李大人是處處看，處處滿意得不行，託媒人說要再見一次，但李大人說什麼都不同意了。許是人家做官的，瞧不上商戶人家吧？」

聽到這裡，安寧和沈澤秋對望了一眼，都覺得李遊不像這種虛榮的人。

「或許裡頭還有什麼隱情吧？」沈澤秋說道。

慧嬸子點點頭，露出笑來。「是呢。不過現在女方家人還央著媒人，叫媒人再勸勸李大人回心轉意，但我看玄哪，多半沒戲。」

何慧芳挾了一筷子炒豆角吃，又扒了一口飯。

「依我看，這強扭的瓜不甜！李大人既然不喜歡，女方何必非送女兒上門？」

誰說不是？可天底下多得是執迷不悟的人啊！

「打聽了好幾日也沒尋到要去青州的，等不起了，明日我準備一下，後天就乘船出發。」沈澤秋說道。

安寧和何慧芳都有些擔心，青州離桃花鎮有幾百里的水路，坐船快則兩、三日，慢則需四、五日，一來一回至少需要十日，讓沈澤秋一個人出發，還真有些放心不下。

「妳們放心吧，濱沅鎮就有直接到青州的船，我打聽過了，船會直接停泊在青州的雲港，下車雇一輛馬車，用不了兩個時辰就能到城內。」

沈澤秋倒是冷靜，他準備把銀子換成銀票貼身藏起來，再穿上一身破舊的衣裳，就說是去城裡投靠親戚的。再說了，從清源縣到青州的這片水域水流和緩，也比較太平，他不會遇到啥事的。

家裡的生意有慶嫂和慧嬸子幫忙，沈澤秋倒是不擔心，唯一就是最近隔壁宋掌櫃的宅子在修葺，錢莊的人急著出手變現，一日裡會帶好幾批的人來看房，形形色色的人都有，也不知其底細。

「我不在家的這些日子，早些關鋪門，夜晚睡覺前記得再把門窗都檢查一遍。」臨行前，沈澤秋又囑咐了一遍。

「放心吧。」何慧芳送他到清水口。「你的媳婦兒和家，娘一定幫你給看好了！倒是你自己，路上多注意著點。」

「好，娘您回去吧。」沈澤秋已經換上了好幾年都沒穿過的舊衣裳，袖口和前襟都磨破了，衣裳浣洗過不知多少回，現在已經瞧不出本來的顏色。他還戴了頂舊帽子在頭上，背上就挎著個癟癟的包袱，怎麼看都像是從家裡逃荒出來的。

何慧芳把年前自香山寺求來的辟邪符從兜裡掏出來，塞到了沈澤秋的口袋裡，拍了拍說：「行，那娘回去了。」

目送著何慧芳的背影遠去後，去往濱沅鎮的船也靠了岸，沈澤秋和大家一起登上小帆船。這船會開到濱沅鎮，去那裡再換上大木船，才能順著桃花江匯入桑水河，一路到青州的雲港去。

「這位爺，您小心腳下。」太陽才升上來沒多久，錢莊的人就領著今日的第一位賣家上門看房了。

據說是從隔壁鎮子舉家遷回原籍，想要買間宅院落腳，順便做些小生意的。

何慧芳正握著竹掃把清掃著門前的落葉，刷刷刷的一邊掃地，一邊用餘光打量著來人。那人四十多歲，長袍加身，頭戴一頂小圓帽，瞧上去倒不壞，比昨日來看房的幾位看著順眼多了。她可不想隔壁再來一位像宋掌櫃這樣的缺德鄰居！

不一會兒，林家馬車登了門，許久不曾露面的林舉人的孫女兒林宛下了馬車。三、四個月不見，林小姐竟然又長高了半寸，人也苗條不少，原先有些嬰兒肥的臉頰也消了，下巴尖了，鼻子挺了，從一位懵懂的小姑娘出落成幾分大姑娘的樣子。

「林小姐，您可是稀客了，好久沒見您出來逛了。」安寧正好在鋪子裡，望見林小姐，慢慢地走上前。

林宛微微一笑。「我今年去了外祖家過年。」

難怪沒見她來做新衣呢！「林小姐有合心意的嗎？」安寧問道。

「聽說你們家的錦緞和綢緞做的衣裳特別好看，我想試一試。」林宛說著，往鋪子裡走了幾步，指著一塊水紅色的綢緞，上面繡著大朵紅白交錯的芍藥花，特別的明豔好看。

安寧讓慶嫂把那塊料子取下來給林宛細看。

林宛摸了摸，見這料子滑順，做工精緻，心裡便更加的喜歡了。

這林宛是屬於小家碧玉型的女子，文雅中略有幾絲俏皮，這種大紅大豔的料子，恐怕會搶了人的風頭，但難得她喜歡，安寧想了想便說道：「林小姐不如做件純色嵌花邊的上襦，下裙配這塊花料子吧？這樣濃淡相宜，會比花團錦簇更加亮眼，也符合您的氣質。」

林宛想了想便同意了，反正只要是安寧說的款式，最後穿上身效果都好極了。

「你們會參加雲裳閣舉行的比賽嗎？」量了尺碼、交了訂金後，林宛隨口問了一句。她的外祖家在青州城，雲裳閣是青州城最大的布坊，林宛和外家姊妹一塊兒去逛過，覺得安寧裁剪的衣裳和雲裳閣的比較起來也不分伯仲，唯一的區別大概是料子不同，還有繡活沒那麼精緻罷了。

雲裳閣每兩年都會舉行一次比賽，各家布坊無論大小均可參賽，獲獎的可以加盟雲裳閣並拿走獎金。

「我並未聽說過，林小姐是從哪裡聽來的消息？」安寧有了些許興致。

林宛蹙眉想了想。「我是聽雲裳閣裡的夥計說起才知道的，不過怎麼比、怎麼參加，我就不太清楚了。但我覺得妳要是參賽，一定能拿獎！」林宛歪著頭，笑著說，有一點點嬌憨的味道。

「謝林小姐。」安寧淺淺一笑，在心中暗想著要去仔細打聽一下雲裳閣，還有雲裳閣舉行的這個比賽。

送走了林宛，何慧芳瞧著林家馬車咕嚕咕嚕遠去，心裡忽然有了些許想法。

「安寧，妳說李大人和林家小姐可相配？」

安寧沈吟了一會兒，林小姐出自書香門第，李遊是讀書人，兩個人或許能說到一塊兒。但……「我瞧不出來。」安寧搖了搖頭。或許李遊自己性子沈穩，便想找個熱情開朗的互補一番呢？

「嗯……」何慧芳把掃成一堆的破葉、灰塵用鏟子剷起，澆到了路邊大樹底下。她瞅著，兩人還挺合適的呀！

就快到晌午了，安寧坐在櫃檯後，慢悠悠地做了幾枚盤扣，一朵朵如盛開的花朵，是要縫在女衫前襟上的，既實用又好看，好多女眷就是衝著這些精緻的盤扣過來的呢！

何慧芳在灶房裡弄午飯，安寧這兩日胃口變了，不愛吃甜口的，愛上了鹹口，何慧芳買了半隻醬鴨子回來，那東西用醬油和鹽漬過，味道重，不過滋味香，安寧吃過一回後說愛吃，何慧芳今兒早上便又去買了一回，叫老闆幫忙剁成小塊，回家隔水蒸熱就能吃。

另外，她還用紅豆和小米混合在一塊，熬了一鍋紅豆小米粥，喝著可以解膩。

她正摘著慶嫂給的野菜，準備洗洗後炒上一盤，隔壁院子突然傳來一聲驚叫。

何慧芳被嚇了一跳，忙走出去瞧，安寧也站在鋪門口往外張望。

只見早上去看房的那個男子，被錢莊的人架著走出來，一條腿縮著不著地，是單腳蹦。

「呀！這怎麼了？」何慧芳驚訝地說了句。

話音剛落，那個男子耐不住痛，順勢坐到門檻上。「不行，走不了了，來兩個人把我抬到醫館去吧，這腿多半是骨折了。」

原來這男人早上看過房後覺得挺滿意的，有想買的意向，便又來瞧了第二次，還去二樓轉了一圈。二樓被火燒壞的臥房已經被錢莊的人掏錢修好了，處處都整潔，就連院子裡那棵枇杷樹也已經被伐了去。

眼看就要成交了，誰知道從二樓下來時，這男子一腳踩空，咚咚咚地從樓梯上滾了下來，吧嗒一聲脆響，把兩個陪著看房的夥計嚇得臉色都變了，暗道一聲不好。

這房子還真是邪門。

前日有位夫人也瞧了滿意，結果臨付錢時在院子裡突然流了好多鼻血，止都止不住。今天這位就更誇張了，竟然從樓上摔下來，把好好的一條腿給摔折了！

俗話說，好事不出門，壞事傳千里。沒過兩日，宋家的宅子邪門、沾上就沒好事的消息就傳遍了桃花鎮，那些說法一個賽一個的離譜。

「據說那宅子下面其實住著妖怪呢，就是妖怪在背後搞鬼，偷偷絆倒了人，害人摔斷了腿。」

「不是這樣的。」茶樓裡坐著飲茶的一位鶴鬚白髮的客人擺了擺手，眉頭緊鎖。「我昨天才聽道觀裡的真人說啦，上次衙門的人不是挖出骨頭和法器來嗎？真人說，這其實是來自南疆的一種妖蠱！」那位客人說得言之鑿鑿，把周圍喝茶客人的目光都吸引了過來。

「真的？」有人搭了句嘴。

「那還能有假？」客人捋了捋白鬍子，抬了抬眉毛，繼續娓娓道來。「衙差們把骨頭和法器挖了出來，等於破壞了這個蠱，蠱妖沒有法器的鎮壓，就跑出來害人了！」

剛才答話的人「欸」了聲。「這不還是有邪崇做怪嘛！」

謠言越演越烈，連隔壁沈氏布坊都受到了波及，安寧和何慧芳每天都會被好事者問上幾句。

「晚上你們睡覺時，可聽見隔壁有啥響動不曾？」

「何姊啊，我瞅妳眼下發黑，是不是沒睡好呀？哎喲，可是為了隔壁的事呢？我聽說……」

安寧性子柔和，聽了之後多半笑而不答，或者直接岔開了話題。

但何慧芳就沒這麼好說話了，街面上好多人只曉得她是個好說話又熱情的老太太，還沒見識過她氣勢洶洶不饒人的那一面。

這不，今天下午一個住在花街上、年紀比何慧芳還大一輪，平日也沒啥接觸、名叫桂婆婆的老嫗來了鋪子裡。

她假模假樣地看了幾疋料子，然後就貼著何慧芳站了過來。「喲，聽說你們隔壁最近不太平呢，真的假的？」

何慧芳正在幫忙做盤扣，聞言扭頭覷了她一眼，沒好氣地哼了聲。「妳管呢？和妳有啥關係？」

桂婆婆眼睛一瞪，就像聽不懂何慧芳的話一樣，陰陽怪氣地接了句。「呀，那就是真的了唄？妹子，妳別急呀，瞧妳這話衝的喲！」

這桂婆婆一開口，何慧芳就知道她不是個省油的燈。不僅嘴碎，還故意陰陽怪氣地撩火呢！

何慧芳把手頭的東西放下，插起腰來。「妳聽清楚了，隔壁太平得很，而且我們家和和和美美、一帆風順，我急哪門子呀？」

「妳還不急？臉都垮下來了！妳這人真有意思，說幾句話就翻臉，虧妳還是做生意的呢！」

桂婆婆嘀嘀咕咕，又是翻白眼、又是冷哼的，把何慧芳心裡的邪火都勾了出來。這桂婆婆才叫有意思，虧她一把年紀了，說話卻是半點分寸都沒有。何慧芳可不慣著她，沒這個道理！「我垮臉是因為我要罵妳！」何慧芳擼了擼袖子，皮笑肉不笑地說道。

「呵，好大的脾氣，大家來評評理……」桂婆婆恐怕是第一次被人指著鼻子罵說「我要罵妳」，一下子沒轉過彎來，回過神後馬上就使出一哭二鬧那一套。

何慧芳抱著手臂，冷冷瞅著她，見路人都好奇的圍攏過來了也半點沒怵，由著她在外頭瞎嚷嚷。等餘光瞅見錢莊的管事帶著夥計走近後，她才走出鋪子，提高嗓門說：「桂婆婆，別胡說八道，妳也不怕下了地獄被剪掉舌頭！我家隔壁太太平平，妳少傳些無根的謠言，這是要造口業的！」

桂婆婆心想：妳個鄉下來的鄉巴佬，果真口舌笨拙，原來憋了這麼久就這幾句！她聳肩晃了晃頭，年近花甲了還中氣十足地喊道：「妳家隔壁就是鬧邪祟，妳當大家不知道呀！要不那房怎麼降價了都沒人買呢？」

這幾句話不偏不倚，剛好就傳到了錢莊管事的耳朵裡。他最近為了把這套房子給賣出去，已經是急得臉上長痘、嘴裡生泡，夜裡都睡不好，這房子若賣不掉，他面對錢莊掌櫃的壓力可大了，因此聽見桂婆婆的話後自然氣得七竅生煙。還不都是這些好事者瞎傳，顛來倒去的搬弄是非，把一所好好的院子給聊得一文不值！

「老不死的！飯可以亂吃，話不能亂講！」他走上前俯視著瘦小乾癟的桂婆婆，臉色陰沈沈的，格外可怕。但凡桂婆婆再年輕些，或者是個男子，那麼今日就不是挨一頓罵這麼簡單了，他們能直接揍得她找不著北！「看妳大半截身子入了土的分上，今日就不和妳一般見識，但別再有下次，否則小心妳一把老骨頭被折騰散嘍！」

那管事的瞪了桂婆婆幾眼，雖說沒有動手，卻也把慣來欺軟怕硬的桂婆婆嚇了個半死。

哎呀，她就是隨口說點熱鬧事，誰知道就惹禍上身了！桂婆婆一縮脖子，灰溜溜地走了。

何慧芳瞅著她的背影，翻了個白眼。

「沈老太太！」

何慧芳正要邁步往鋪子裡走，卻被錢莊的管事給叫住了，她站定回身，一挑眉問道：「啥事啊？」

「還不是為了隔壁院子的事。」管事的上前拱了拱手。「這房子不好賣，妳們住在隔壁肯定清楚，想煩勞你們件事，若是有人來打聽，幫我們說說好話，房子早日脫手，有人開店營業，妳們這兒也熱鬧些。」

何慧芳愣了愣。「有人問，我自然照實了說。」

「哎呀，沈老太太，您沒聽懂！」管事的說道。

安寧從櫃檯後迎了出來。「這位大哥，你有話直說了吧。」

錢莊管事走進鋪子裡，走到裡面後壓低嗓門說：「這宅子在桃花鎮本鎮人的心裡，說句實在的，已經一文不值，只有從外地來的客人才有可能入手。我們接下來會帶外地人上門看房，要是問起來，還麻煩妳們照顧著，別提枇杷樹下的東西和宋掌櫃的事情。」

何慧芳和安寧一聽，都蹙起了眉，這樣做可不厚道呀！

「我們不白叫妳們幫忙，一旦房子脫了手，我給妳們這個數。」錢莊管事說著，伸出五指，揮了揮。

何慧芳瞪大了眼睛。「五兩？」

「五十兩。」錢莊管事歪嘴笑了。

我的娘耶！何慧芳差點把心裡的驚呼脫口而出。錢莊不愧是錢莊，幾句好話的事，就值五十兩銀子？

安寧垂下眼睫，半晌沒有說話。做事不能昧著良心，但她看看門口站著的兩個魁梧高大的錢莊夥計，沒有輕舉妄動。

「妳們想一想吧。」錢莊的管事直起腰，帶著他的人走了。

何慧芳追到了鋪子門口，踮著腳望著他們走遠了，然後才走回到鋪子裡問：「安寧，妳怎麼看？」

「不能答應。」安寧搖了搖頭。

何慧芳擺弄著櫃檯上的抹布，自嘲地笑了笑。「說實話，我剛才差點動了邪念，嘴皮子一張一合就能白賺五十兩，誰能不動心？」可她良心上會過不去。「算了，要是買的人不問咱就算了，要是問起……咱好歹得暗示一下。」何慧芳嘆口氣，拎起抹布擦起了櫃檯貨架。

這主意正，安寧也覺得好。可她就是怕錢莊的人會不依，反過來找她們的麻煩。罷了，多想無益，到時候再說吧。

沈澤秋在清水口登上了小船後，一路順順利利地到了濱沅鎮，既然到了鎮上，自然要去看看錢掌櫃。

他家的貨棧離碼頭不遠，沈澤秋一邊問、一邊按照錢掌櫃以前說過的路線走，不消半個時辰就到了一家貨棧門前，木匾額上寫著「錢氏貨棧」幾個大黑字，門口還擺著一個貨架，上面曬賣著一些乾木耳、香菇啥的。

「小哥，我叫沈澤秋，來找這家貨棧的掌櫃。」沈澤秋走進貨棧，裡面有一個先生和兩個夥計，但沒有見到錢掌櫃，便和那個先生打聽。

那人三十多歲，抬頭看了沈澤秋一眼，問道：「你認識他？」

沈澤秋點了點頭。「我是從桃花鎮來的，是他的朋友。」

男子點了點頭，掀開門簾往旁邊的廂房裡去，拍了拍正教妮妮寫大字的錢掌櫃的肩。「姊夫，你的窮朋友從桃花鎮找你來了，穿得可寒磣了，我還以為是哪裡來的討水喝的難民呢！」

錢掌櫃奇怪地蹙起眉，一邊往外走一邊嘀咕。「窮朋友？沒這麼一號人吶……」等他掀開門簾走到外面，看清楚沈澤秋的臉，頓時一驚，瞪大了雙眼。「澤秋小弟？」

沈澤秋咧開嘴，對他笑了，先一步截住他的話。「故意這麼打扮的。」

「唷，虧你想得出來！」錢掌櫃聽了沈澤秋的話才放鬆下來。

這時候，方才那名男子，也就是錢掌櫃的妻弟井文耀抱著妮妮走了出來，見到沈澤秋和錢掌櫃在一起親熱的寒暄說話，還讓夥計泡了杯茶給沈澤秋，對妮妮笑著說：「還真是妳爹的朋友呢！怎麼混成這副樣子？不過那精神頭還不賴……」話還沒說完呢，妮妮就掙扎著要下地。

妮妮看見沈澤秋手邊放著的木雕小兔子了！她邁著小短腿，蹬蹬蹬地跑過去，撲在沈澤秋的身邊，脆生生地喊了句。「沈叔叔好！」

沈澤秋摸了摸她的小辮子。「妳也好呀！」他現在一看見妮妮這副可愛的模樣，就會忍不住想，安寧要是生了個女兒，一定也是這麼的可愛。

妮妮問完了好，視線就一直落在旁邊的木雕小兔子上。

沈澤秋把兔子拿起來遞給她。「這是毛毛自己雕的，託我送給妳。」

「真的嗎？」妮妮驚喜地瞪大眼睛，笑得眉眼彎彎。「沈叔叔你告訴毛毛哥哥，我很喜歡他送給我的這個禮物！」

沈澤秋的嘴角翹起就沒落下過，他對妮妮點了點頭。「好，我一定幫妳轉達。」

等妮妮拿著小兔子跑去一邊玩耍的時候，沈澤秋打量了一圈貨棧內部，發現了很多值錢的山貨，比如鹿茸、人參等，琳琅滿目。

「錢大哥，您這兒的生意肯定很好吧？」沈澤秋問道。

錢掌櫃點點頭，接著嘆了聲。「這做山貨經常要去鄉下收東西，要的夥計多，我招了好幾批了，沒幾個可靠能用的。」

這行水比較深，貨棧的夥計必須完全可靠，錢掌櫃店裡加帳房先生一共四個夥計，有兩個都是從岳父家借的，現在最令他頭疼的就是招人的事。

一個字，難。

聽錢掌櫃這麼一說，沈澤秋立刻想起沈澤平。二伯娘託他們給澤平找活幹，錢掌櫃這裡就是個好去處。「錢大哥，我堂弟沈澤平今年十六，生得高大，人也機靈，要是你不嫌棄，讓他來你們家做夥計怎樣？」

錢掌櫃想了想。「這事我不能打包票，你要把人帶來，我先看看才行。」

「行啊！」沈澤秋說道。

錢掌櫃留了沈澤秋在貨棧吃晌午飯，沈澤秋原本打算吃了飯就回碼頭，趕下午的船去青州，誰知道早上還晴空萬里的天，轉眼就烏雲密佈，天色一下子就暗了，雷聲滾滾震天響，不一會兒就嘩啦啦地落起暴雨。

「這麼大的雨，船還能開嗎？」沈澤秋走到門口往外看去，只見黑雲壓得低低的，狂風暴雨，雨幕連成了勢，地面上很快便匯集出一條條水溪。

雨一落，連天都冷了不少，又變得冰寒刺骨。

錢掌櫃吩咐夥計燒了一爐炭火。「澤秋小弟，過來烤烤火，取個暖。」

沈澤秋搓了搓被雨水打濕後凍得有些發僵的手指頭，轉身走回店中坐下。

「這雨來得太不是時候了。」他說道。

錢掌櫃往外看了眼。「是啊，瞧這天色，一時半會兒的恐怕還不會停。下雨天，天留客，我家裡有空房，你今夜就在我家住吧，待明日放晴了再出發不遲。」錢掌櫃說道。

沈澤秋把手張開，放在火上烤了烤，一想到家裡安寧和娘還在等他，就不想多耽誤工夫。「多謝了，錢大哥，我再看看，萬一待會兒雨勢就小了呢。」他說道。

因為大雨，錢掌櫃的貨棧裡沒什麼客人，沈澤秋坐著陪他聊了一會兒天。

沒過多久，天色轉明，雨雖然沒停，但比起之前已經小了很多，沈澤秋便拿起包袱起身告辭。「雨小了，我去港口看看，興許還能趕上船。」

錢掌櫃知他趕時間，也不強留，喚了店裡的一個夥計來，叫他拿來一把傘給沈澤秋。

「好吧，那你慢走，路上警醒些。」

「知道的。你瞅我這身破破爛爛的衣裳，就曉得我會加倍小心的。」沈澤秋接過傘，對錢掌櫃笑著說道。

妮妮拿著小兔子，眨巴著一雙水靈靈的大眼睛，奶聲奶氣地說：「沈叔叔再見。」

「妮妮再見。」沈澤秋笑著對她揮了揮手，接著撐開油紙傘，走入了雨幕之中。

雨水打濕了小路，把泥巴泡得又鬆又軟，一腳踩下去就是一個深坑。雨絲被風吹斜了，飛揚的雨水打濕了沈澤秋半截衣袖，等他深一腳、淺一腳走到港口的時候，膝蓋往下，還有兩隻袖子差不多都濕透了，浸了水的衣裳又冰又涼，黏糊糊的貼在身上，既冷也不舒服。

港口旁邊支著一個茅草大棚子，門口掛著一塊半舊布幡，上面寫著個「茶」字，這是間簡陋的茶攤子。

沈澤秋收了傘，站在茶攤子的門口，一邊甩傘上的雨水，一邊往江面上眺望。

江面上白茫茫一片，有稀薄的一層霧，但能看清兩岸綿延起伏的青山，江面空空蕩蕩，只有江心小島如棋盤上的黑子點綴其中，卻是一隻船也看不到。

「客人，往裡面來吧！衣裳濕了要烤一烤，不然受了寒可就糟嘍！」茶攤的夥計說道。

沈澤秋點了點頭。「欸，給我來壺茶，要一碗青菜麵。」

因為下雨，茶棚裡人很多，早已經沒了單桌，沈澤秋隨便找了個還有空位的桌子坐下，脫掉外袍烤起了衣裳。

「下了場大雨，江水又急又混，不知道船還來不來？」

「且等著吧，要是天黑不見過來，多半要等到明日嘍！」

周圍的茶客七嘴八舌的議論著，口音比較雜，南北的人都有。

沈澤秋嘆了口氣，這時候他點的那碗麵上來了，熱氣騰騰的，量很足，雪白的麵條配上幾綹青菜和綠豆芽，顏色好看又能飽腹。

「小夥計，給我再加勺辣醬。」他拿起筷子嚐了口後，對甩著毛巾來往跑堂的夥計說道。

「好嘞——」那夥計笑著迎上前，給沈澤秋加了醬。

這時候天空上一道銀光閃過，轟隆幾聲巨雷，剛才稍歇的雨又一次滾滾而下。

得了，今日多半是上不了船了。沈澤秋死了心，埋頭一心一意地吃麵。

嘈雜的雨聲蓋住了茶攤門口的喧鬧，讓門口的爭執成了茶攤上的一道背景音。

沈澤秋坐在裡邊，背對門口坐著，周圍幾個大嗓門的漢子正在閒聊天。

這時候，門口站了一大一小兩個孩子，他們一起頂著件破蓑衣，一路小跑到了茶攤門口，髒兮兮的衣裳還滴著水，臉上又黑又髒，剛站定，就惹得茶攤夥計的嫌。

「快走快走！別擋著客人進門！」說著就要出去轟人。

大孩子約莫十一、二歲，小的只有四、五歲的樣子，濕淋淋地站在門口，活像一對鵪鶉。大的那個吸了吸鼻子，哀求道：「雨太大了，把俺和俺弟的衣裳都淋濕了，求求您讓俺們進去烤烤火吧，俺們凍得厲害！」

「去去去，一邊去！你們這又臭又髒的進去了，客人們還怎麼吃飯？」茶攤夥計沒什麼好脾氣，他招呼客人還招呼不過來呢，哪有心思搭理這兩個小鬼？

「大爺，求您了，俺們就進去坐一會兒！」大的那個孩子不肯放棄，繼續哀聲請求。

茶攤夥計不勝其煩，隨手抄起了旁邊的掃帚趕人。「快走！莫惹得我發脾氣！」

這時候，小的那個孩子瞅準機會，像條小泥鰍似的，一下子就從門口鑽了進去。

好巧不巧，另一個夥計正捧著壺酒路過，一人撞、一人嚇，哐噹一聲，酒壺落地摔了個粉碎。

「站住，小兔崽子你！」

一時間，整個茶棚裡雞飛狗跳。

茶攤的夥計都快被氣瘋了，一大一小兩個孩子很快就被夥計們揪住了胳膊。

沈澤秋一直自顧自地吃著麵條，這時才聽見動靜，回過身去看。

那兩個孩子就是流浪的小叫花子，無論如何也賠不起酒錢，茶攤的夥計沒轍，心裡的氣沒處撒，抄起掃把就要打人。

沈澤秋正要起身攔，靠近門邊的一位長衫男子已先一步攔住了盛怒中的夥計。

「算了，別和他們置氣了，砸碎的東西就記在我的帳上吧。」說完點了下那個大孩子的頭。「別愣著了，快進來把濕衣裳烤一烤。」

茶攤夥計還有些不快，這兩個髒兮兮的小鬼進去了，怕其他客人不喜，但這位長袍男子已承諾賠酒錢，他們也不好再攔。

「這裡還有空位！」茶棚裡坐滿了人，見兩個孩子東張西望的找不到落腳地，沈澤秋便對他們揮了揮手臂。見兩個孩子瘦骨嶙峋，頭髮枯得如雜草一樣，沈澤秋動了惻隱心。「夥計，再來兩碗素麵。」

大孩子一聽，忙按著小的，給沈澤秋和剛才幫他們解圍的長衫男子磕頭。

沈澤秋一把攔住他們。「好了好了，先坐下吃麵吧。」

素麵一端上來，兩個孩子便狼吞虎嚥的大口吃起來。

長衫男子尋了個空位坐下，打量沈澤秋也是破衣爛衫的，想必日子過得不容易，遂開口道：「小兄弟，這碗麵錢我來付吧。」

沈澤秋抬起頭，這才仔細地打量他，然後試探著問道：「可是……胡掌櫃？」

長衫男子有些詫異地抬起頭，上上下下重新將沈澤秋端詳一遍。「你是？」

沈澤秋笑了笑。「我叫沈澤秋，接手錢氏布坊的那位，我們見過一回的。」

胡掌櫃瞪大眼睛，好一會兒才將眼前灰撲撲的男子和花街上那個年輕高大的沈掌櫃聯結在一起。「你怎麼打扮成了這副樣子？」

因為春秀的事情，沈澤秋還特意打聽過胡掌櫃，不過沒探聽出什麼，只知道胡氏布坊的生意，大部分都是胡娘子和胡掌櫃的妹妹胡雪琴在主持，倒沒想到竟在這兒遇見了他。

「出去走一趟。」沈澤秋說道。

胡掌櫃笑了笑，問道：「是去青州吧？」

沈澤秋自然不好說謊，點頭解釋。「對，頭回去。」

「我也是去青州的，你我順路，一塊兒同行如何？」胡掌櫃神情自然，語氣和緩，瞧上去是真心實意邀請沈澤秋同行。

沈澤秋略微沈吟了片刻，想了想後拱手道：「那敢情好。」

過了會，雨停了，可天也快黑了，沈澤秋有些遺憾地說：「這麼晚了，今日不會有船來了吧？」

走出茶棚，濕涼的風迎面吹來，天色將暗不暗。

胡掌櫃蹙眉遠眺。「再等半個時辰，要是船還不來，我們就去鎮上找家客棧住一晚吧。」

沈澤秋點了點頭。

第十四章

下過一場雨後，何慧芳把從村裡帶來的種子翻了出來，胡蘿蔔、番茄還有花生、蠶豆什麼的，現在就可以種了。

布坊的院子遠不如在村裡的寬敞，何慧芳把舊花圃給整平了，修整出一塊長三丈、寬一丈的長方形土地，然後用小鋤頭仔細地翻過一遍鬆了土，分成好幾小塊，分別撒上了不同的種子，過上幾個月，就又能吃上自己親手種的菜了，她心裡高興啊！

播完種子，見安寧拿起水瓢要和她一塊兒澆水，可把何慧芳給擔心壞了。「安寧，妳放著吧，我來。」

院子裡原本鋪著一層石板，有幾個坑也早叫沈澤秋給填平整了，安寧自己小心翼翼的，很有分寸。「娘，您讓我活動活動吧。沈大夫不是說了，我光吃不動也是不行的。」

何慧芳很信任沈大夫的醫術，再說她也不是沒見過有的婦人懷孕後，吃得胎大人肥，最後生產時吃虧的，可真輪到自家兒媳婦有孕，她是真捨不得媳婦動手。

「行，那妳就澆那小半塊哈，多了可不許。」何慧芳和安寧說道。

慶嫂和慧嬸子今日都在鋪子裡頭，正在一塊兒裁剪衣裳時，門口走來一位穿著白衣的年輕男子，於是慧嬸子進後院喊道：「何姊、安寧，來客人了！」

安寧把水瓢放下，擦了擦手後往外面走去，隨即愣了愣，那白衣男子分明是穿常服的李遊。「李大人，稀客呀！來做衣裳嗎？」安寧迎了出去。

李遊沒想到這裡竟然是沈澤秋家的店鋪，微微一笑，非常坦率地說：「我今日不是來做衣裳的，而是有事想問。」他是聽說了關於花街布行上的謠言，加上今日休沐，便想親自來探尋個究竟。

「何事？李大人請說。」安寧給他倒了茶。

李遊頷首表示謝意。「隔壁那所宅子，近來風言風語很多，你們就住在旁邊，可有感受到什麼不尋常？」

「沒有，都是謠傳。」

安寧才說完，何慧芳也擦了把手出來了，一看見李遊，登時是喜上眉梢。

趁著這個機會，可以好好和他說會話，探一探他的口風。何慧芳在心裡覺得，林家小姐和李遊是極相配的，成一樁好姻緣也算積一份功德，她願意試一試呢！

「李大人！老婆子給李大人請安哩！」何慧芳笑咪咪的。

李遊趕緊站起來，扶住何慧芳的手臂。「沈老太太折煞我了，您這一拜我受不起，以後可不要行這種大禮、說這樣的話了。」

「好好好，聽大人你的！」何慧芳正在心裡估摸著該如何搭上話呢，幾個氣勢洶洶的男子突然衝入店鋪中。

「你們掌櫃的呢？」

鋪子裡的人都被嚇了一跳。

那幾名男子走到鋪子中環視了一圈，他們都穿著俐落的短衣，身形魁梧，眼神也十分的凶狠。

慶嫂下意識地說：「你們是什麼人？找我們掌櫃的做什麼？」

為首的男子活動著手腕，那副嘴臉凶惡得好像一言不合就要打人般，粗啞地回道：「你們掌櫃的不在，你們幾個就代為傳達吧！我們管事的可是上門提醒過的，叫你們管好自己的嘴巴！真壞了我們的生意，你們又能得什麼好處？」

慶嫂和慧嬸子聽得一頭霧水，可安寧和何慧芳卻是一聽就全明白了。

上回錢莊的管事上門來說叫她們幫忙說好話，還承諾事成了給五十兩銀子的好處，當日下午便帶了人過來看房，那人操著外地口音，並不是本鎮人。

何慧芳和安寧看見了還商量了一通，若人家私下裡來打聽，要怎麼隱晦的提醒？結果根本沒人來問。

「幾位小哥，我們都是本分做生意，何必破壞你們的生意？房子賣不賣得出去，和我們沒關係。」

李遊聽到「房子」二字便蹙起了眉，透過這些對話判斷出這些人是為了隔壁的宅子而來的。

不料何慧芳的話才說完，那帶頭的男子就蠻橫地叫她住口，甩甩頭，有些流裡流氣地說：「行了行了，要解釋找我們管事去！我們哥兒幾個今天就是奉命來給你們再提個醒的，少管閒事！」

說完揮了揮手，身後的幾個人拿起貨架上的布就往地上扔，場面霎時變得非常混亂。

安寧要往前走，何慧芳怕她被衝撞到，忙攔住她。「安寧，妳去後院，別出來。」說著和慶嫂、慧嬸子兩個往前要攔住他們。

可幾個上了年紀的女眷怎麼能和人高馬大的青壯年相比？何慧芳險些被推了一把。

李遊咬了咬牙，站起來怒聲道：「住手！」

那幾個人根本不理他，還嬉皮笑臉地挑釁。「小子！少他娘的逞英雄，識相的趕緊給我讓開！」

李遊重重吸了幾口氣，冷聲質問他們。「光天化日下仗勢欺人，砸人店鋪，還把不把王法放在眼裡了？」

那幾個人直起腰，饒有趣味地盯著李遊看，暗想這人的穿著和氣質一看就是認死理的讀書人，手無縛雞之力，還妄想管閒事？彼此間交換了個眼神。「你認識馮二爺嗎？」

李遊冷臉問：「馮二爺是誰？」

「哈哈哈……馮二爺你都不知道，還敢提王法？」那幾人頓時笑得直不起腰來。

為首的抱著手臂，下巴一抬，極是囂張地說：「在桃花鎮，我們馮二爺的話比王法還好用，信嗎？」

安寧和何慧芳她們一塊兒退到了櫃檯後，那些人嘴裡的馮二爺她也聽說過，是鎮上馮氏錢莊的老闆，聽說人脈很廣，是鎮上有權有勢的人。常言道，強龍不壓地頭蛇，安寧還真擔心李遊會被嚇唬到。

只見李遊冷冷一笑，字句清晰地道：「我還真沒聽說過這位馮二爺，你們憑什麼說他的話就是王法？難道衙門是他家開的嗎？」

「嘿，你還真說對了！」為首的漢子對著虛空拱了拱手。「新來的李主簿是我們馮二爺的好友，清源縣的縣太爺是我們爺的拜把弟兄！」

此話一出，安寧四人和李遊登時都驚呆了。

李遊是讀書人，重名節，這些人除了仗勢欺人外，竟然還打著他的名義扯大旗，他是萬萬不能容忍的！

「我就是你口中的那位主簿李大人，竟不知自己與你們的馮二爺是好友。」

那幾個人呆住了，彼此交頭接耳一番後，急匆匆的溜走了。

安寧和何慧芳這才鬆了口氣，今日若不是李遊在此，恐怕就要吃大虧了。

「李大人，今天多虧了你。」安寧輕輕福了福身，謝道。

李遊彎腰拾起地上的一卷布。「不必客氣，我既在桃花鎮為官，就該護百姓安寧。」

何慧芳心有餘悸。「他們不會再來吧？」

「會。」李遊望著街道，以拳抵唇，咳嗽幾聲。「那位馮二爺聽了手下的稟告，一定會親自登門的。」

李遊猜測的果然不錯。

那幾個漢子回到錢莊把情況一說，管事的立刻覺得不妙，又聽他們描述了李遊的長相，剛好對得上，心道這下完蛋了，急忙便去和馮二爺說。

馮二爺氣得踹了他一腳，吩咐人套上馬車就要往花街布行趕去。「你們這些飯桶，幹啥啥不行，盡會給我惹事！一個個都愣著等死啊？還不跟上！」

等馮二爺帶著人趕到時，鋪子裡被翻亂的布疋正收拾了一半。

馮二爺忙跳下馬車，迎上去笑著對李遊作揖。「喲，李大人！哎呀，手下人沒有規矩，竟然衝撞了您！」說完回頭對那幾個手下怒喝道：「滾過來！跪下給李大人賠罪，我今日要當著李大人的面打你們一頓，給大人賠罪消氣！」

李遊冷面不語，這種苦肉計他豈會上當？他神色淡然地道：「馮二爺，你該賠罪的對象不是我。」

「喔，對對對！還不過來幫忙收拾！」馮二爺在李遊這裡碰了個軟釘子，忙回頭對那幾個夥計揮手。「快向店家賠罪！」

安寧和何慧芳微頷首，皆冷眼瞅著那幾個剛才還雄赳赳、氣昂昂的人。

「店中損壞的一切貨品，我均按價賠償。實在抱歉，叫妳們受驚了。」馮二爺也親自致了歉。

何慧芳當然不會幫他省錢，沒好氣地說：「就二兩銀子吧！」一個架子摔瘸了條腿，她折了三百文錢；幾疋料子髒了要洗，折了五百文工錢；還碎了兩個茶杯。加上她們幾個收拾這滿地狼藉，以及被耽誤的功夫，叫他賠二兩銀子還是便宜了。

馮二爺什麼也沒說，老老實實地賠了錢。

「常言道，不打不相識，改日我在鳳仙樓擺一桌，請沈掌櫃一家和李大人一塊兒吃頓便飯，如何？」

「哼！」何慧芳冷笑一聲，她才不想吃他請的那桌飯。

李遊也拒絕了。「不必了。」

馮二爺在回去的馬車上越想越氣，扣了那幾個惹事的手下一個月工錢。

「馮二爺，李遊不過小小一個主簿，咱們怕他做什麼？」管事的叫做于鵬，是跟在馮二爺身邊多年的人，最會拍馬屁奉承。

馮二爺嘆了口氣。「你懂什麼？他雖然是個九品芝麻官，但手上有實權，我們民不與官鬥。」說完摸著下巴上的鬍渣，對于鵬說：「你去打聽打聽，那姓沈的一家人和李遊有什麼關係？」

「得，我一定好好查！」
安寧和何慧芳都留李遊吃飯，說要好好感謝他，李遊卻搖了搖頭。「抱歉，今晚我已約了朋友，就不叨擾了，告辭。」說完便走了。
經過剛才那麼一鬧，何慧芳和安寧都沒了什麼精神。
慶嫂和慧嬸子很講義氣，遇上這種事情非常鎮定，也沒跑，反而和她們同仇敵愾。
「要不咱們今日早些打烊，做頓好吃的，調理調理心情？」何慧芳提議，然後又對慶嫂二人說：「妳們也留下一塊兒吃吧！」
安寧點了點頭，第一次遇見這種事情，著實讓人生氣，這氣不能憋在心裡，一起發洩出來才好。
「好嘞！」慶嫂和慧嬸子也是心有餘悸。
於是她們一塊兒關上門，拎著菜籃子先去菜市場買菜。
這時候已經快到傍晚，豬肉早被買光了，倒是意外看到有人賣泥鰍，個頭還不小，買了來用油煎著吃肯定不錯。
何慧芳蹲下來，挑挑揀揀的，準備要上半斤。
安寧也一塊兒出來買菜，順便活動一下腿腳。她口味常常變來變去，唯一不變的是晚上總會被餓醒。她走到賣蒸糕的店前，想要買上一斤桂花味的，留著晚上吃。

「安寧！」

安寧正讓店家秤著蒸糕，身後突然傳來了一道熟悉的聲音。安寧驚訝地回過頭去，看見唐菊萍和毛毛就站在她後頭。

「你們怎來了？啥時來的？怎麼不去鋪子裡坐坐？」

唐菊萍笑了笑，抬了抬手腕上挎著的竹籃子。「今日到鎮上來賣雞蛋，出來得晚了，下半晌才到，準備賣完了雞蛋再去找你們哩！」

正說著話，買完泥鰍的何慧芳走了過來，見到他們，壓抑的心情頓時豁然開朗，疾走兩步上前。「到家裡去坐坐呀！」

唐菊萍還剩下七、八個雞蛋沒有賣完，她掀開竹籃子上的巾帕看了眼，笑咪咪地點頭。「好呀！」

一大家子往鋪子裡走，路上何慧芳眉飛色舞地和慶嫂、慧嬸子介紹了唐菊萍和毛毛，又告訴唐菊萍。「這是慶嫂，這是慧嬸子，她們都在鋪子裡幫忙呢！」

唐菊萍笑著點頭。「喲，鋪子裡的生意可真好，都請上人幫忙了！」

安寧笑了笑。「也就那樣。」

很快到了家，何慧芳領著她們一塊兒到了內院，五、六個人要吃上一頓好飯菜，可得好一陣忙和呢！

唐菊萍上回來得倉促，這次才仔細地打量了家裡，那整齊的房屋都是用磚頭砌的呢，不像村裡都是用土壘。

「先坐，我給你們倒水喝！」何慧芳抽出幾條長凳擺在走廊上，餘光瞥見毛毛一個人走在最後，笑著摸了摸他的頭。「你怎了？怎麼一副有心事的樣子？」

唐菊萍坐在凳子上，聽見這話，捧著杯子喝了口茶，神情有些不自然。

「嬸娘，我沒事。」毛毛眨著眼睛坐下來。

安寧遞了塊蒸糕給他，關心地問：「是不是餓了？吃點東西吧？」

其實今日唐菊萍並沒打算來賣雞蛋的，村裡人要來鎮上，為了天黑前能趕回家，哪個不是一大清早就出發，怎麼會下午才到？她是在家吵了一架，生了一肚子悶氣，這才出來的。

今天一大早，唐菊萍起來和大兒媳、二兒媳做好了早飯，是南瓜粥配酸菜，都是村裡人常常吃的東西。

念著沈澤石的媳婦王桂香懷著身子，唐菊萍特意給她蒸了個雞蛋補充營養。「我不是偏心眼，是桂香肚子裡的娃兒要吃，你們可別拈酸吃醋呀！」她把蒸好的雞蛋捧出來，對大兒媳梅小鮮和二媳婦周冬蘭說道。

「嗯。」周冬蘭垂著眼睛，不鹹不淡地應了聲。

唐菊萍做為一個家婆，對三個兒子和兒媳自認足夠一碗水端平，對哪個都不偏私。可在周冬蘭的眼裡，才不是這樣，十指連心是不錯，可指頭也有長短。

「老么都是做娘的心頭寶，娘對澤石都偏心眼得沒邊了！」吃罷了早飯，沈澤鋼在院子裡磨鋤頭，準備一會兒下地裡去幹活，周冬蘭挎著個菜籃子走到他旁邊，嘀咕了一句。

沈澤鋼頭也沒抬。「沒有的事，咱娘是看三弟妹有身子才照顧著她，妳多心了。」

「你不懂。」周冬蘭蹲下來，她最近幾個月已經積攢了滿肚子的怨氣。「我懷孕的時候，照舊做家事，幫忙曬穀子做飯，哪樣落下過？還有，吃也是家裡吃啥我就吃啥，什麼時候給我開小灶蒸雞蛋了？憑什麼到了王桂香這裡，就隔日有個雞蛋吃？她就比我金貴嗎？」

沈澤鋼嘆了口氣，用長了厚繭的指腹摸了摸鋤頭的刃。「妳當初懷孕的時候家裡條件不如現在好，家裡還要攢錢給澤石娶妻嘛！」

周冬蘭翻了個白眼，從鼻子裡發出一聲冷哼。「這不就是偏心眼？我懷孕了還勒緊褲腰帶過日子，就為了叫後進門的有雞蛋吃！還有，老三結婚的時候，床、衣櫃、桌椅板凳，哪樣不是打新的？就連床褥被套都比咱當年的好！」說著說著，周冬蘭就快哭出來了，帶著哭腔說：「娘根本就瞧不上我們二房！你看看，咱們寶兒什麼時候得過他奶奶的笑臉……」

「別哭了，哎呀……」沈澤鋼嘴笨，最怕周冬蘭在他面前哭哭啼啼，他既心疼，又不知道怎麼哄。「我去灶房給妳挖勺糖吃好不好？」

正說著，梅小鮮拎著個菜籃子出來了，她和周冬蘭說好了待會兒一塊去山上採菌子。一瞅周冬蘭眼眶微紅、沈澤鋼連連嘆息，她就曉得他們鐵定是鬧彆扭了。

「怎麼了嘛？凡事別太往心裡去。」梅小鮮勸了句，眼看時間不早了，便扯了把周冬蘭的衣袖。「咱出發吧？」

周冬蘭長吐一口氣，猛然把放在地上的菜籃子拿起。「大嫂，也就妳能忍，算我服了妳！」

話音剛落，後面房門被推開了，王桂香一手扶著腰，一手捧著碗，靠著門框走不動道似的。「哎喲！大嫂，我這腰好痠，妳幫我把碗拿到灶房去吧，反正待會兒我洗碗。」

她洗碗？她會洗碗才有鬼了！周冬蘭不信，剛才稍微消下去的火氣又旺了起來。

梅小鮮應了聲好，走過去幫王桂香拿碗。

「二嫂，那院裡曬著花生呢，就在妳後頭，妳順手幫我抓一捧過來吧，辛苦哈！」說著，她指了指自己的腳，不好意思地笑了笑。「腿腫了，鞋子都穿不下，走路不方便。」

周冬蘭冷眼瞅著王桂香，她不是個壞脾氣的人，但平時的積怨太多了，王桂香這句話就是雪崩前的最後一片雪花、壓死駱駝的最後一根稻草，她一下子就氣得腦袋嗡嗡作響。「都走不動了還吃啥吃？看妳那肚子，少吃兩口沒事，省得生的時候遭罪！胎太大了可是要命的！」

王桂香一愣，摸了摸自己圓溜的肚子，眼眶一紅，吧嗒吧嗒地開始掉眼淚，哽咽著聲音說：「二嫂，妳怎麼能這樣咒我？我吃東西不都是為了肚子裡的娃娃好？妳是不是對我有什麼意見？妳直接說，能改的我一定改，但妳不能這樣咒人的。」

一看見她哭哭啼啼的樣子，周冬蘭就來氣！她就是故意的，哭得好像全世界她最無辜可憐一樣！「嚎什麼？我罵妳了？」

梅小鮮和唐菊萍在灶房裡聽見了動靜，急忙放下洗了一半的碗筷，急匆匆的出來了。「老三媳婦妳怎啦？」唐菊萍趕緊去把王桂香給扶住，見她淚眼汪汪地指著周冬蘭，立刻又問周冬蘭。「妳欺負桂香了？」

沈澤鋼走上來打圓場。「沒有，娘，就拌了幾句嘴。」

「你就會護犢子，我不聽你說！」唐菊萍瞪了沈澤鋼一眼，轉臉對王桂香柔聲說：「我聽妳講，剛才發生啥事了？」

王桂香用手抹著眼淚。「二嫂說我肚子大，將來孩子生不下來！」

這還得了?!唐菊萍頓時怒氣衝天，指著周冬蘭罵了一頓，又對沈澤鋼說：「你看看，你媳婦被你慣成了什麼樣子！咱們是一家人，心思怎能這麼惡毒？」

周冬蘭咬著唇不吱聲，她剛才的話是話趕話說出口的，並不代表她的本意。

旁邊的梅小鮮急得不知道該怎麼辦，最後和沈澤鋼半勸半拉，把木頭一樣杵著的周冬蘭給拽到房間裡。

周冬蘭在梅小鮮面前哭，但哭了沒有用，反而越哭越覺得窩囊。

王桂香在唐菊萍面前哭，哭著哭著就說起她和沈澤石住的這間房最小、最偏僻，連光線都最暗，以後孩子生下來，娃娃大些都不知道住哪裡。村裡家境好些的人家，都開始建那種大間的廂房了，走進去一個小堂屋，左右各一個小臥房，把一間房隔斷成三處，住起來可舒坦呢！

哄好了王桂香後，唐菊萍回到堂屋喝了口涼水，對編著竹筐的沈有福說：「老三住的那間房最小、最偏僻，是該給他們修修了。」

沈有福沒抬頭，邊動手邊說：「沒錢拿啥修？買土石、買木料，哪樣不花錢？」

唐菊萍沒有吭聲，過了半晌才試探著問：「澤秋現在到鎮上開鋪子了，家裡該有餘錢，要不我去開口借？」

「哎呀，人家才好過些就上門借錢？不合適！」沈有福回絕了。

「……那毛毛那份錢？」唐菊萍心思一動，毛毛的錢雖不多，但夠買些材料的。

沈有福立即瞪了她一眼。「誰都不能打那份錢的主意！」

後來唐菊萍越想越覺得該去鎮上一趟，沈有福就是拉不下做老大的臉，死要面子活受罪，她去腆著臉求人好了！

所以，今兒唐菊萍才拉上毛毛，一塊來了桃花鎮上。

王桂香和周冬蘭吵架的時候，毛毛就在旁邊聽著，不敢勸也不敢說啥，他最害怕家裡這些嫂子們鬧矛盾了，因此到了鎮上後，也還是有些蔫蔫的。

飯菜在大家的忙和下很快做好了，灶房裡坐不下，何慧芳把桌子擺到了外面。

其實錢掌櫃家的這房後院是極寬敞的，房子還有上下兩層，二層是一間套房加三間小廂房，一樓是一間大堂屋，外加兩間小耳房，可做雜物間或者他用。剛開始來時他們只是暫住，就只動了耳房和灶房，等過幾日，何慧芳準備把屋子整理一下，重新歸置一遍。

「來來來，吃菜！誰也別客氣啊！大嫂、毛毛，挾肉吃！大嫂，還是妳手藝好，妳幫我燻的這些臘肉，可香了！」

何慧芳做了煎泥鰍，割了塊臘肉炒豆干，還有一碟炒青菜、一盤油燜茄子，還打了兩個雞蛋，做了一碗蛋花湯。

大家圍坐在一塊兒吃著飯，席上有說有笑。

慶嫂和慧嬸子吃完了，包上一套要縫製的衣裳就走了。「我們順路去那些女工家看看。」她倆負責女工們交貨的時間和品質，管理得很上心，三不五時就會去女工家裡串串門子，既有錢賺還有種當官的感覺哩，連臉上的皺紋都少了幾條！

送走了她們，天也快黑了，何慧芳把燈點上，叫上唐菊萍，舉著燈，一塊兒走到自己住的那屋。

外面安寧正領著毛毛耍，看他寫字給自己看。

「澤秋哥教我的字我都記著呢，每天都寫，我還纏著澤玉哥教了我新的字！」毛毛把手背在身後，眼睛亮晶晶的。「安伯教我唸的詩我也記得，安寧嫂，我背給妳聽吧？」

「好哇。」安寧淺笑著點頭。

「鋤禾日當午，汗滴禾下土，」毛毛一字一句，字正腔圓，聲音清脆又充滿活力。「誰知盤中飧，粒粒皆辛苦。」

安寧鼓了掌，沒想到毛毛這麼用心。「背得真好！」

一聽見安寧誇了自己，毛毛臉上不禁露出幾絲害羞的笑。「我還曉得意思喔！這首詩的意思是，有農民在烈日下……」

「大嫂，妳今天來是不是找我有事？」何慧芳其實一早就看出來了。她不知道來鎮上賣過多少回雞蛋了，還會不知道早去早回、早晨最好賣的道理嗎？恐怕唐菊萍根本就不是特意來賣雞蛋的，而是來找他們哩！

「妳既然問了，我就不藏著掖著了。」唐菊萍低著頭，嘆了口氣。在家時她憋著口氣到了鎮上，現在反而有些開不了口，猶豫了一會兒才說：「澤石夫妻兩個住的房子太小了，過不久孩子就要生了，他們三口子住那麼間小屋，實在是施展不開……」

何慧芳安靜地聽著，心裡頭有了數。

「我想著，你們能不能借點銀子，給澤石先修了房子？澤玉做木工每月都有月錢，我今年也準備多養幾頭豬，慢慢再還給你們，妳看怎樣？」唐菊萍也是硬著頭皮才說出這些話。

「得多少錢？」何慧芳問道。

唐菊萍想了想，既然要修，那肯定要一次修到好，乾脆就建一間那種大廂房好了。家裡男丁多，可以自己出力氣建，地裡也種了好幾棵樹，能伐了做木料，但砂石、泥灰等也是筆大開銷，估計三五兩銀子不能少。「大概四兩銀子。」

何慧芳想了想，店裡的錢都是流水銀，賺的既要進貨，又要付工錢，還要付給錢掌櫃房租，並且布錢沒全部結給他，澤秋拿了二百兩去青州進貨了，這錢也是要算利息給錢掌櫃的。不過四兩銀子不算多，對布坊來說微不足道，大嫂這麼多年來也幫襯過家裡不少，算是盡心了。「行，不過這事我要和安寧說一下，家裡是她管帳，我管錢。」何慧芳說。

唐菊萍有些驚訝。「蛤？家裡不是妳當家啊？」

村子裡一般都是婆婆當家，分家了媳婦才能當家作主，那得是多厲害的媳婦才能做得了婆婆的主啊？可安寧瞧著溫溫柔柔的，不像這麼個厲害角色呀！

何慧芳擺了下手。「大嫂，這布坊的帳複雜得很呢，稅金、成本，進進出出能把人繞死，要一筆一筆記在本上的。」算了，這裡頭太複雜，一時半會兒也解釋不清楚，她推開門找安寧去了。

安寧沒有異議，一家人本該互相幫襯，再說澤秋也常說小時候澤玉待他最好。

昨兒晚上大家擠了一夜，今日唐菊萍拿著錢，心裡喜孜孜的，合不攏嘴，這下可妥了。

「澤石先修了房，澤玉和澤鋼心裡會不會不舒坦吶？」何慧芳有些擔心。

唐菊萍直搖頭。「不會，他們三兄弟最團結了，只要媳婦不作妖，就啥事都不會有！不過作妖也不怕，我能降得住！」

太陽已經升起了，今日天氣還不錯，晴空萬里的，早飯也吃過了，唐菊萍迫不及待地想回沈家村，現在她滿腦子都是給沈澤石修房子的事情，一刻鐘也待不下去了。

「那樣最好了。」何慧芳轉臉摸了摸毛毛的頭。「你長高了呢！」

安寧把昨天買的蒸糕包好，還有家裡的幾塊糖餅都一塊兒給了毛毛。「給你解饞，路上吃。」說完還拿出一個小包袱，笑著給唐菊萍。「我用零頭布做了幾副袖套，拿回去分給各位嫂子用。」

「欸，好啊！有心了、有心了！」唐菊萍拿好東西，帶上毛毛往家趕。

何慧芳踮著腳看他們走遠，心裡直嘀咕：可別鬧出啥事喔……

不料一語成讖，家裡還真就鬧上了。不過，這都是後話了。

何慧芳和安寧一塊兒把鋪門開了，整理著東西，何慧芳覺得昨日的事有些晦氣，還特意買了掛炮仗回來，在鋪子門口噼哩啪啦的熱鬧了好一陣。

過了會慶嫂來了，慧嬸子今日有事情絆住手腳，要晚些才到。

慶嫂順便把女工們做好的兩件衣裳拿來交貨，安寧認真地記了帳。

慶嫂和慧嬸子她們倆的提成錢，是一月一結的。

何慧芳把門口的炮仗屑清掃乾淨，就又去後院瞧她種的菜了。還沒有發芽呢，估計是現在天還冷，等兩日就能看到綠苗苗了。

過了會，來了兩個巡邏的衙差，特意到鋪子中走了一遭。

「兩位大哥，喝口熱茶吧！」安寧給他們倒了粗茶解渴。

原來這二位是受了李遊的吩咐，特意來問馮二爺的人有沒有再來找麻煩？還說如果他的人再來，就去衙門裡報官。

「好，我記下了。多謝李大人記掛，也謝謝你們勞心。」李遊的心實在是出人意料的細膩。

何慧芳在旁邊聽著，也大為感動，越想越覺得他與林宛合得來，一對都是溫柔的人，做夫妻再合適不過了！她搭腔道：「我備上一包點心，麻煩你們幫我交給李大人，謝謝他照應著咱們！」

兩個衙差喝完了茶，擦了擦嘴邊的水漬，拱了拱手道：「我家大人今兒早上沿著河堤往鎮外去了，去巡視水利，恐怕要到明日才會回來。」

安寧嘆了聲。「李大人是個好官吶！」

兩個衙差彼此對望了一眼，然後就告辭了。

何慧芳又追上去，給他們一人送了節臘腸。「自家做的，好吃，嚐嚐看！」見他們要推辭，何慧芳壓低聲音笑著說：「一節臘腸而已，你我知道就是了。你們不收，可就太見外了。」

兩位衙差這才收下，把用油紙包好的臘腸塞到衣兜裡，笑著走了。

至於他們李大人突然外出巡視水利，還把日期往前提了三日，二人私下閒聊，都覺得和商戶許家脫不了干係，因為今晨一早，許家就派了家丁來，說昨夜李大人多喝了幾杯，晨起時定然不舒坦，送了溫和養胃的粥來給他喝。

他們李大人未娶親，許家小姐沒嫁人，加上近日關於大人擇妻眼高於頂的傳言也沸沸揚揚，兩名衙差私下議論，都覺得被大人拒絕的女子就是許家的許彥珍。

「據說許小姐貌美如花又知書達禮，大人居然也不喜歡？」

「你懂什麼？說不準大人心裡有人了……」

事關女子的清譽，他們也就私下說說，並沒有往外傳。

謠言亂飛，可無人敢在李遊面前說三道四，所以他至今都不知自己被扣上了個眼高於頂的帽子。

元宵夜當晚，那位「許小姐」心直口快，確實不符合他的心意，所以第二日他就委婉地和媒人說了，誰知許老爺昨夜特意請他到府裡去吃飯。

桃花鎮經貿繁榮，鎮上楊、許二家經營米麵，生意做得很大，他在此為官，與各行業領頭的商戶都得有交情，於公於私，都要赴約。

一開始倒還好，許老爺健談，二人天南地北的聊，相談甚歡，後來許老爺邀請他去花園走一走，就在半路上遇到了府中女眷。

「彥珍，還不快給大人問好。」

就見許老爺先是指著一位低眉垂眼，氣質較為文雅的陌生女子，然後又指著元宵節那夜與李遊見面的明媚女子。

「這是外姪女楊筱玥。筱玥，妳也和大人問好。」

看著陌生的許彥珍，熟悉的楊筱玥，還有她們拚命隱藏的慌亂和微微脹紅的臉，李遊一下就明白了。李代桃僵，妹妹代替姊姊來與自己相見。李遊不禁莞爾，既驚訝她們的奇思妙想，也為二女的膽大包天所驚。

許彥珍和楊筱玥更是窘迫得不敢抬頭，都垂著眼眸行了個萬福禮，異口同聲道：「李大人安。」

「幸會。」他微微頷首，沒有多言。

見他態度如此冷淡，連句寒暄的話都不肯多說，許老爺的心不禁涼了半截，難道他們商戶就真配不上做官的嗎？

從花園脫身後，許彥珍和楊筱玥都驚出了一身汗，楊筱玥踮腳望著李遊走遠的背影，心有餘悸。「還好他沒有戳穿我們，要不然就糟糕了。」

李遊藉故裝醉，回到了衙門裡，怕許老爺再弄出一套「巧遇」戲碼，第二日就出鎮去了。

至於那對膽大包天的姊妹戲弄他的事，他倒是沒放在心上。想來是許小姐不願，這才和妹妹想了這個招，他又不是什麼好強硬要的人，彼此心悅才能心安。

執子之手，與子偕老的前提，是要尋到對的人。

天只清朗了一日，第二日、第三日皆是暴雨傾盆，天黑沈沈如夜晚，銀光在天空中閃過，雨大如注，嘩嘩直下。

安寧與何慧芳都不約而同的擔心起沈澤秋來。

他走了已經有四日，按理應該快到或者已經到青州的雲港了。

因為大雨，街面上沒有什麼人，鋪子裡的客人自然也稀少，慶嫂和慧嬸子趁著這空閒，讓安寧教她們裁剪新款衣裳。她們不愧是多年的女工，上手很快，幾款訂得最好的衣裳已經能按照紙打的板獨自裁剪，現在問的是還沒打好板的。

安寧仔細地與她們講了。

何慧芳昨日做了油炸小麻花，上面撒了芝麻和白糖，又酥脆又甜，配著茶用，安寧一次能吃掉大半碟子。

「大家歇會兒，吃點東西吧！」何慧芳端了盤麻花出來，還有幾個剛才出鍋的甜口烙餅，招呼大家一塊兒吃。「這雨也不知何時是個頭……」

「何姊，妳還不知道吧？春秀的男人前兩天摔傷了腿，家裡又要抓藥、又要嚼穀的，真是快揭不開鍋了……」

她們聊著閒天，安寧坐在旁邊小口的吃東西，動作十分文雅，細嚼慢嚥，可一直不停的在吃，腮幫子鼓鼓囊囊的，時不時喝兩口茶潤一下嗓。

不一會兒，半碟油炸小麻花和半碟煎餅都被她吃完了。

其實她沒有飽，還能吃得下，只是有慶嫂和慧嬸子在，她不好意思再吃了。

「安寧，妳這胃口也太好了吧？」慶嫂無意間低頭一瞧，驚呆了。

慧嬸子把煎餅和麻花往安寧那邊推了推。「正常呀，有孕的人一人吃的是兩人的口糧呢！安寧，妳是不是還餓？」

安寧點了點頭。

「那再吃點，我不餓。」

「我也不餓！」慶嫂也忙說著。

安寧便又慢慢地吃了兩塊煎餅，這才覺得舒服了。

轟隆——

天空中炸出了幾個響雷，雨勢瞬間更加的大了。

何慧芳正喝著茶，突然心跳加速，慌得厲害，手微微顫抖，連杯子都快要拿不穩了。

她心裡一下子就想到了沈澤秋。哎喲，澤秋不會出啥事吧？

何慧芳沒心思吃東西喝茶了，抬眼看了看安寧，見安寧還在小口地啃著麻花，慌亂的心又稍微鎮定了些。只要安寧不覺得慌，她就覺得心安。

不過她還是心神不寧，皺著眉看著嘩啦啦的雨，起身去裡頭給沈有壽上了炷香。「唉，有壽啊，要保佑咱們澤秋平平安安的……」

此時此刻，沈澤秋確實已經到了青州，只不過船還沒有靠岸。

那日他和胡掌櫃等了一會兒後，來了一艘小船，但胡掌櫃說這種船開得最慢，吃水淺，最快都要五日才能到青州。沈澤秋打量著那艘破舊的小船，想了想，決定和胡掌櫃在濱沅鎮留宿一晚，等第二日坐大船去青州。

二人尋了間客棧，晚上還一塊兒喝了頓酒，沈澤秋執意付了酒錢。

第二日清早，兩人一起去港口等船，天光微熙，昨日那兩個小孩居然還在，衣裳烤乾了，圍著他們恩人恩人地喊。

沈澤秋給他們買了四個白麵饅頭，兩個孩子眼淚汪汪的接了。

「都是苦命的人。」胡掌櫃嘆息道。

這時候大船到了，沈澤秋揹著小包袱和胡掌櫃一同上了船。

「汪汪汪——」

船剛離岸，不知道從哪裡竄出兩隻野狗，瘦得肋骨分明，對著遠去的船狂吠。

兩個小孩兒捧著白饅頭啃，一邊啃一邊蹦跳著和沈澤秋還有胡掌櫃高喊道：「恩人再見！」

也許是饅頭的香味引起了野狗的注意，加上兩個孩子不比野狗強壯多少，兩隻野狗突然調轉了身子，齜牙咧嘴地對著兩個小孩嗚嗚，眼看就要往前撲。

「快跑！」沈澤秋的心提到了嗓子眼，奈何船已經離了岸。

還好兩個孩子機警，把饅頭往前襟一塞，揮舞著手裡的棍子，嘴裡發出「謔謔謔」的聲音嚇唬狗，狗被嚇退兩步，但還是齜牙咧嘴，隨時都準備撲上去，兩個孩子不多逗留，手牽著手一溜煙的跑遠了。

「呼！」看著他們跑掉了，沈澤秋才鬆了口氣。「總算知道要飯的為啥都要拎根棍子了。」和野狗搶吃的，不容易。

「沈掌櫃，坐會兒吧。」胡掌櫃經常在外面奔波，這等場面見多了，沈澤秋是第一次遇見，心情難免有些波動。「青州有好幾處大布行，你準備去哪裡進貨？」胡掌櫃問道。

沈澤秋向錢掌櫃打聽過，青州四大布行，有專門售價低的，也有專售綾羅綢緞的。「我想每處都去看看。」一頭回上青州，沈澤秋不僅想進貨，更想探探青州的情況，多瞭解瞭解，下回來才能熟門熟路。

胡掌櫃點了點頭，他一般都在熟人那裡要貨，看來下船後二人就要分開行動了。

船一路飄在江面上，桃花江匯入了桑水河，河面一下寬闊了不少，波濤洶湧加上大雨搗亂，船行駛得極其顛簸，但是一路很順利，三日後就平安地靠了岸。

岸邊和船之間有一段十多丈長的木橋，下船的人排著隊慢慢的下去。

此刻是半下午，雲港離青州城還有兩個時辰的車程，要是稍微耽擱，誤了進城的時辰，就要在城外過夜了，因此大家都很急，而木橋又軟，沈澤秋抓著欄杆，隨著人流往前挪。

突然，啪嗒一聲脆響，有截護欄被擠破了！

胡掌櫃一個倒栽，撲通一聲掉落了水裡，他嗆了好幾口水，被嗆得頭暈眼花，撲騰了幾下，在水裡頭一沈一浮，越是撲騰越是往下沈。

後面的人不知道前面發生了什麼事，還一個勁地往前擠。

「別擠了！有人落水了！」

「急啥啊？趕著去投胎嗎？」

沒有人敢往下跳，畢竟二月裡江水刺骨，胡掌櫃又是個撲騰急了的成年人，說不定反而會被他拽著一塊兒沈底呢！

這時，沈澤秋把包袱一甩，脫了帽子和最外面的棉袍，靴子拽了兩下沒拽掉，也顧不得那麼多了，直接就跳到水中朝胡掌櫃游去。

胡掌櫃一直在嗆水，想喊救命都喊不出來，只能一個勁的掙扎。

「哎呀，小心吶！」一個老者找到了一根竹竿伸出去。

沈澤秋不敢正面去救胡掌櫃，怕他出於求生，會摟住自己的脖子，而是繞到胡掌櫃背後，一隻手從胡掌櫃的腋下穿過抱住他，另外一隻手側划著往岸上游。棉袍吃了水，非常沈，沈澤秋有些吃力了，好在扯住竹竿借了點力，總算安全的上了岸。

兩個人仰面躺在岸邊，一塊兒喘著粗氣。

胡掌櫃會泅水，可剛才那一下栽倒得太突然了，人一下子沒有反應過來，越撲騰反而陷得越深。「沈掌櫃，今日多虧了有你啊！」胡掌櫃心有餘悸。

沈澤秋喘息幾口，等氣勻了才爬起來接過自己的包袱和外袍。「全身都濕透了，風一吹要生病呢！胡掌櫃，我們快找家客棧，趕緊洗個熱水澡吧！」

「好，走吧，我知道旁邊就有一家。」胡掌櫃擰了幾把水，和沈澤秋一塊兒找客棧去了。

洗了澡以後還叫店家熬了濃濃的薑湯過來，衣裳脫了叫店夥計拿出去烤了，二人披著被子，把熱滾滾的薑湯喝了下去。

「沈掌櫃，明天隨我一起進城吧，今兒晚上咱們好好歇一歇。」

眼看天已經黑了，無論如何今日也進不了青州城，沈澤秋喝著薑湯，點了點頭。

日子一天天過得飛快，到二月八日，沈澤秋已經去了十日。

何慧芳經常站在門口張望，買菜的時候還會去清水口走一圈，問那些船家和船客，打聽沈澤秋的消息，但啥都沒打聽到。

安寧也和鋪子中的客人打聽，還託慶嫂她們幫忙問，要是過兩日還沒見人回來，都準備雇個人去濱沅鎮打聽打聽了。

到了中午，安寧和何慧芳坐在院子裡吃飯，她現在又喜歡上了吃有油水的，何慧芳用醬油和豬油給她拌了碗豬油拌飯，還做了豬肉丸子，安寧用勺子一口一口吃著，吃了大半碗。

何慧芳一心惦記著沈澤秋怎麼還沒回來，神情有些懨懨的，強打起精神對安寧說：「吃完了鍋裡還有。」

「嗯。」安寧點了點頭，放下勺子，喝了口清茶，突然說道：「我覺得澤秋哥回來了。」說完放下杯子，提著裙襬小跑著出去了。

「安寧，妳慢著點！」何慧芳也放下碗筷，一邊喊，一邊跟了出去。

正是飯點時，街上沒有什麼人，空空蕩蕩的，也沒有沈澤秋的身影。

安寧蹙著眉往前看，不應該呀。這時候，一輛馬車咕嚕咕嚕地駛過來，趕車的夥計他們認得，是街口胡氏布坊的。可令人沒想到的是，馬車停在他們鋪子門口，車簾一掀開，沈澤秋竟從上面跳了下來。

「娘、安寧，我回來了！」

他喜孜孜的，不知道是錯覺還是真的，安寧覺得他黑了幾分，似乎也瘦了。

「回來就好。」何慧芳懸了多日的心終於徹底放下。

沈澤秋和胡氏布坊的人一塊兒把車裡的貨卸下來，堆到了鋪子裡，然後對夥計拱了拱手。「代為謝謝你們家掌櫃的了。」

「欸，沈掌櫃，我回去了！」胡家的夥計一甩鞭子，駕駛著馬車走了。

因為春秀的事情，何慧芳對胡家的印象不好，覺得多半是胡家指使春秀的，因此一見沈澤秋坐著胡家的馬車回來，著實驚訝不小。「澤秋啊，你怎和他們搭上的？」

沈澤秋活動著筋骨，回程又在狹窄的船上窩了三日，肩膀脊背有些痠脹，他邊往裡面走邊道：「這個說來話長。」

安寧揉著他的肩膀，溫聲說：「累了吧？我給你捏一捏。」

「我好幾日沒洗澡了，身上臭烘烘的。」沈澤秋笑著說。

安寧繼續捏著他的肩膀，一塊兒入了內院。「能有多臭？和臭鱖魚、臭豆腐比，你們仨怎排名？」

「哈哈，妳怎淨想著吃嘞！」沈澤秋有些忍俊不禁。

「澤秋，你坐著歇會兒，娘去燒熱水。」何慧芳看著小別重逢的小倆口，心裡頭熱呼呼的，算了算了，不打擾兩人說話了。

晚上何慧芳備了一桌好菜，有肉有魚，還拿了酒出來。

沈澤秋笑著說：「咱們一家碰個杯吧。」

孕婦不能飲酒，安寧杯子裡的是糖沖的米湯，她舉起杯子道：「澤秋哥說的沒錯，咱們一塊兒喝一杯，為澤秋哥接風了。」

何慧芳這心裡也踏實了，舉起杯子來跟大家碰了碰。「願咱家一直和和美美，日子越過越好！」

晚上睡覺的時候，安寧縮在沈澤秋身邊，仰著臉、眨著水汪汪的眼睛。「終於不是我一個人睡覺了，你剛走那兩日，我一點都不習慣旁邊沒有人。」

沈澤秋摟著她的肩膀，輕輕摸著她披散在腰後的髮。「我也不習慣，這些日子天天都想妳。」

安寧歪頭打量他，摸了摸他的臉頰，還有下巴上硌手的鬍茬，放軟了聲音。「那你怎這麼多日才回來？」

沈澤秋禁不住安寧這副小撒嬌的模樣，捧著她的臉親了親，然後摟著她，把這幾日的經歷仔細地說了。

聽到他在雲港下水救胡掌櫃時，安寧緊張得手心都沁出了汗。

想想就後怕，畢竟水火最是無情。

沈澤秋事後想想，也覺得心驚，因此握著安寧的手叮嚀道：「妳可別把這事情告訴娘。」何慧芳要是知道了，肯定會把他罵上一頓！

「好，我不說。」安寧笑著，刮了刮沈澤秋的鼻子。

第十五章

常言道，人算不如天算，沈澤秋雖有心瞞著何慧芳他下水救人一事，但是第二日清早，胡家人竟然浩浩蕩蕩、敲鑼打鼓地捧著面錦旗來了，說是要來謝謝救命恩人。

何慧芳正捧著竹掃把在大門口掃地呢，被後頭的動靜驚了，握著竹掃把，莫名其妙地往後看，嘀咕了一嘴。「這是幹啥呢？」話音才落，人就在她面前停下了。

胡娘子和胡雪琴站在何慧芳面前。「您就是沈老太太吧？」

何慧芳覺得她倆有些面熟。「是啊。」

這時候聽見動靜的沈澤秋和安寧也走了出來，一臉的莫名其妙。

「哎呀，恩公請受我們一拜！」

看見沈澤秋出來，胡雪琴提起裙襬，和她嫂子跪下就要磕頭。

「我的娘喲！」何慧芳驚得直跳腳。

沈澤秋和安寧也是一愣，回過神來後急忙要把胡娘子和胡雪琴攙扶起來。

「這面錦旗是我與嫂子連夜做的，請恩公收下。」胡雪琴起身後，把手中的錦旗塞到沈澤秋手中。

胡家夥計們趕緊又點了幾掛炮仗，噼哩啪啦好一陣熱鬧，想不引起行人圍觀都難。

街坊客人們紛紛駐足，好奇地往這邊探看，有人眼尖，看清楚了錦旗上的字——

救人一命，恩重如山。

胡家的夥計們也七嘴八舌地和圍觀的人說起那日沈澤秋救人的情景，重點強調了那日天有多寒、風有多大，浪又是如何的急，沈掌櫃英勇下水救了他們掌櫃，那可是冒著生命危險啊！

圍觀的人群中爆出連連驚呼。

「沈掌櫃竟然如此見義勇為，是真漢子啊！」

「救人一命，勝造七級浮屠……」

旁人越說越有勁，何慧芳卻聽得臉都白了，手腳冰涼，心中後怕不已。她摁著竹掃把，重重地瞪了沈澤秋一眼。

「請進去喝杯茶吧。」面對這麼多的人，安寧也是沒有想到的，把人攙扶起來後，溫聲說道。

「好，多謝了。」胡娘子笑意盈盈。

進鋪子剛落坐，胡雪琴便說道：「我們已經在鳳仙樓訂了酒菜，請沈掌櫃、沈娘子還有沈老太太務必賞光。」

沈澤秋拱了拱手。「客氣了。」

胡雪琴搖了搖頭，懇切地說：「這是應當的。」

「恭敬不如從命，我們一定去。」沈澤秋推辭不過，只好應下。

胡家人這般講究禮數，實在是他所沒想到的。那日在客棧歇息一晚後，胡掌櫃包了輛車，和沈澤秋一塊兒進青州城，他在熟人那裡訂了貨，本可以早早回來，卻執意陪沈澤秋幾日，一起跑遍了青州的各大布行，已經十分的用心。

在送走胡家人之後，圍觀的人群也逐漸散去。

「沈澤秋！」何慧芳瞪著他，恨不得用手裡的竹掃把抽他一頓。「你怎麼敢跳！」沈澤秋都是成家的人了，何慧芳當然不能打他，怒氣沖沖地呵斥一聲後，把掃把一甩，捂著頭癱坐在椅子上，連連嘆氣。

安寧急忙上前給何慧芳揉心口，等她面色稍微好些後，連忙把人給攙回內院，解開外衣後，讓她躺到床上休憩。

「娘，您忘了，我水性很好。」沈澤秋端著一杯加了白糖的溫水進來，一邊遞給何慧芳，一邊說：「我心裡有數的，時刻都把您和安寧放在心上，您放心吧。」

何慧芳腰後墊著枕頭，閉著眼睛，呼吸聲很重，安寧把糖水遞給她，她也不想喝。雖說那樣想不道地，可她心中是一萬個不願意叫沈澤秋拿命去救人的，她捨不得。會水又怎麼樣？淹死的不都是會水的？但這些話上不了檯面，她只能自己在心裡頭想。

「澤秋、安寧啊，娘累了，想躺下歇會兒，你們都出去吧。」她想了很久，腦袋裡頭亂七八糟，一看見沈澤秋就煩躁得很，乾脆開口把人趕了出去，有道是眼不見，心不煩。

沈澤秋和安寧聽了，把糖水放在桌上，乖乖地把門掩上，悄沒聲地出去了。

二月裡已慢慢的有了些燥意，布坊門前有一棵石榴樹，春天就要到了，乾枯的樹幹上如今已慢慢抽出幾簇嫩紅的新芽，瞧上去春意盎然。

沈澤秋有些無奈，安寧幫他捏了捏肩膀。「澤秋哥，娘只是心疼你。」

母子多年來相依為命，沈澤秋就是何慧芳的全部，她受不了沈澤秋冒險是在情理之中，沈澤秋心裡明白，安寧也懂。兩個人對望一眼後，不約而同地勾了勾唇角。

「我知道。」沈澤秋拍了拍安寧的手背。「我去青州時給妳和娘都買了東西，怕娘說我浪費，沒敢拿出來，我先給妳吧。」說完，從堆在角落裡還沒來得及整理的貨中尋摸出一個小盒子，打開來，裡面有一支素淨簡潔的銅鍍銀簪，這是給何慧芳的；另一支點了翠，稍豔麗，是給安寧的。另外還有兩支小的紗絹簪，做工都很好，十分漂亮。

人靠衣裝，佛靠金裝，安寧和何慧芳雖然總被稱呼為沈娘子或沈老太太，但穿戴頭面卻還是一件像樣的都沒有，做她們這一行的，衣裳、首飾不能少，需打扮得體體面面才好。

「澤秋哥，你先放著，等晚上娘氣消了再拿出來，她肯定會喜歡的，心裡一高興，就不生你的氣了。」安寧捏著那幾支簪子看了又看，心裡頭很歡喜。

聽安寧這麼一說，沈澤秋覺得很有道理，先把盒子收好，然後開始整理新進的貨。

「青州的貨種類多，價格也比縣城裡的低，以後進貨我都想去青州進。」沈澤秋把布一疋一疋的抱出來，準備整理。

這時候慶嫂和慧嬸子也到了，幫忙一起收拾著。

安寧燒了壺開水，把一些壓得起皺的布熨平。

到了中午，胡家人又來了，把他們接到酒樓去吃飯。

「今後我們兩家人就如一家人一樣，沈掌櫃，我比你年長，叫你一聲老弟不會見怪吧？」胡掌櫃回家後有些發熱，躺了一宿後精神頭才養好，胡雪琴管束著他不許飲酒，現在正以茶代酒敬著沈澤秋。

「那是自然，今後我便叫你胡大哥了。」沈澤秋舉杯回應，然後一口飲盡了杯中酒。

何慧芳也和胡娘子還有胡雪琴飲了幾杯，看著他們一家人，心裡又覺得，沈澤秋救人值當，不然胡家好好的一個家便毀了。

晚上，沈澤秋把從青州帶回來的簪子拿出來，何慧芳眼睛一亮，果然很歡喜，雖然嘴上還是不饒人。「哎喲，你給安寧買就是了，我一個老婆子還打扮什麼呀？有木簪、銅簪用用就好了。」

「娘，您才不老呢，您的頭髮烏黑發光，一根白髮都找不著！我幫您簪上吧？來，您站到鏡子前瞧瞧。」安寧三兩句話便把何慧芳哄得合不攏嘴。

何慧芳對著鏡子摸了摸鬢角上的銀色簪子還有青色的絹花，樂呵呵的。活到這把年歲了，她還是頭一次簪花戴銀呢！哎呀，這是沾了小輩們的光哩！

再瞧沈澤秋的時候，心情一好，看他也順眼了。

去青州進了貨回來，沈澤秋帶的二百兩銀票不僅用完了，還向胡掌櫃借了五十兩，今日用鋪子裡的流水銀還了。三人坐在一起理帳，安寧拿著帳本說，何慧芳抱著她裝錢的小瓦罐聽，家裡錢掙得多，開銷也是水漲船高，小半年賺的錢，都貼在了貨裡頭。

看著空蕩蕩的瓦罐，何慧芳輕輕嘆了口氣，不過如今的日子比起半年前來說，早已經是天差地別。

沈澤秋又把和錢掌櫃的約定說了，錢家的貨棧正招學徒呢，可以叫沈澤平去試一試。

「那可太好啦！」何慧芳挺高興的。「我明兒回趟家，把這消息告訴澤平，要是他願意去，我就把他帶來！」

第二天，何慧芳起了個大早，穿上嶄新的衣裳，把頭髮蘸得光亮整潔，戴上沈澤秋買的簪子，挎上個小包袱，雄赳赳、氣昂昂的回村去了。

沒到晌午就到了村口，何慧芳拎著包袱，昂著頭，走起路來虎虎生風。

「喲，慧芳嬸回來啦？」

半路上遇見了個提著桶去河邊洗衣裳的後生媳婦，看見何慧芳後招呼了一聲。

「嗯呢。」換做平時，何慧芳肯定會迫不及待地往家裡趕，但今天卻破天荒的站定，和這個後生媳婦兒聊起閒天。「妳幹啥去呀？」

「洗衣裳唄！」後生媳婦把桶子放下，眼神落在何慧芳的鬢髮上。「慧芳嬸，您頭上的簪子可真漂亮！」

何慧芳抱著手臂，聞言輕輕摸了摸頭上的簪子，眉毛一抬。「嗯，澤秋去青州買的。」

村裡大部分人是連清源縣都沒有去過的，青州城對他們來說，更是觸不可及，聽說那裡城門高聳、屋舍華麗，就連屋頂的神獸都是金子做的，是方圓百里最富饒的地方呢！

「澤秋那孩子可真孝順！」

「現在他們家可算是熬出頭嘍！」

何慧芳心裡那叫一個痛快！以前被編排得有多憋屈，現在她就有多舒暢，風水輪流轉，今天輪到她家哩！

「慧芳嬸，我可以瞧瞧嗎？」後生媳婦正是最愛美的年歲，看著何慧芳的簪子，挪不開眼。

何慧芳把頭一點。「行啊，妳儘管看！」說完拍了拍樹下大石頭上的灰塵，一屁股坐了下來，讓後生媳婦近距離地看她的簪子。青州城的工藝自然不虛，可精美了。

等何慧芳顯擺夠了，到家裡時發現毛毛正在自己生火做飯吃，一問才知道大伯家最近鬧得很不愉快，澤鋼媳婦和澤石媳婦常為了些雞毛蒜皮的事吵架，毛毛待得不安生，乾脆自己煮著吃，少往大伯家去。

何慧芳本已經想好了，今年家裡不會養豬，地和田也全部給大房及二房幫忙種，院門一關，外頭掛上鎖，已經用不著毛毛幫忙了，不過大房那邊房間不夠住，她可以讓毛毛繼續住著，但今天聽見這一地雞毛的事，心裡又改了主意。

既然錢掌櫃那邊缺人，不如叫毛毛一塊兒過去做學徒吧，萬一人家肯收咧？不是她自誇，毛毛年紀雖然不大，但做事情可不差，老道得很。

回到自家院裡，何慧芳把臘肉切下來炒竹筍，一起香噴噴地吃上一頓。

吃完飯後已經到了半下午，何慧芳繞著屋子轉了圈。家裡原先有六隻雞、兩隻鴨，過年的時候各吃了一隻，現在還剩下五隻雞、一隻鴨，用一個大雞籠裝在一塊兒就能帶到鎮上去了。家裡的大黃狗現在有二、三十斤重，也乖得很，何慧芳準備一併把大黃也帶去。

「毛毛，你待會兒把衣裳收拾好，嬸娘帶你去鎮上耍幾天。」何慧芳不確定錢掌櫃會不會收毛毛，所以話沒說死。

說完後，何慧芳又去沈家二房那邊找二嫂吳小娟，和她把錢掌櫃是誰、做什麼的，一項一項講清楚了。

「錢掌櫃是個好人，澤平跟著他幹錯不了。」

吳小娟有些忐忑，扭頭看了看沈有祿。「孩子他爹，你覺得呢？」

「聽聽娃兒啥意思吧。」沈有祿咳嗽幾聲，說道。

沈澤平忙不迭地說：「我去！」他一想到能出村去鎮上待，心裡就高興，反正比待在山窩窩裡叫他高興，因此急忙回屋收拾行李。

吳小娟招呼何慧芳坐下喝水，聽著旁邊廂房裡叮叮咚咚的動靜，笑得有幾絲無奈。「都說女大不中留，我看兒子也差不多！」

何慧芳小口地喝著水。「孩子們總要長大的。」

長大了，身上那根線，做父母的就攥不住嘍！

沈澤平用扁擔挑著雞籠，毛毛拿繩子牽著大黃，身上揹著個小包袱，而沈澤平的行李多些，何慧芳幫他拎著。三個人趁著天色還明亮，一塊兒穿過柏樹林，走到了渡口，坐上了馬車。

「嬸娘，濱沅鎮遠嗎？」

坐到馬車上，沈澤平把大黃摟在懷裡，一邊揉著狗頭，一邊問何慧芳，眼睛裡是藏不住的好奇和嚮往。

「不遠，坐半天船就到了。」何慧芳把臉上遮風的帨巾扯了扯，說道。

一聽這個，沈澤平更加興奮了。「還要坐船啊？我從來沒坐過呢！」

「說起來，我也沒坐過呢！」何慧芳欣慰地看著兩個孩子，心情放鬆了不少。

三人趕回花街布行的時候，天已經快黑透了，風呼呼吹著，但也擋不住孩子們雀躍的心。

沈澤秋和安寧已經把鋪門關上了，留了半扇門等他們回來。

「澤秋哥、安寧嫂！」孩子們笑著打招呼。

「我把雞呀狗的都帶上來了。」何慧芳說道。

沈澤秋急忙把門拉開，一塊兒把雞籠給抬了進去。

晚飯已經做好了，一鍋米飯、一碗粉蒸肉，還有一碟油燜茄子和一份青菜湯，已經用碗盛好放在鍋裡保溫，就等著他們回來了。

粉蒸肉選的是肥瘦相間的五花肉，蒸得又酥又爛，混著香噴噴的白米飯一塊兒吃，油香米香混合在一處，鮮美得能讓人把舌頭都吞了。

毛毛和沈澤平都是長身體的年歲，特別能吃，沈澤秋蒸的米飯一下子就不夠吃了。

「我再蒸一鍋。」何慧芳又蒸了四兩米，琢磨著他倆這麼能吃，心裡還有些虛，萬一錢掌櫃不肯收人怎辦？

「娘，飯能管飽的，您放心吧。」沈澤秋看出來了，寬慰道。

上回何慧芳說要把房子再歸置一遍，無奈騰不開人手，一直沒有收拾，現在毛毛和沈澤平來了，便又留他們多待了一日，幫忙一起把二樓的房間整理出來。

因為安寧經常熬夜看帳本和畫花樣子，需得一間書房，在何慧芳的堅持下，那套有隔間的大廂房給了沈澤秋和安寧。二樓剩下三間，何慧芳住了一間，歸置出一間客房，剩下一間暫時空著。

至於樓下的小房，一間做了放布的倉庫，一間當做雜物間，堂屋也利用起來，以後家裡來客人多，就不用在走廊上窩著吃了。

然後隔日一大早，沈澤秋就帶著他們一塊兒去清水口坐船，去往濱沅鎮。

何慧芳和安寧站在鋪子門口目送著他們。

安寧柔聲說：「要是能和錢掌櫃學出點名堂，就多了門謀生的手藝了。」

「是啊，且看他們的造化了。」何慧芳拿著掃把清掃門前的葉子和灰塵，心裡其實挺緊張的。

今日天氣晴朗，視野極好，沈澤秋帶著兩個弟弟趕上最早的一趟船。

「待會兒見到錢掌櫃，你們先做揖，然後叫錢掌櫃好，這禮數不能失。店裡的夥計們都是你們的大哥和前輩，要多放幾絲尊重，不要打架吵事……」在船上，沈澤秋細心的囑咐著。

隨著紅日高升，太陽出來了，街上的人也多了起來。

慶嫂又帶了個女工過來給安寧和何慧芳瞧，名叫蓮荷，大概二十四、五歲，手藝活做得不賴，唯一不好的是住得有些遠，靠近鎮子邊緣，走路到花街要一個時辰。

「何姊、安寧，妳們叫她試試吧，住得雖然遠，工期不會誤的。」慶嫂和蓮荷認識有年頭了，十分信得過她的人品。

安寧讓蓮荷縫了幾種針腳給自己看，然後點頭同意了。

天黑後不久，沈澤秋回來了，興奮地告訴安寧還有何慧芳，錢掌櫃同意收下澤平和毛毛做學徒。「妮妮一見到毛毛，可開心了！」

夜晚，他們第一次住到了二樓。二樓的廂房有一扇大窗戶，不遠就是流水潺潺的桃花江，要是夏日把窗戶推開了睡，一定是涼爽無比。

廂房進門那間做了書房，裡間是臥房，中間一道小門，用繩簾隔開了。

夜深人靜，安寧還坐在書桌前記帳，一筆一劃寫得仔細認真。

沈澤秋擺了張小凳子坐在她旁邊，手邊放著一本字帖，正在臨摹上面的字。半個時辰後，沈澤秋寫得有些乏了，把筆擱下，對安寧說：「時辰不早了，我們睡覺吧。」

「我再看看帳本。」安寧做起事情來極其認真，今日能做完的，絕不會留到第二日。

沈澤秋攥住了她的手。「娘子，早些睡吧。」才剛說完，安寧就驀地抬起頭，似嗔非嗔地瞪了他一眼。

「澤秋哥，你別鬧！」

沈澤秋站起來伸展有些僵硬的腰背，勾起唇角，笑得眼睛直發亮。「我鬧什麼了？」

「你剛才叫我娘子。」安寧把帳本子擱下，一本正經地說：「沈大夫說了，娘也說了，有了身子不可以……親近的。」話才說完，安寧的臉皮先紅了，在燭光下像極熟透了的蜜桃。

沈澤秋臉上的笑再也藏不住了，他有時就喜歡逗安寧玩，逗得她睜大眼睛生氣了，他再好好地哄她開心。

「逗妳的。」他從背後摟住安寧的腰，手掌放在她還未顯懷、依舊十分平坦的小腹上。手掌心傳來的炙熱，叫安寧覺得很舒服。

「太晚了，我擔心妳的身體，今日先看到這兒吧。」

安寧眼睛水汪汪的，把頭微微後仰靠在沈澤秋的身上，有些無奈地說：「好吧，聽你的。」

這時辰，街面上靜悄悄的，只有打更人報更的聲音從遙遠的地方傳來，以及拴在院子裡的大黃偶爾的一聲輕吠。

極端的安靜中，一點一滴的聲音都被無限放大，沈澤秋有些粗重的呼吸聲格外明顯，呼出的熱氣把安寧的耳朵也給熏紅了。

「走咯！」

話聲剛落，她便被沈澤秋攔腰抱起，往裡間走去。

安寧摟住沈澤秋的脖子，又羞又急。「你走慢點。」安寧側躺著，把手墊在耳下，用柔軟的指頭摸著沈澤秋的眉毛。「澤秋哥，我這些天一直在想，要是有一日，我們能把這間鋪子買下來就好了。」

「我問過價，像咱家這樣的地段和格局，少說也要四百兩銀子。」沈澤秋把安寧的手指頭勾上，望著她的眼睛答。

安寧嘆了口氣，家裡現在最多也只能湊幾十兩，要真想買房，豈不是還要攢七、八年？買房子真是太不容易了。

「嘖，慧嬸子現在可真威風了！」

「可不是嘛，以前她男人就是天，說一不二，妳是沒瞧見喲，昨晚上慧嬸子是怎麼對她男人的！」

何慧芳提著菜籃子去市場買菜，正在肉攤子前挑揀肥肉，準備買回去煉豬油呢，突然聽見旁邊兩位買菜的婦人在嘀嘀咕咕，她忍不住側耳聽起來。

「喲呵，她怎說的？」

「咳咳咳，我學給妳聽啊！慧嬸子插著腰，指著她男人的鼻子大聲說：『你有臉說我呢？家裡吃的、用的，哪樣不是靠我的工錢買的？靠你啊，一家老小早就喝西北風去嘍！』」

雖然她們在背後嘴碎地閒聊人家的家務事，可何慧芳聽了心裡卻很痛快，慧嬸子跟慶嫂不僅幫她家布坊做事勤勤懇懇，在家裡的地位也提高了呢！

開春後，鋪子裡的生意更好了。還好上回新介紹來的蓮荷手巧，她男人是個船員，一年有一半多的時間都在外頭跑船，家裡就一個婆婆、蓮荷及一兒一女。

安寧覺得蓮荷手藝好，悟性高，因此現在又教她裁剪衣裳，三、四個人輪換著來，正合適。

鋪子裡還新訂做了一塊招牌，終於把「錢氏布坊」正式更名成了「沈氏布坊」，他們還在鳳仙樓擺了兩桌，請了相熟的一些掌櫃、街坊吃飯。

到了四月，天氣漸漸熱了，除了早晚有些涼快，正午時在單衣外頭穿件薄衫就夠了。

安寧懷胎快四個月了，肚子比一般的孕婦大，胃口一直非常好，何慧芳每天都給她蒸個雞蛋吃，隔三差五就買魚、買肉，晚上還給她做宵夜，安寧的胳膊、腿啊的，都肉眼可見的圓了。

上個月去找沈大夫號平安脈時，沈大夫說安寧的身體一切都好，就是胖得有些快，勸他們還是注意些好，少吃點。

「嗐，以前是想吃沒得吃，現在是有吃的不能吃！」何慧芳喜歡看安寧吃東西，她一直心疼安寧瘦弱，現在臉頰上終於有了肉，看著多討人喜愛吶！

不過再喜歡看安寧吃東西，現在也不能慣著，安寧沒懷孕以前，吃米飯總吃半碗，有孕後敞開了吃能吃兩大碗，現在為了控制，只能吃一碗了。

今兒中午何慧芳熬了蘿蔔排骨湯，一家子坐在堂屋裡吃飯。

「桂香生了個兒子，過幾日就要滿月了，請咱們回去喝滿月酒呢！」何慧芳一邊喝著湯，一邊說道。

沈澤秋給安寧挑排骨吃，又給何慧芳挾了兩塊。「安寧現在不方便奔波，她就不回去了。」

「唔。」何慧芳也是這麼想的，而且最近沈家大房實在太鬧騰了，她也怕安寧回去看著鬧心。「我一人回去就成，澤秋也留下吧，總不能叫安寧一個人守著鋪子。澤平新寄了家書來，我也給帶回去。」

沈澤平和毛毛去濱沅鎮已經一個半月了，錢掌櫃對他倆還算滿意，除了幫著幹活兒以外，平時還要學算帳、認字，包吃住外，每月給一百文錢。

信裡頭，沈澤平說錢掌櫃管他們可嚴厲了，每日天沒亮就要起床灑掃貨棧，每天的時間排得滿滿當當的，晚上還要練習打算盤，最後一名要被罰抄大字，調皮了還會挨揍，唯一好的就是白麵跟饅頭管夠。

何慧芳邊聽邊笑，這兩個孩子可真逗。她把信收好了，準備喝滿月酒的時候帶回去給沈家二房。

「喵嗚……」

「喵喵喵……」

隔壁的鋪子在一開始個把月時，經常有人來瞧，可鋪子閒置越久就越沒有人氣，現在錢莊的人已經連個外地客都騙不來了。

不知道什麼時候起，隔壁院子裡住了一窩野貓，大概是順著狗洞爬進去的吧，何慧芳在院裡晾曬衣裳、照顧菜苗的時候，經常能聽見貓喵喵叫的動靜。

「汪汪汪！」大黃搖著尾巴，跟在何慧芳身邊轉悠，時不時對著隔壁院牆叫幾聲。

「貓兒、狗兒天生就是冤家。」安寧笑著說。要不是有堵院牆攔著，大黃準得和隔壁的貓打架。

吃過午飯，安寧有些累，去房裡躺一會兒；沈澤秋去街口找胡掌櫃，商量過些日子一塊兒去青州進貨；何慧芳守著鋪子，蹺著腿和慶嫂她們聊天，手裡頭幫做著盤扣。

這時候，街面上走來一隊人，個個精壯，為首的何慧芳認得，不就是馮二爺的狗腿子管事嘛！何慧芳把腰一插，以為他們又要來找麻煩了。

就連慶嫂和慧嬸子都覺得有點緊張。

結果他們在宋家門前停下，一個拍門、一個用鑰匙捅鎖，折騰了半天都打不開門。

「沈老太太，」錢莊的管事腆著笑臉轉向一邊站著的何慧芳。「您這幾天聽見隔壁有啥動靜嗎？」

何慧芳懶得搭理他，白眼一翻，沒好氣地說：「能有啥動靜？住了一窩子野貓，整日喵喵叫唄！」

錢莊管事眉頭一蹙，嘀咕道：「不應該啊！剛才有人告訴我，宋掌櫃偷偷回來啦，在裡頭悄悄住了好幾日呢！您看，這鎖頭準是他換的！」

「啥？」何慧芳驚訝得一瞪眼睛，感覺到脊背發麻。「那還愣著幹啥？還不把門撞開看看！」何慧芳覺得宋掌櫃多半是真瘋了，要是有這麼個人悄無聲息地住在隔壁，真是磣得慌啊！

管事的一揮手，對他的手下說：「你們幾個，給我把鎖砸了！」

話音一落，幾個漢子就使出渾身解數，有的咬著牙砸鎖，有的找來梯子，想要從院牆上翻進去。

「給我！」何慧芳嫌棄地瞪了砸鎖那人，砸了這麼多下都沒砸到點上，真沒用！她接過錘子，對準鎖芯「哐哐哐」地用了幾下勁兒，吧嗒一聲，鎖便被砸爛了。

「沈老太太好力氣啊！」錢莊管事于鵬笑得春風滿面，似乎一點都不記得兩個月前派人上門威脅的事了。

當面一套、背後一套，虧他還是個男人呢！何慧芳撇了撇嘴，催促道：「快進去看吧！」接著她有幾分得意地和旁邊的慶嫂還有慧嬸子說：「農活做多了，我手勁大，一般人還真比不上我呢！」

正說著呢，院子裡就傳來一聲暴喝。

「站住！」

何慧芳捂著心口，心臟怦怦狂跳，宋掌櫃還真藏在裡頭啊？

隔壁院子裡的樹被砍了，十分空曠，何慧芳往裡頭走了幾步，站在鋪面和院子交界的地方就能把整所宅院看得清清楚楚，並沒有人吶？

于鵬一巴掌拍在剛才哇哇大叫的夥計頭上。「你瞎嚷嚷啥！嚇我一跳，人在哪兒？」

「咦？我剛才明明看見有人影閃過的。」夥計摸了摸被拍疼的腦袋，在院子裡轉了兩圈，不禁揉著眼睛，懷疑自己眼花了。

何慧芳站在院子裡東張西望，這宅子叫錢莊的人打掃過一遍，鋪子裡的貨拿出去折賣了，留下的都是不值錢的簡單傢伙什物。

宋家這鋪子比她家的稍寬敞，尤其是院子更寬，有一面還臨街，院裡草木被伐光了，但是擋不住春意濃，院角生滿了青苔，又矮又胖的雜草一片又一片，何慧芳盯著院角下的草，忽然「咦」了聲。「那上頭是不是有腳印？」

于鵬蹲下來細看，果然，那院角下的青草都被踩塌了，再抬頭一看，院牆上的青苔也被扣掉了幾塊。

莫不是有人打這兒爬出去了？隔壁不就是……

「不好！」何慧芳撒腿就往自家院裡奔，邊跑邊喊：「又傻愣著？拿上棍棒跟我過來捉人啊！」她心裡急得發慌，安寧可還在房裡休息呢！她不敢再想，一股怒氣湧上心頭。敢往她家院裡爬，就是天皇老子來了，她也要將他的腿打斷，長個記性！

路過裁衣臺的時候，何慧芳還順手抄起臺板上的大剪刀。

人還沒奔到院子裡，狗叫聲先一步傳來，大黃站起來快半人高，正齜牙對著個人狂吠。

誰，還真是那姓宋的！何慧芳氣得要命，三兩步就衝了進去。

「沈老太太，剪子可別亂捅，會鬧出人命的啊！」錢莊管事于鵬跟在後頭喊著。

何慧芳沒理他，憋著股勁，她心裡有數，才不會鬧出人命。把剪子一扔，抄起靠著院牆的鐵鏟，劈頭蓋臉就往下打！大黃一看來了援兵，也不怵了，撲上去咬住宋掌櫃的褲腿，把他給撲倒了。

「哎喲，救命——」宋掌櫃被嚇懵了，他打小就怕狗，看見狗就腿肚子打轉，這隻大黃狗又凶又猛，嚇得他都快尿褲子了。還有這死老婆子的力氣也忒大了，鐵鏟砸在身上痛得他齜牙咧嘴，倒抽涼氣，只好抱著頭趴在地上往外爬。

安寧睡得迷糊，剛才是被狗叫聲嚇醒的，看見宋掌櫃在院裡，想到自己體力比不上他，便躲到了床後頭，現在聽見有人來了，忙從走廊上往下看。「娘，先拿繩子把人捆上！」

何慧芳打累了，拄著鐵鏟喘著粗氣，覺得安寧說得對，一扭頭粗聲粗氣地說：「你們怎又呆站著？中了定身術啦？把人捆起來啊！」

宋掌櫃有些絕望，他假意在地上爬，其實是為了搆不遠處的剪子，但剪子還沒搆到，就被五花大綁的捆了起來。

于鵬招呼手下去買新鎖換上，然後問何慧芳。「沈老太太，您瞅他該怎麼發落？」

「你問我？私闖民宅，該報官啊！」何慧芳沒好氣，這夥人還真是光吃飯不幹活，叫人偷偷摸摸在裡頭住了這麼久都不知道，害得她也後怕。

宋掌櫃被拖著去衙門了。

安寧下了樓，輕拍著何慧芳的脊背幫她順氣。「娘，您沒傷著吧？」

「沒事。妳沒嚇著吧？」何慧芳除了剛才力道使大些，胳膊及腰有點痠外，沒有別的事，唯一擔心的就是安寧受了驚嚇。有身子的人忌諱一驚一乍的，對肚子裡的娃兒不好。

安寧搖了搖頭，她倒還好，遇事越急越冷靜。

原來宋掌櫃把家給敗沒了，雲嫂鐵了心要跟他和離，嫁妝錢也不要了，孩子她領著在娘家住，宋掌櫃無路可去，便偷撬開門鎖，住回了家。

李遊問清楚緣由，發落了他十個板子做教訓，派了兩個衙差，將人送回了老家。

「好好一個家，就這麼叫他給敗沒了。」

「還好家裡老爹、老娘還在，能養活他，就是這把年紀了還靠老人養，估計在叔姪面前也抬不起頭嘍！」

慶嫂和慧嬸子把外頭聽來的消息說給何慧芳聽。

慧嬸子對當初宋掌櫃拖欠工錢的事還記在心裡，面帶鄙夷地說：「從欠我們的血汗錢開始，他的心肝就壞透了！」

安寧坐在櫃檯後撥著算盤，一邊算帳一邊想著，才不是呢，宋掌櫃的心從裝神弄鬼害得錢掌櫃一家退出花街開始，就已經爛透了。

一場小雨過後，院子裡種的菜又長高了一截，有的已經開始開花，紫的白的，星星點點，瞧著格外的清新，有時還有粉蝶和小蜜蜂在上頭飛舞。

明日何慧芳就要回沈家村喝滿月酒了，出發的前一日，生怕沈澤秋和安寧生意忙，顧不上做飯就隨便湊合，還特意先炸了一碗肉丸，又煎了一碟小江魚，撒上鹽後放在碗櫃裡，他們只要弄些配菜熱熱就能吃。

今日鋪子關得早，天黑後安寧和沈澤秋就把門拴上了，何慧芳明日要起大早回村幫忙備宴席，今日得早些歇息才成。

「安寧啊，我熬了紅豆粥，妳想吃鹹口還是甜口吶？」

灶房裡，何慧芳做著飯，粥已經熬得糯糯的，可以出鍋了。安寧的口味經常變，所以每回她都會問安寧一聲，甜的鹹的都好，就著安寧的口味來。

「甜的。」安寧坐在走廊旁邊，手邊有個小碗裝著幾粒蒜，正剝蒜呢。

沈澤秋坐在她旁邊，正摘著一籃小青菜，故意調侃地伸著脖子對何慧芳道：「娘，我想吃鹹的。」

「那今日對不住嘍，安寧是家裡的寶，你要靠邊站。」何慧芳眼不抬地回了句。

沈澤秋端著摘好的青菜往灶房走去。「娘，妳也忒偏心眼了。」

何慧芳接過他手裡的菜，心滿意足地說：「我一直遺憾沒有個閨女，現在就把安寧當閨女看呢！」

一家人說笑著，沒一會兒飯菜都做好了。

炸肉丸下面墊了燙熟的青菜，兜頭淋下濃濃的醬汁，末了撒上些小蔥絲和蒜蓉，滋味可鮮美了。另外還有碗鮮藕湯、一碟子何慧芳醃製的嫩生薑，伴著些剁碎的紅辣椒，又脆又爽口。

「等我回了村，你們多注意些，晚上安寧起夜，你一定要陪著，知道不？」

何慧芳放心不下，一邊接過沈澤秋盛的湯，一邊囑咐，生怕再出現一回院牆那邊爬過來人的事。還好家裡大黃英勇，先拖住了宋掌櫃。

「放心吧，保管您回來時安寧一根汗毛都不少。」沈澤秋盛了第二碗湯，輕輕推到了安寧面前，最後一碗才是給自己的。

現在天候回暖，在灶房裡吃會熱，都是在堂屋裡吃飯。

大黃搖著尾巴在桌子下臥著，吐著粉紅色的舌頭，有些憨憨的。

安寧低頭瞧著大黃。「待會兒留些肉汁給你拌飯吃。」

大黃的眼睛黑漆漆的，歪著頭左右晃了幾下，就像能聽懂人言似的，站起來跑到院子裡，腳踩了踩空蕩蕩的碗，面帶期待地看著他們。

「得了，現在就給你拌吧！」沈澤秋放下碗筷，把中午剩下的半碗飯加了些肉汁攪拌幾下後，倒在大黃的碗裡。

大黃搖著尾巴，吃得可歡快了。

沈澤秋打水洗手，偏頭看見了隔壁院子二樓的簷角。

「聽說錢莊的人降價賤賣隔壁鋪子，只要三百兩。」他一邊坐下，一邊說。

聽到三百兩這個數字，何慧芳縮了縮脖子，三百兩雪花銀，她想都不敢想哩！太貴了，別說是三百兩，就算一百兩，家裡也拿不出來。

可安寧和沈澤秋卻不這樣想，宋掌櫃家的鋪子更寬更大，按照市價至少在四百五十兩以上，要不是外頭謠言傳得厲害，馮二爺急著脫手，根本不可能低到三百兩。

「娘，我和澤秋哥琢磨過，這是個好機會，可以把隔壁鋪子盤下來。」安寧說道。

啥？何慧芳驚訝地擱下碗。家裡還欠著錢掌櫃二百兩布錢呢，如果要買隔壁宅子，肯定還得借錢，一想到要欠一屁股債，她這心裡就不踏實，慌得很。

「不成，咱們還是踏踏實實點吧。」何慧芳忍不住說道。

「娘，先別急著說不。」沈澤秋雙手撐在桌上。「我上回去青州，把青州的布行都給逛遍了，見街面上許多布坊不僅賣衣裳，女子的首飾、脂粉、鞋襪也都賣，生意可好哩！」

安寧接著沈澤秋的話，繼續道：「我和澤秋哥一尋思，若把隔壁的鋪子買下來，正好將兩間鋪子打通，店面寬了，也學他們賣脂粉、首飾，生意定會比現在還好。」

「那不就和胡掌櫃家一樣嗎？」何慧芳嘆了口氣。「說句難聽的，也沒見他們做出啥花樣來啊！」

沈澤秋搖了搖頭。「那是他們沒經營好，不代表我們不行呢。」

何慧芳低頭挾了一筷子小青菜，家裡的生意她一直不插手，由著他們弄，這半年來沒出過差錯，可這回她心裡有點犯虛。「可咱們沒錢吶！誰能借咱們那麼多錢？」何慧芳說道。

家裡的親戚，借遍了湊十幾二十兩都玄，胡掌櫃跟錢掌櫃也是生意人，那麼一大筆現銀也難借。

安寧想了想，道：「娘，等您喝了滿月酒回來後，我們請李大人吃頓飯吧。」

何慧芳猜不透。「這和李大人還有關係吶？」

「當然有啦，到時候我再細說。」安寧笑著給何慧芳挾了個肉丸子。「娘，我和澤秋哥心裡有數的，若實在買不下來便算了，不會硬著頭皮上的。」

聽她這樣講，何慧芳稍微穩了穩心。

孩子滿月是大喜事，村裡人都會來賀喜呢，光是紅蛋就要煮好多。不過上門賀喜的也會包紅包給孩子，花銷和禮金相比，其實還是禮金多些哩。

這不，剛晨起，王桂香就和沈澤石說起了禮金的事。

「咱們的孩子剛出生，這麼小，我想給他打個長命鎖戴，好保佑他平安長大，這禮金不正好可以用來打鎖嘛！」話剛說完，見小嬰兒吃著拳頭，眨了眨眼睛，王桂香登時喜笑顏開。「澤石，你快過來看，他剛才笑了！」接著搖著孩子問：「你是不是聽懂了呀？你想戴鎖鎖，對不？」

沈澤石看著孩子，心裡就軟得一塌糊塗，滿口答應了。「我待會兒就找娘說說。」

不一會兒，何慧芳到了，今兒一大早，天還矇矇亮，何慧芳就回沈家村來了。剛走到沈家大房的院門口，她就看見一間嶄新的大廂房蓋得差不多了，毛坯已經打好，牆壁還沒粉刷，地也還沒填平，但那氣派已經出來了。

唐菊萍已經帶著兒媳婦們在院子裡搭好了臨時的土灶，大早上的，沈有福就帶著兒子去買菜了，女眷們忙著擇菜、洗菜、洗碗、燒熱水。

「慧芳，先坐會兒吧！」唐菊萍喜孜孜地招呼了一聲。

何慧芳心情很美，笑著答道：「我先進去看看娃兒！」

「好咧，在房裡呢！」唐菊萍雙手在圍裙上擦著水，帶著何慧芳往房裡去，說話眉飛色舞的。「桂香就是會生，那孩子白胖白胖的，看著可聰明了！那大眼睛，黑得像葡萄似的……」

周冬蘭正和梅小鮮蹲在大木盆旁邊洗著一盆蘿蔔，周冬蘭邊洗邊說：「娃娃生下來不都那樣？寶兒生下來時怎沒見這屁顛屁顛、美得冒泡的稱讚？」

梅小鮮頭都沒有抬。「冬蘭，妳少說兩句吧。這盆蘿蔔趕緊洗了，待會兒爹他們把菜買回來了，還有得收拾。」

另一邊，何慧芳進了屋，一看那奶娃娃果真是可愛，正嘬著拳頭吃得歡，渾身軟軟的像塊發好的麵團。何慧芳小心翼翼地抱著他，逗弄了一會兒，眉眼間是藏不住的喜歡。哎呀，過幾個月等安寧生了，娃娃肯定也白胖可愛得緊。

今日家裡辦喜事，就算平日裡有再多的不痛快，周冬蘭都壓著沒往外露，一場流水席辦下來，她和梅小鮮都累得半死，唐菊萍、何慧芳還有二房的媳婦們也累斷了腰。

白天累慘了，到了晚上，開心的事來了，當然是清點禮金咯！

何慧芳去了二嫂家，要把家書交給二嫂呢！她不認得沈澤平寫的啥，但來之前沈澤秋給何慧芳讀過一遍了，她複述就成。

沈澤文、沈澤武，還有長輩及小孩們都圍攏在一起，聽何慧芳繪聲繪色地說著家書上的內容，氣氛十分的和諧。

但不遠處的沈家大房那邊，氣氛就有些不尋常了。

唐菊萍點完了禮金後，清了清嗓子說：「娃兒生在四月，要戴塊長命鎖才好，保佑孩子平平安安，對吧？」

周冬蘭愣了下。「打多大的？得融好幾十枚銅錢吧？」

唐菊萍皺起眉頭，不耐煩地看了周冬蘭一眼。「銅的不好，我想給打個銀的，這禮金剛好夠。」

「啥?!」周冬蘭失聲驚叫。憑啥呢？

可環顧了周圍一圈，男的都沒話講，她只好用胳膊肘推了下梅小鮮。「大嫂，咱們的孩子戴的都是銅，憑啥有的人生下來就金貴，要穿金戴銀？妳說句話呀！」

梅小鮮坐得很直。「娘說了算。」

周冬蘭簡直要氣炸了，她不服氣！憑什麼好東西都緊著老三？太偏心了！

「老二媳婦，這禮金本來就是親戚鄉鄰們給孩子用的，就該花在孩子身上。」唐菊萍覺得這周冬蘭就是個刺頭，每回辦啥事都是她攔在前，說話能衝死人，一點乖覺氣都沒有，她看著就眼脹來氣！

「那寶兒滿月的禮金呢？」周冬蘭氣呼呼的。

唐菊萍眼睛一瞪。「不也用在你們身上了？你們吃的用的不花錢啦？」

周冬蘭氣得頭都要暈掉了，這是一回事嗎？家裡哪個人不要吃、不要用？明擺著偏心眼還不認帳！

站在她身後的沈澤鋼趕緊拉了把周冬蘭，生怕她說出什麼不中聽的話，再把唐菊萍氣出個好歹來。

「那就這麼定了。」唐菊萍剜了周冬蘭一眼。

這時候，一直沒說話的梅小鮮開口了。「爹、娘，趁著今天大夥兒都在，我有句話想說。」

沈有福咳嗽了幾聲。「老大媳婦，妳說吧。」

梅小鮮看了沈澤玉一眼。「俺們家三兄弟，大家都成了家、有了孩子，最近家裡矛盾多，大家都看在眼裡，我和澤玉商量了，與其吵吵鬧鬧傷感情，還不如各起爐灶。」

唐菊萍驚訝地瞪大眼睛。「妳說啥？」

這時候，沈澤玉往前走了兩步。「爹、娘，咱們分家吧。」

分家是遲早的，家裡孩子大了，有了媳婦、孩子就有了私心，唐菊萍早就知道會有這麼一天，可她萬萬想不到先提出分家的不是周冬蘭，而是一直柔柔順順的大媳婦梅小鮮，而且還是兩口子商量好了的！天知道他們從啥時候起，就有了分家的心思？

周冬蘭也驚了，她早就想分家了，可一直不敢提，現在梅小鮮開了口，她立刻順杆子上。「大嫂說得對，這個家早就該分了。」

話音才落，唐菊萍就吧嗒吧嗒地抹起了眼淚，嘴裡喃喃道：「明白了，孩子大了不由娘，我和你們爹老咯，惹你們嫌了！」

王桂香抱著孩子，在一邊有些急了，忙回頭對沈澤石擠眼睛。

可惜沈澤石沒明白王桂香的意思，還以為她眼睛進沙了呢！

沈澤玉現在木工學得不錯，已經能幫著師傅打家具，一月下來能掙好幾百文錢，以後成了熟手，掙的能更多；沈澤鋼做農活是把好手，不像沈澤石幹一會兒就要歇，老嚷累得慌。要是分開過，吃虧的絕對是他們家！「大嫂，妳說笑吧？」王桂香扶著唐菊萍的手臂，低聲安慰她。「娘，您和爹還年輕，我們才不嫌棄哩，您可別氣壞了身子。」

梅小鮮深深看了王桂香一眼。「這種大事，怎能開玩笑？」

沈有福一直沈默著沒說話，唐菊萍則是光顧著哭，邊數落著這麼多年來她操持一家老小多不易。

「澤玉，去把你二叔、二嬸娘，還有小嬸娘都請過來，咱們找他們做個見證，快刀斬亂麻，把家分了。」沈有福算是看清楚了，老大兩口子是鐵了心要分家的，老二一家也想分。心已經散了，這個家不分也不行了。

這邊何慧芳還和二嫂說著話呢，沈澤玉突然過來說他們要分家了，可把何慧芳和吳小娟嚇了一跳。

「這也太急了吧？」

說罷，一起匆匆去了沈家大房院裡。

一家子人都不說話，梅小鮮左右看了看，決定先當這個惡人。

「咱家欠小嬸娘四兩銀子，是幫老三蓋房借的，咱們分家以後，這債於情於理也得三房自己還。」

何慧芳一拍大腿，果不其然，這分家的根子還是埋在借錢蓋房上了。

「那不行呀！」王桂香忙不迭的反對。「蓋房子的時候咱們還沒分家，錢是一塊兒借的，怎能叫我們一家還？」

周冬蘭知道今日這家是分定了，冷笑一聲。「不想還啊？那這樣，新建的廂房剛好分了三間，我們三家抓鬮，一人分一間住吧！」

王桂香一噎，說不出話來了。

「好啊，原來一個一個這麼精明。」唐菊萍嘆了口氣，心涼透了。「這錢是我借的，我們兩個老的還，你們放一萬個心吧！」

在二房和何慧芳的見證下，沈澤玉把家裡的地、存糧、銀子都列了個數出來。糧食和銀子分成四份，三兄弟一人占一份，唐菊萍和沈有福也占一份；地呢是好的賴的搭在一塊兒均分為四，三個兄弟按照長幼輪流抽籤，剩下的一份歸兩位老的。

難分的是家裡的鍋碗瓢盆、桌椅板凳。

「既然要分，就分得徹徹底底，免得日後說我們不公平、偏心。」沈有福心裡也不好受，強捺下紛亂的心緒道。「去把灶房裡的碗搬出來數，分成四份。分不均的就讓我們兩個老的占便宜，多分給我們吧！家裡的桌椅板凳也點清楚，都按照四份分。」

何慧芳和吳小娟見過別人分家，沈有福的話在理，醜話說在前，免得日後賴皮翻舊帳。

「我們幫著數，澤玉你記數。」何慧芳站起來，和二嫂吳小娟一起往灶房走。

分到最後，就連鹽罐子、糖罐子裡的糖和鹽都沒忘記分。

等忙完，早就到了半夜，何慧芳累出一身的汗。這家分的，已經是她見過最徹底、最乾淨的了。

「明兒一早就去請村長，還有沈家的叔伯們，大家簽字畫押。今兒先散了吧。」沈有福抽著旱煙，頭也不抬地說。

第十六章

隔日清早，大家一起去了沈家祠堂。

「我們兩個老的，昨晚商量了一下，想和老三家一塊兒過。」唐菊萍環視一圈後說道。

按照老規矩，家裡分了家，父母都是和長子過的，除非有啥過不去的坎。

沈澤玉一直很孝順父母，對兩個弟弟也是盡心盡力的，村裡人都誇他有做哥哥的樣兒，如今唐菊萍這樣講，無疑是直接在他的臉上狠狠甩了一耳光。

「娘，你們不跟我和小鮮過啊？」沈澤玉驚訝地問了一句。

和沈澤玉的驚訝相比，梅小鮮倒是早就猜到了，抿著唇沒說話。

「老三年紀還小，家裡頭還要有人幫著搭把手，你是個孝順的，我和你爹都知道。」唐菊萍說。

王桂香抱著孩子一搖一搖的，心裡頭琢磨著，爹跟娘都還年輕，又能下地、又能幫忙操持家裡，跟他們過挺好的。

見狀，沈澤玉也不好說啥了，一家人在字據上摁了手印。

眼看天也不早了，日頭已經升了上去，陽光穿過樹梢，在地上點下一塊一塊的光斑，鳥雀嘰嘰喳喳，有了點夏意。

何慧芳也要回鎮上去了，唐菊萍和吳小娟都想留她再吃頓晌午飯，何慧芳揮了揮手，坐在院子裡喝水。「不啦，鋪子裡生意忙，我得趕緊回去幫忙呢！喝完這碗水，歇會兒我就走啦！」

唐菊萍也沒有強留，準備去地裡摘些新鮮的瓜果蔬菜，給何慧芳帶到鎮上去吃。

另外一邊，王桂香將她們的對話聽到了耳朵裡，把沈澤石拉到廂房裡說起了私房話。

「小嬸娘他們在鎮上開的鋪子，你去過沒？」

沈澤石坐在床沿上，逗著孩子玩，頭也沒抬地回。「沒去過。妳問這做啥？」

王桂香走過來抱住沈澤石的胳膊，把臉貼在他的肩膀上，伸出另一隻手一塊兒逗著孩子。「沒啥，就是剛才聽嬸娘說生意很好，她要趕回去幫忙哩！」

「嗯。」沈澤石應了聲，就沒後話了。

「聽說毛毛和澤平被帶去鎮上做學徒，過得可滋潤了！」王桂香晃了晃身子。「他們以後是不是也會像小嬸娘一家那樣，能住到鎮上呀？」

沈澤石捏了捏小娃娃肉嘟嘟的臉頰。「這我哪知道？」

王桂香沒說話了，低頭思索著什麼，過了一會兒才繼續道：「過陣子孩子滿了百日，咱們帶著他去鎮上小嬸娘家耍耍，走走親吧！」沒待沈澤石答話，王桂香聽見了院子外何慧芳要走的動靜，趕緊跳起來，往門口去。「小嬸娘要回鎮上去了，我去送送她！」

帶著一大兜子新鮮瓜果，何慧芳回了桃花鎮。

「娘，您回來了呀！」

今日楊筱玥又帶著表姊許彥珍來做夏裙了，雖然夏日還沒到，但她愛美，早早的就訂起來，說等端午節去看划龍舟的時候穿。

這不，安寧剛幫她倆定好了款式，量好尺寸收了錢，把人送出鋪門，就看見何慧芳提著大包小包的從街口走來。

安寧上前要幫何慧芳提，何慧芳忙躲著不讓。

「哎呀，妳別使力氣，我拎得動。」安寧才四個月多一點，肚子已經圓溜了，這些日子聽沈大夫的話控制了飲食，四肢和臉頰沒有繼續長肉，但肚子依舊長得很快。何慧芳捨不得她累著，就算胳膊提痠了、額角淌著汗，還是嘴硬說不累。

這次何慧芳帶了不少蘿蔔、青菜上來，量多放到壞也吃不完，不如拿出去做人情。於是等緩過勁來，找了幾根繩子，捆了三捆菜，分給了慶嫂、慧嬸子還有蓮荷。

「早上剛從地裡拔的，新鮮著呢！」

慶嫂笑得眉眼彎彎。「何姊，辛苦了，妳一路從鄉下揹來，倒讓我們跟著沾光！」

已經到半下午了，慶嫂今兒晚上家裡來客，要早些走，現在就要去市場買菜回家準備著了。

剛才何慧芳在灶房裡轉了圈，見鹽都吃光了，她也想去市場買點鹽，正好把幾個蘿蔔醃上，做酸蘿蔔丁吃。「那咱們順路，一塊兒去吧！」何慧芳提上菜籃子出去了。

安寧和沈澤秋坐在櫃檯後，一人翻著帳本，一人手裡做著盤扣，趁著鋪子裡暫時沒客人，商量起請客吃飯的事。

「胡家那邊都商量好了？」沈澤秋手裡熟練地盤著金魚扣，邊盤邊問。

安寧合上帳本，重重地點了頭。「還真沒想到，胡家是小姑子管著家裡的帳，真厲害。」

沈澤秋也點點頭，臉上浮起笑意。「咱家也是妳管帳，妳也厲害。」

「真的？」安寧歪著頭看沈澤秋。

「假的。」沈澤秋回。

眼見安寧蹙起了眉，沈澤秋握住她的手笑說：「騙妳的。」

「澤秋哥，你變壞了！」

兩人互相打趣了一會兒，又把話題拐回到正經事上。

「李大人那邊，明日我去衙門找他。」沈澤秋說道。

安寧想了想。「好。李大人是清廉的人，去的時候別帶東西了，倒讓他為難，把話說清楚就好。」

「嗯，明白了。」

大概是夏日的腳步近了，姑娘、夫人們都要訂做夏衫，加上五月初五端午節將至，到時候桃花江舉行龍舟賽，江邊遊人如織，女郎們都想穿新衣裳出門去，因此鋪子裡的生意興旺得不得了。

安寧和沈澤秋一直接待客人，又忙著盯慧嬸子她們裁剪，要不是安寧當初主意正，把管女工們交貨的事情分了出去，恐怕忙到半宿都理不清楚。

何慧芳回到家裡後，把蘿蔔洗乾淨，切成手指大小的丁，用鹽醃製一個時辰逼出水分，然後用個大大的碗公把有些蔫的蘿蔔丁放進去，倒了半碗醋，切了幾個紅辣椒，拿了個碗扣在飯桌上，等到吃晚飯的時候，酸辣蘿蔔丁已經浸好了。

一掀開碗蓋，一股酸辣味就湧了出來，勾得人口水直流。

「安寧、澤秋，過來吃飯吧！」何慧芳把菜一碟碟地在桌上擺好後，走到前面鋪子裡招呼了一聲。

「欸，來了！」

沈澤秋攙扶著安寧走到堂屋裡，路過院裡的大黃時，大黃還吐著舌頭對他們搖尾巴。

前幾日大黃跟在安寧屁股後頭跑，差點絆到安寧的腳，為了以防萬一，現在一到吃飯的時間，何慧芳就會把大黃給拴起來。

「來，我不在家的兩日，你們都吃些剩菜，今晚給你們改善伙食，喝魚湯！」

都說魚有營養，孩子吃這個長得快又聰明，所以現在何慧芳最愛的就是燉魚湯了，越燉越拿手，湯熬成如牛乳般的白色，又鮮美又甜，越喝越開胃。

安寧挾了塊酸辣蘿蔔丁入口，被辣得瞇了瞇眼睛，可味道棒極了，越酸辣吃得越過癮，根本就停不下來。

「好吃吧？」看安寧吃得香，何慧芳心裡頭就高興，見安寧點了頭，她心裡更美了。

「以後常做！」

第二天一大早，沈澤秋就去了衙門，對門房說要找李遊。

見了面，沈澤秋知道李遊公務繁忙，也沒有多繞彎，開門見山將來意明說了。

李遊沈吟了一會兒。宋家的宅子一直空著，流言就散不掉，而且多開一間鋪子，桃花鎮就多收一份稅，於是點頭，應允明晚定準時赴約。

回到鋪子裡，沈澤秋滿面春風地說：「成了！」

何慧芳正用抹布擦著櫃檯，看著他和安寧，蹙著眉道：「你倆神神秘秘在謀劃啥呢？」

一切都已經打點妥當，安寧和沈澤秋這才把計劃好的事細細說來。其實也不是有意瞞著何慧芳的，她不是回村喝滿月酒了嘛！

「我們想讓胡掌櫃做保，李大人做見證人，分期把隔壁的宅子買下來。」

「馮二爺開價三百兩，我和安寧盤了帳，鋪子裡的流水帳最多能抽六十兩出來，剩下二百四十兩分一年還清，一季給六十兩。」

何慧芳嚇了一跳，深深覺得安寧和沈澤秋的膽子實在大得沒有邊了。「你們還敢和馮二爺做生意？」那可是隻大尾巴狼，吃人不吐骨頭的！

安寧笑道：「所以我們才想請李大人做個見證。」

何慧芳還是不放心。「剩下的錢一年才給清楚，馮二爺也肯？」這一聽就是自家占便宜，馮二爺肯吃虧嗎？

說起這個，也是有些奇怪。沈澤秋是抱著試一試的態度上門找錢莊的人談，一開口就表示自己現在的錢不夠，要分期付，誰知夥計們一聽，連聲說「行行行，這可以商量」。

原來，三月份馮掌櫃就害了病，病來如山倒，病去如抽絲，養了一個多月都不見好，走兩步就咳，連站一會兒都喘，大夫看了一堆，藥也吃了一籮筐，怎麼都不見好。

錢莊管事于鵬也生怕馮二爺一病不起，影響他的前程，就和馮二爺說，香山寺的慧能大師雲遊回來了，聽說他很靈，要不找他看看？

得，死馬當作活馬醫，馮二爺前幾日真就拖著病體上了香山寺，捐了一大筆香火錢後，慧能大師說了，根源還是出在宋掌櫃的那間鋪子上，鋪子和馮二爺相剋，脫手了就好。

所以沈澤秋一上門說要買那鋪子，馮二爺簡直巴不得呢，也不指望賺錢了，趕緊把晦氣折騰出去就成。

「你們心裡有數就好。」何慧芳把髒抹布放在水桶裡清洗。「反正要是走岔了，家裡的田地還在，我們就回去種田好了！」

安寧忍不住笑了。

沈澤秋瞪大眼睛，可算逮到機會和何慧芳說了。「快！娘，這話不吉利呀，快呸呸呸！」

「呸呸呸！」何慧芳趕緊呸了三下。

隔天晚上，天剛麻黑麻黑，一家子就去了鳳仙樓，沈澤秋已經在這裡訂好了包廂。

胡掌櫃一家最先到，沒寒暄幾句李遊也到了，白衣束髮，端得好一派讀書人的風流儒雅。

胡雪琴是第一次見他，忍不住低聲說：「李大人這般年輕呀？」她還以為是個白鬍子小老頭或者中年叔伯輩呢！

她嫂子胡娘子在旁邊把話聽得清楚，貼在小姑子耳邊說了句什麼，惹得胡雪琴柳眉微蹙，有些嗔怪害羞。

胡娘子說的是：不僅年輕有為，而且還沒有娶妻。

說話間，李遊走上了二樓，男子們都迎了上去，女眷們在後頭或福身、或頷首，就算見了禮。

「李大人裡邊請，請上座。」

李遊推辭後坐到了上席，左右是沈澤秋和胡掌櫃作陪，現在就等馮二爺到了。

閒來無事，李遊認真詢問了他們鋪子的經營，並笑著說：「花街上的布坊，如今就數胡家納稅最多，你們的鋪子辦得很好。」

胡掌櫃謙虛地拱了拱手。「哪裡，李大人過謙了。我家鋪子，很大一部分都是靠舍妹撐起來的。」

李遊驚訝地「喔」了聲，胡雪琴就坐在他對面，他笑著頷首道：「胡姑娘真乃巾幗不讓鬚眉，佩服！」

胡雪琴眼睛很大，笑起來有幾分明眸善睞之感，面對李遊的誇讚，她眼尾一翹，笑了起來。「李大人謬讚了，我就是小聰明。」

話音剛落，樓下傳來店小二的聲音。

「哎喲馮二爺，怎麼坐上輪椅就來了？」說完了自知失言，拍了自己一嘴巴。「呸呸呸，我話多！來，二樓請，我帶您上去。」

沈澤秋聽到動靜後下了樓，見到門口的場景也是驚呆了下，馮二爺都快瘦脫相了，正從門口的輪椅上站起來，慢慢地上樓。

馮二爺一落坐就喘，用手帕擦著汗說：「人多我就覺得悶，咱們趕緊簽了字據，飯我就不吃了，你們慢慢吃、慢慢喝。」

看馮二爺這虛弱的身子，大家趕緊直奔主題，把字據公開唸了一遍，幾方都沒有意見。

「那就簽字畫押吧。」李遊道。

字據一共是四份，各家都握了一份在手上。

馮二爺簽了字，收了銀子，把房契交給了沈澤秋，用帕子捂著嘴，咳嗽幾聲。「各位好好喝，馮某先走一步。」

吃完飯從酒樓出來，李遊和他們有一段路同行。

何慧芳的熱心腸摁捺不住了，這可是個好機會，不趁現在套一套李遊的話，幫著說媒搭橋，再等下去黃花菜都要涼哩！

正要往前走，安寧圈住了何慧芳的胳膊，小拇指輕輕指了指前方。

何慧芳揉揉眼睛，不知什麼時候，胡雪琴已經和李遊並排走在一起，李遊一襲白衣，胡雪琴一身淺色襦裙，在月色中看上去，倒是郎才女貌，極其的相襯。

「欸！」何慧芳嘆了聲，幾次要開口，幾次被打斷，難道李大人和林家小姐注定無緣？

「澤秋哥、娘，你們瞧，今夜的月色真美。」安寧指了指高懸在半空的皎月。

何慧芳趕緊抓住安寧的手指頭。「哎喲，月亮指不得哩，指了晚上月亮婆婆會來割耳朵的！」

安寧噗哧一聲笑了。「我指都指了，這可怎辦？」

「好辦，晚上讓澤秋睡外頭，月亮婆婆找不到妳，割澤秋的好了！」何慧芳面無表情，極平靜地說。

她冷靜異常，倒把周圍的聽客給逗笑了。

此時剛好走到個三岔路口，往前是回花街的路，往右是回衙門，不遠便是桃花江，還能聽見嘩嘩的流水聲呢。

胡雪琴微微一笑，望著桃花江和明月，低聲道：「移舟泊煙渚，日暮客愁新。今日的景色，倒是應了這首詩。」

看著桃花江上船燈點點，李遊不由得接了下句。「是啊，野曠天低樹，江清月近人。胡姑娘也愛詩？」

胡雪琴笑意越濃。「那倒沒有，是小時候家裡請了夫子，給押著背了幾首，附庸風雅而已。」

李遊哈哈笑了幾聲。「胡姑娘說笑了。」接著轉身對沈澤秋及胡掌櫃等人拱手道：「前面便不順路了，告辭。」

何慧芳回到家了還在唸叨。「哎呀，看來我這樁媒是講不成嘞！」

沈澤秋和安寧輕輕一笑，都說順其自然，緣分這事，本身就強求不來。

「事情既然定了，明天就該叫泥瓦匠來，該修的修、該灑掃的灑掃。」

何慧芳點頭，雖然心裡有點忐忑，但一想到家裡的鋪子就要擴寬了，還是美得不行。

第二日清早，沈澤秋就去找了隊泥瓦匠來，要把兩間鋪子打通。後院倒好辦，直接將圍牆拆掉就好，鋪子則複雜些，不能完全把牆拆除，於是和泥瓦匠商量後，決定在牆中間開一扇大門。

「澤秋哥，我想在牆壁上畫幾幅美女圖，你覺得怎麼樣？」

安寧的意思，等兩間鋪子打通以後，左邊也就是原屬自家那半，主要還是擺放布疋、成衣，而右邊則多置些胭脂水粉、鞋襪珠簪之類的，牆壁上繪幾幅美女圖，更顯得應景。

「這些我也不懂，聽妳的吧。」

於是下午沈澤秋就去尋了幾名畫匠，安寧挑來挑去，選了位姓陳的，三十餘歲，幾筆就能勾勒出人物的神韻，是個愛鑽研畫畫的癡人。

一聽有差事是讓他在牆壁上繪畫，他既為主家大膽的想法所驚訝，又倍感欣慰，他的畫作能被往來的客人所欣賞，那可太好了。

「陳畫師，那便辛苦你了。」安寧笑著道，接著從抽屜裡拿出一摞自家衣裳的花樣，告訴陳畫師，美女圖上人物所穿的衣裳，務必是上面這些。

「好，待我回去打上一遍草稿，妥了再拿來給你們看。」陳畫師喜不自勝地道。

何慧芳則帶著慧嬸子她們，和幾個泥瓦匠一塊兒先把鋪子裡裡外外清掃一遍。鋪子裡大部分舊家具都不能用了，要麼過於破舊，要麼不符合安寧的設想，她和沈澤秋想把店鋪裝點得更敞亮精緻些。

望著被拖出去的舊家具雜貨，何慧芳一琢磨，收舊貨的給不上好價錢，她乾脆自己賣！

「安寧、澤秋，我去雇一輛板車！」何慧芳說著，快步走到市場，真雇來一輛車把那堆舊物給拖走了，要到市場上自己賣。

「吥，怎有這樣的人，鐵公雞！」

何慧芳這一招可把桂婆婆一夥人給氣得夠嗆。花街上客來客往，商鋪易手這種事一年也會發生一、兩回，每次新掌櫃裝修鋪子，淘汰些舊家具，都是直接扔了，她們撿去賣或者燒，所以一看沈澤秋家要翻修隔壁鋪子，桂婆婆已經蹲了好幾日，沒想到何慧芳一板車，把所有東西都給拉上市場賣嘍！

桂婆婆那個氣呀，當即和身邊幾個「同道中人」嘀咕個不停。

「虧她家裡還開商鋪呢，也不缺錢，怎就這麼摳門？」

一個極瘦還有些駝背的老嫗接著話茬說：「噫，誰說不是？走，咱們跟去瞧瞧，倒要看看她那堆破爛能賣得出去不？」

說完了，幾個老婆婆就跟在何慧芳的板車後頭，一塊兒去了市場。其實她們心裡的小算盤打得可溜了，要是何慧芳賣不出去，到時照樣得扔，她們撿就是了。

何慧芳一邊押車一邊往後看，把身後幾個竊竊私語的老太婆看在眼裡，將她們的心思猜得門兒清。想在她這兒占便宜？哼，等下輩子吧！

「賣舊東西咯，賣一件送兩件！都過來瞧瞧看看哩！」何慧芳一邊用手上的帕子搧風，一邊吆喝起來。

路上的人一聽都被吸引來了，啥？買一贈二，還有這樣的好事？

「這個小桌子，一口價三十文，送這兩個大大的碗公！」何慧芳豪氣地說道。

宋掌櫃一家留下不少家具，大部分做工都不錯，一些燭臺、碗筷、杯盞也留了下來，但何慧芳嫌晦氣，安寧也不喜歡，自家就沒留。

許多打短工的、家貧的，樂得撿這個便宜，紛紛上來挑揀，不一會兒就賣掉了大半。

桂婆婆等人在一邊看得都快急死了，哎呀，再這樣賣下去，就剩不了啥好東西哩！

看著這幫老太婆想占便宜占不到，急得就快跳腳的樣子，何慧芳覺得有些好笑。瞄了瞄剩下的東西，不是缺胳膊短腿，就是舊得快散架了，但再舊，修修補補也能湊合。

「瞧瞧看看哩，最後幾樣，打包賣啦，十文錢一堆！機會錯過可就沒啦，這都是好木頭做的東西，買回家修理修理，照樣能用！」

何慧芳的大嗓門在菜市場裡也絲毫不輸，一吆喝，原本清冷下來的攤子前又圍攏了不少人。

「這一堆就十文錢吶？唉，妳這矮凳只有三條腿？」

「再便宜些吧，看這個碗都有缺口了。」

何慧芳繼續揮著手帕搧風，擺了擺手。「夠便宜了，不講價哩！」

沒過一刻鐘，最後一堆東西也叫何慧芳給賣完了，就連幾塊破木板都被她算做添頭，給人家拿回去搭雞籠或者做柴禾了。

掂量著荷包裡的一兜子銅板，何慧芳笑得合不攏嘴。「走嘍，回家！」

這可把桂婆婆她們給氣得夠嗆，她們蹲了這麼久，啥都沒撈著。

「呸，小氣到家了！」剛才那個極瘦又駝背的老嫗憤憤地往地上吐了口唾沫，故意聲音不大不小地嘀咕了一句，分明就是說給何慧芳聽的，成心讓她不痛快。

「哎喲，這兒有個一等一的大方人呢！在人家糕餅鋪子前蹲了一下午，都不知道趕走人家多少生意了，怎沒見妳這大方人去買上一塊？」何慧芳冷瞅她們幾眼，故意站著不動了。

桂婆婆還記得上回的事，另外幾個也是外強中乾的，見何慧芳停下，臉上一哂，灰溜溜的走了。

哼，原來也就這點本事！「給我秤一斤白糖糕。」何慧芳走上前對店主道。這白糖糕是留著晚上安寧餓了，給她墊肚子的。

離端午節沒多久了，鋪子裡的生意格外忙，加上還要管隔壁鋪子重新裝修的事，沈澤秋去青州進貨的行程就絆住了，商量著乾脆等端午以後再去青州。

「安寧，妳做的這是啥？」

傍晚鋪子裡有些西曬，何慧芳怕安寧待著熱，總是叫她到後院裡乘涼，偶爾一陣穿堂風吹過，可舒服了。開春種的小菜苗都結了小小的果兒，大黃搖著尾巴撲菜地裡的蝴蝶，被何慧芳趕了出來。

路過安寧身邊時，見她手裡捏著個小東西在縫，何慧芳忍不住問了一嘴。

「娘，是端午辟邪的香囊。」安寧笑著攤開手，手心裡是個彎月形狀的小香囊，月亮兩角垂著絲線，安寧正往香囊上繡「福」字。

何慧芳拿起來嗅了嗅，有一股香味。「這裡頭放啥？真香！」

「有白芷、熏草、丁香，都是些散風驅寒、通竅的草藥。五月裡蛇蟲鼠蟻多嘛，這個戴在身上好。」安寧眨著眼睛仔細地說完了配方，指了指那個月亮狀的。「這是送給胡姑娘的。」接著抽出壓在茶杯下的一張紙，上面畫著好幾種不同香囊的花樣，有葫蘆狀下垂兩色花穗的，也有彩蝶狀加雙股花穗的，都很精巧好看。

「安寧，這都是妳畫的呀？」何慧芳捏在手裡頭細看，連聲誇安寧手巧。

安寧微微一笑。「我想著把上頭設計的款式都做一遍，沒有問題了，就讓女工們趕製一批出來。」老顧客上門就做贈品送，單獨購買可以定個六十文一枚。

到了晚上吃飯的時候，何慧芳還嘀咕著。「六十文一枚香囊，會不會太貴了？都能買上一丈布嘍！」

沈澤秋喝著熬得又稠又綿的綠豆沙，笑著對何慧芳說：「咱們鋪子裡的香囊做工精美，款式又新穎，六十文不貴了。而且只做一百枚，要多了還沒有。」

何慧芳驚訝地問：「這是為啥？」

「物以稀為貴嘛，咱家做香囊只是應個景，並不是主業，不指望這個掙錢。就是少，才人人都想要。」

何慧芳搞不懂了，一邊挾菜一邊說：「你們腦子靈光，哎呀，我是搞不懂你們哩！」

四月二十五，店裡的一百枚香囊都做好了，安寧特意買了個竹篾架子，把香囊掛在上頭，放在鋪子裡最顯眼的地方。

有老顧客上門一眼就看見了，五彩繽紛，造型又新穎，登時來了興致。「沈娘子快取下讓我看看，這樣好的做工，要多少錢一枚？」

安寧淺笑著取下一枚。「您是熟客，送您了不要錢，預祝端午安康。」

能成為布坊常客的自然都是家境殷實的人家，不是愛貪小便宜的，往往還要和安寧客套幾句，最後實在過意不去，便會在鋪子裡逛逛，又訂做上衣裳。

看見隔壁鋪子在裝修，還有陳畫師繪了一半的美人圖，大家都很好奇，向安寧打聽為何裝修得這麼別緻？

「等過了端午，新鋪子就要開張了，到時候有胭脂水粉、珠釵鞋襪，娘子跟小姐們都過來瞧吧，給你們熟人價。」安寧笑著介紹宣傳道。

就這樣，靠著安寧口耳相傳，還有沈澤秋、慧孀子等人的介紹，許多人都曉得了，花街布行裡的沈家布坊要擴寬門面了，到時候會來不少的新鮮貨！許多有錢人家的太太、娘子們，已經在翹首期待了。

這裡面自然也包括楊宅的楊筱玥了。聽說安寧她們做了一批香囊，又好看、又精巧，是平日裡極少見的，而且只做一百枚，生怕去晚了沒有了，楊筱玥趕緊帶上侍女，套了車去往姨媽家裡，要找許彥珍一塊兒去安寧那裡買香囊，順便瞧瞧新夏裙做好了沒。

許家門房老頭開了門，一見楊筱玥，立刻蹙著眉說：「表小姐，今日府上有事，您改日再來，快回去吧。」

楊筱玥剛從馬車上跳下來，提著裙襬站在大門口，透過門縫往裡瞧，邊瞧邊問：「發生何事了？別攔我，我要去找彥珍表姊，一起去花街試衣裳。」

門房老頭有話難言，擋在門前一直說：「表小姐，您別好奇了，改日再來吧！」

楊筱玥是家裡的獨女，脾氣有些小驕縱，門房不說清楚原因，她偏就越加好奇。「李伯，讓我進去吧，有事我一人擔待，絕對不連累你。」

春杏也在後面幫楊筱玥說話。「就是，您老快讓開吧！」

門口的動靜引起了許彥珍的長兄許博杭的注意，他邁著步子走到門前，沈聲對門房老李說：「把門打開。」

許博杭是他們這輩兄弟姊妹中最年長的，性子隨了許父，楊筱玥總在心裡嘀咕，她姨父是個老古板，這位大表哥就是個小古板，一點人情味都沒有。

大門猛然一拉開，看見許博杭冷冷的臉，楊筱玥真有點忧。「表……表哥好。」

許博杭深深看了她一眼，背著手轉身往內院去。「妳來得正好，隨我進來。」

「怎麼了？」幹麼這麼嚴肅？楊筱玥提著裙子快步才能跟上，邊走邊問。

走在前的許博杭突然停下，轉身問楊筱玥。「昨日妳和彥珍上茶樓聽書去了？可一直在一起？」

楊筱玥定了定心神，嚥了下口水。「是啊……」說完了有些心虛。昨日許彥珍去見張陵甫了，去茶樓是楊筱玥幫忙打掩護的串詞，許博杭這樣問，難道是表姊被抓包了？

越往裡面走，楊筱玥的心就越忐忑，等走到內室，看見滿臉慍色的許姨父，一直勸解說好話的姨媽，還有用手帕掩面哭泣的許彥珍，楊筱玥一下子什麼都明白了。

她趕緊跑到許彥珍的身邊，低聲安慰她。「表姊別哭了，到底怎麼了？」

許彥珍又羞又恨，根本抬不起頭來，任憑楊筱玥問，都咬著唇不發一言。

楊筱玥握著她的手，心裡急慌慌的，不知道該怎麼辦。

「筱玥，妳和姨父說實話，昨日妳和彥珍去茶館了嗎？」

楊筱玥看看哭泣的表姊，又看看姨父鐵青的臉色，硬著頭皮說：「當然在一起了，昨日茶館的說書先生講的是穆桂英掛帥，說得可好——」

「哐噹」一聲巨響，許父抓起面前的茶壺，狠狠地往地上一擲，茶壺霎時四分五裂，茶水、茶渣子淌了一地。

楊筱玥和許彥珍都嚇了一跳。

「筱玥啊，彥珍都認了，妳還幫著撒謊！我怎麼養出了這麼個忤逆不孝的女兒？欺瞞父母、謊話連篇，我愧對許家的列祖列宗啊……」

五月初一，鋪子裡的一百枚香囊很快便只剩下四個。這精巧又應景的小物格外搶手，一推出就獲得了關注和喜歡，何慧芳望著空蕩蕩的竹篾架子，忍不住嘀咕。

「這要是多做些賣該多好，一個能掙四十文錢哩，比做衣裳還划算。」

香囊用的是裁剪衣裳剩下的邊角料，裡面的草藥攤下來只要四、五文錢，加上給女工們十五文一枚的工錢，成本剛好是二十文。

不過，這裡頭有一半都送了出去，安寧製的這一百枚，其實不賺也不賠。

安寧笑著走到何慧芳身邊，把剩下的四個收了下來，邊收邊說：「正因為只有一百枚，這東西才緊俏嘛！」

何慧芳把空了的竹篾架子取下來，很老道地點頭。「我曉得，物以稀為貴，多了、濫了，就不金貴哩！」這道理她琢磨明白了，不過……「安寧，不是還有四個沒賣完嗎？怎收起來了？」

「我給老主顧留的，楊小姐和她表姊還沒來過呢。」安寧道。

何慧芳蹙起眉。「是呀，新衣裳都做好了，怎沒見過來取？往日她們來得可勤快哩！」
「許是有事耽擱了吧。」
兩間鋪子最先弄好的就是後院了，現在圍牆一拆，院子擴寬了一倍不止。
何慧芳望著寬敞的院子，有了再開一塊地的想法，這一片要是都種上些玉米啊、南瓜啥的，以後收穫的時候多美呀！想想便心悅。
「娘，我想在院角搭個葡萄架子，您看成嗎？」安寧想著以後一家人吃過了飯，坐在葡萄架下納涼也是一樁美事，而且葡萄滋味好，又枝繁葉茂，看著也舒心。
「有啥不成的？改明兒我就去找葡萄苗！」何慧芳搖著蒲扇，滿口答應了。
何慧芳和沈澤秋坐著矮腳的長凳，安寧肚子大了不方便，靠著張太師椅坐在院子裡。
夜風徐徐，透著幾絲涼爽，何慧芳一邊用蒲扇搧風一邊說：「端午節就要到了，粽子、艾葉粑都該準備材料做起來了。這季節的鱔魚最肥美了，過節就該做鱔魚吃，溫和又補氣，安寧正好多吃些！」
不知名的夏蟲在角落鳴叫著，天空中繁星在閃爍，透著好一派的初夏靜謐，和淡淡的安然。
安寧和沈澤秋都說好。
沈澤秋喜歡吃肉粽，每次都愛挑裡頭的肉吃，家裡還剩下幾塊臘肉，剛好切了做成粽子的餡，剩下的就是加紅豆、飯豆還有糯米了。

「安寧，妳喜歡啥口味的粽子？」

安寧想了想。「娘、澤秋哥，你們吃過鹼粽嗎？」

何慧芳愣了愣。「聽是聽過，可沒做過哩！」

「挺簡單的，和一般粽子的不同只在鹼水上。用木灰或者稻草燒成灰，再用紗布濾出灰水，沈澱掉雜質就行了，其他的工序都一樣。娘，咱們也做些鹼粽吧？」鹼粽蒸熟了是金黃色，晶瑩剔透的，滋味可好了。

「妳愛吃，娘就愛做。」何慧芳笑咪咪地說道。

她準備明日就約慶嫂她們去買粽葉、艾草，大家一塊兒做，熱鬧。

話音剛落，安寧忽然捂著肚子「哎喲」了一聲，把何慧芳和沈澤秋都嚇了一跳。

「安寧，妳怎了？」

安寧捂著肚子搖搖頭。「沒事，就是剛才娃踢我了。」

肚子裡的娃娃剛好五個月，偶爾也會動一動，但像今日這般明顯的，還是頭一次。

沈澤秋把手掌輕輕放在安寧的肚子上，笑著說：「看來孩子的口味隨安寧，也喜歡吃鹼粽，咱們一聊，他高興呢！」

第二日一大早，何慧芳做好早飯，一家子吃了後，她拎著菜籃子，打算找慶嫂去市場買做粽子和艾葉粑的材料，沈澤秋和安寧則準備開門做生意。

何慧芳拎著籃子在院裡走了圈，給菜苗們澆了兩瓢水，這才心滿意足的準備出去。

沈澤秋一邊整理袖口，一邊往前面鋪子去開門，安寧稍微慢些，走在後頭。

「臨街的那面院牆，可以開扇偏門嗎？」何慧芳邊走邊問，總往鋪子前面進出，生意好的時候還真有些不方便。

「等泥瓦匠來了，我問問。」沈澤秋道。

下午，安寧坐在院子裡歇了一會兒，沈澤秋坐在她旁邊陪著，繪聲繪色地說著小時候抓泥鰍的事。

「我和澤玉總是晚上揹著竹簍一塊兒去水田裡捉泥鰍，一隻手提燈，一隻手拿魚鉗，被光照到的泥鰍不會動，用魚鉗一挾一個準，一晚能挾小半簍呢！水田裡的泥鰍長不了多大，細長黝黑，最粗也只有手指那麼大，但是味道好呀！帶回來後放在水盆裡，水裡撒上一勺鹽，不一會兒髒東西就都吐了出來，等吐乾淨了，就能下鍋炸……」

安寧聽得有些饞了，歪頭故意輕瞪了沈澤秋一眼。「知道我現在胃口好，故意叫我流口水是吧？」

沈澤秋笑著摸她的頭髮。「我不敢。」

「不敢？我看你膽子大著呢！」安寧皺了皺鼻子，伸手去揪沈澤秋的耳朵。

這時候風微微吹著，日陽不熱不冷剛剛好，蔚藍色的天空中飄著幾朵白雲，讓安寧覺得格外愜意。

「澤秋哥，你覺得我膽子大不？」

沈澤秋陪坐到有些睏了，打了個呵欠道：「應該沒我大。」

安寧扶著腰坐直了，挺直胸膛道：「我小時候捉過一條比手指還粗，五、六寸長的蜈蚣呢！」

一聽這個，沈澤秋來了精神。安寧雖然不愛一驚一乍，但對各種毛蟲、飛蛾、蜜蜂還是有些怵的，一聽她講捉過蜈蚣，他登時有些難以置信。

安寧瞠大了眼睛，認真地說：「是真的！那時候我才八、九歲，那日一人在房裡睡覺，突然聽見有刷啦刷啦的聲音，我睜眼一看，是一條又粗又長的赤紅大蜈蚣，正在我床前爬呢！那麼多雙腳，看著就瘮人。」

村子裡潮濕陰暗的地方常常有大蜈蚣活動，沈澤秋是不怕的，小時候還會故意抓來賣給收藥材的人換錢，可安寧居然也會抓，著實叫他一驚。

安寧繼續說：「那條蜈蚣就擋在我面前，我想跑又怕牠追著我咬，正好手邊有雙鐵筷子，就拿起來猛地挾住了牠，蜈蚣一直掙扎，爪子拚命的舞呀舞，嚇得我一溜煙跑出門，把牠連同筷子一塊兒扔到荷花池裡頭了。」

沈澤秋聽笑了。「後來蜈蚣被淹死了？」

「不知道，我沒敢看，跑出去找人了。」安寧忍不住還有些後怕。「小時候的膽子比現在還大，我要是現在看見蜈蚣，肯定不敢去捉了。」

安寧還在笑著，沈澤秋卻感到心疼，伸出胳膊把安寧摟在懷裡。「現在要是看見了，喊我就好了。」

「好，我知道啦。」

下午何慧芳準備好泡好的糯米、粽葉、臘肉還有草繩，叫上慧嬸子及慶嫂等人一塊兒在院子裡包粽子。沈澤秋和安寧不會，是新手，何慧芳便手把手的教他們。

「簡單哩，你們看著我包就明白了。」說完，何慧芳取了兩片粽子葉，將粽葉攔腰對折，彎成漏斗的形狀。「你們看，現在就是往裡頭添糯米啦，中間記得放上一塊臘肉，米一定要壓實了，不然一下鍋煮，米就散嘍！」

安寧和沈澤秋見了，一人拿上兩片粽葉跟著做，等把米填好後，照葫蘆畫瓢，跟著何慧芳把上面的葉子對折，再對折，讓粽葉完美地蓋住糯米後，抽出一根草繩，把剛包好的粽子認真地捆起來，這樣，一隻三角粽便包好了。

「娘，您看，我包得怎麼樣？」安寧頭一次包粽子，做出來的成品卻和何慧芳、慶嫂這樣的熟手也沒差，不愧是個心靈手巧的。

「好看！」何慧芳連連誇讚，再看沈澤秋包的，鼓鼓囊囊的，粽葉都快被米給擠破了，何慧芳實在是誇不出口，想了想只能說了句。「你這是按著牛頭喝水，勉強不得！」話音一落，惹得大家哈哈大笑。

安寧笑得眼淚都快出來了。「澤秋哥，你還是快洗把手，出去看鋪子吧。」

慶嫂也笑咪咪地說：「男人的手，到底是拙些。」

沒一會兒，粽子包了一簸箕，何慧芳抱著簸箕到了灶房裡頭，先把生粽子放在鍋裡，然後加冷水。

「粽子就是要用冷水煮，這樣才能完全煮透哩！」

旺旺的火舌舔舐著鍋底，木材燃燒發出噼哩啪啦的細響，不一會兒水就咕嘟咕嘟地冒起泡，水開了。

漸漸的，粽葉的清香和糯米的香味從灶房裡飄到了外面，聞上去就令人垂涎。

何慧芳掀開鍋看了看。「沒熟，還要再煮一刻鐘咧！」

略等了一會兒，直到粽子都包完了，第一鍋下水煮的也終於出了鍋。何慧芳拿漏勺把煮透的粽子撈起來，放在木盆裡端了出來。

「來，咱們趁熱嚐嚐！」

粽葉的清香味在烹煮下已經完全散發出來，剪斷草繩、剝開粽葉，裡面的粽肉晶瑩剔透，散發著裊裊熱氣，有股好聞的米香和油脂香味。

安寧吹了幾口氣，試探著咬了個小角在嘴裡，嚼了幾下，只覺得口感鮮美，臘肉的油脂都被糯米粒給充分吸收了，吃上去特別香甜。

「光吃粽子怕膩，我去泡一壺茶，咱們喝幾口好解膩。」

累了半個下午，終於能吃著粽子、喝茶歇一歇了，大家心裡都很舒暢。

「娘，今天累著了，青團明天再做吧？」安寧貼心地捶著何慧芳的腰。

「行，明天再做。」何慧芳雖然累，可是心裡美滋滋的，好多年沒這樣豪氣地做過粽子了，以前都是包十幾個意思意思，應個景罷了。

眼看天色將晚，鋪子裡幫忙的就要回家了，何慧芳給慶嫂她們各串了十多個粽子，讓她們拎回家，給家裡的大人、小孩也嚐嚐。

雖然十幾個粽子值不了太多錢，可慶嫂及慧嬸子心裡覺得很暖。她們做女工幫人縫衣也有些年頭了，還沒哪家掌櫃逢年過節還惦記著她們，心意到了，彼此關係便更近一層。

「欸，還是沈家人會做人哩，不擺主家的架子。」慶嫂欣慰地嘆了句。

蓮荷拎著粽子，聽了勾唇一笑，心裡也很高興。今年她家不包粽子，這十幾個剛好帶回家給孩子們吃。「難怪鋪子越開生意越好，咱們跟著沈掌櫃一家人幹，錯不了了。」

「娘、安寧，我給胡掌櫃家裡送點粽子去。」看著有幾分晦暗的天色，沈澤秋趁著還沒天黑，提上新煮的粽子出了門。

胡掌櫃一見他來可高興了，非要留下他吃飯、喝酒。

沈澤秋今天晚上還要和安寧商量事情，實在騰不出空來，只好推辭道：「最近小弟比較忙，等過了這陣子，一定陪胡大哥好好喝酒、聊天。」

胡掌櫃已經拿出珍藏的茶葉。「那茶總得喝上兩口。」

胡家一家子都是愛恨分明的爽快人，說話總是直來直往，不愛繞圈子，和沈澤秋合得來。

「當然了！」沈澤秋笑著坐下，陪胡掌櫃喝茶。

「最近忙什麼呢？」胡掌櫃邊泡茶邊問。

沈澤秋實言相告。「準備再跑一趟青州，進一些桃花鎮少有的胭脂首飾等物到店裡賣。」這個和胡家的鋪子有些相似，他們經營的貨品很多，也是琳琅滿目，沈澤秋還真怕胡掌櫃不悅。

「唔。」胡掌櫃泡好了茶，停下手上的動作，對沈澤秋道：「沈老弟，你的想法我前兩年就有，也試過了，現在是什麼情況，想必你也清楚。胭脂水粉、首飾珠串在鎮上不好賣，靠這些個根本掙不了錢，我都想只一心一意做衣裳生意了，怎麼你還往上闖呢？到時候本錢砸在裡頭，反而會影響本業呢。」

胡掌櫃苦口婆心，完全是一番肺腑之言。

沈澤秋啜了口茶，傾身問：「為何銷量不好？」

「我要是知道，還會滯銷嗎？」胡掌櫃苦笑一下。

在此之前，沈澤秋和安寧都是滿腔的熱血，盤算著要是胭脂水粉、珠釵鞋襪的生意好做，賺到錢就要把錢掌櫃家的鋪子也買下來，但要是這門生意砸了，雖然不至於像何慧芳說的那樣要回家種田，卻也會是個巨大的打擊，鋪子裡要裁人，說不定還要把宅子租一半出去貼補呢，這些都是不敢想的。

沈澤秋把胡掌櫃的話聽到了心裡，喝了兩盞茶，眼看天黑了，忙起身告辭。

「多謝胡大哥提點，天色不早，小弟告辭。」

從胡家的布坊裡走出來後，沈澤秋還一直琢磨著這件事，回家得和安寧再好好謀劃一番才是。

剛到鋪子門口，沈澤秋看到了楊筱玥，這麼晚了，楊筱玥怎麼來了？

正奇怪著呢，就見安寧送楊筱玥出了鋪門，溫聲說：「楊小姐，容我想一想吧，明兒一早我定答覆妳。」

看著楊筱玥上了馬車遠去，沈澤秋有些摸不著頭腦。「安寧，我們要答覆她什麼？」

安寧看著沈澤秋，剛才楊筱玥一進門，開口第一句話就是「沈娘子，求求妳救救我表姊吧，我姨父要逼死她了」。安寧輕嘆一聲，道：「先把門關上，咱們回內院商量吧。」

回到後院裡，堂屋裡的飯桌上已經擺好飯菜，一碟豆干炒肉、一碟乾煸豆角，還有一碗蛋花湯，用紗罩罩著，就等沈澤秋回來開飯了。

沈澤秋打了一瓢水淨了手，一邊用棉帕擦乾水漬，一邊往飯桌旁走去。

安寧便將今日楊筱玥的話一一道來。

原來從李遊婉拒許家的親事後，許父便深感遺憾，幾次想要和李遊拉關係、攀親近也被不動聲色地推了回去。

許父在家中傷懷了幾日，本已逐漸將這樁事放下，畢竟他的寶貝女兒彥珍才貌雙全，一定能覓得如意郎君。

可壞就壞在許彥珍和張陵甫相約泛舟時被熟人撞見，還傳到了他的耳朵裡！在此前，許父已經三令五申，不允許彥珍和張陵甫有來往，人往高處走，水往低處流，許父早就盤算好了，他的女兒要高嫁，再不濟嫁個沒品級的小吏也好，總之不能是商戶人家。

「我姨父這人脾氣大得很，誰都勸不住他，那日以後，就把我表姊關在房間裡，哪兒都不准去。還懷疑元宵節那日表姊故意給了李大人難堪，其實……」楊筱玥說到這裡，頓了頓。「其實那日是我替表姊見了李大人。表姊在家已經三五日不吃不喝，我特意去衙門堵李大人，可門房根本不放我進去。」楊筱玥絞著手中的帕子，眨著水潤的杏眸道：「聽說沈掌櫃和李大人有幾分交情，所以我想求你們把這消息轉告李大人，求他幫幫忙，打消我姨父的心思。因為現在我姨父又覺得表姊和李大人是天生一對，還想要撮合呢……只要姨父死了心，就會把表姊放出來了。」

沈澤秋把事情的原委聽了一遍後，蹙眉道：「這事很難辦。」

「可不是？」何慧芳嘆了聲。「涉及小女兒家的事，彎彎繞繞的，就算和李大人講清楚了，他又能怎麼辦？」

安寧小口地喝著粥，也覺得左右為難，這件事情太微妙了。不過許小姐都在家絕食抗議這麼久了，真有些擔心鬧出人命，萬一再想不開尋了短見，那就糟糕了。

一家人邊吃邊商量，最後還是安寧拍了板。李大人既是桃花鎮的父母官，在他的治下發生這樣的事，本就該他處理，此刻要將他看做官，而非避嫌的外男。

「娘，明日我帶上些粽子，和澤秋哥一塊兒去拜訪李大人，趁著送粽子的機會，和他提這樁事吧。」

第十七章

翌日清晨，天光初亮，安寧和沈澤秋便出發了。

李遊習慣了早起，已經讀了半個時辰的書，正洗了手準備用早食呢，聽見下人來稟，說外頭沈澤秋來了，遂頷首道：「讓沈掌櫃進來吧。」

走進李遊住的地方，陳設十分簡單，桌上是一碗白粥、一小碟鹹菜及兩個花卷而已。

「澤秋、沈娘子，你們可用過早食了？坐下來一塊兒用吧。」李遊站起來，微笑著說。

沈澤秋擺了擺手。「我們用過了。今天來，是看著端午就要到了，家裡包了肉粽，拿幾個來給大人嚐鮮的。」說完，將用繩子串好的粽子放在桌上。

「不妥不妥！」李遊連聲推辭。「心意我領了，東西還請拿回去。」

早料想李遊不肯收，安寧和沈澤秋也不再強送。

安寧上前一步，道：「李大人，民婦今日還有事與大人說。」

李遊點了點頭。「說吧。」

等李遊聽完了事情的原委，詫異極了，沈吟良久之後，認真地說道：「這事情我們幾個知道便罷，切記不可外傳。」

安寧和沈澤秋都點頭。「這是自然。」

「我會想辦法的。」李遊攥了攥手指說道。

從衙門回家的路上，安寧看見街邊有賣涼粑的，上前買了六個，提著一邊往家走一邊說：「我覺得李大人好清冷，既沒有架子，又離我們很遠。」

沈澤秋一手提著粽子，一手接過安寧手中的紙袋，和她走在行人漸多的街面上。「讀書人嘛，大概就是這樣。」

「也不知怎樣的女子才配得上他？」安寧嘆了句，私心覺得許彥珍和李遊也不是那麼相配，兩個都沒啥煙火氣的人，要是湊在一起生活，那還不冷清得像搬到月亮上住？

路過三岔路口，桃花江面上傳來了陣陣鑼鼓和號子聲，聽著可熱鬧了，江邊還有不少大人、小孩子圍觀。

安寧扯了扯沈澤秋的袖子。「走，澤秋哥，咱們也去看看。」

「妳身子受得住嗎？要不回家歇歇吧？」沈澤秋有些擔心安寧的身子，怕她累著了。

安寧歪著頭衝他一笑，攥著拳晃了晃，表示自己身體好得很！「澤秋哥，我沒事，沈大夫也說了嘛，我現在多活動活動，反而對身子有好處呢！」

於是，沈澤秋陪著安寧一塊兒走到了江邊，這才發現，原來是兩日後要參加龍舟賽的船隊正在練習。

精壯的男兒們穿著白色短褂、俐落的黑色長褲，頭上紮著紅巾，正在奮力地划船，船頭坐著擂鼓助威的鼓手，鼓點不僅做助威用，所有槳手也都會跟著鼓點來划槳。

龍舟飛速划過，濺起一簇簇水花，在陽光下白得炫目。

瞧熱鬧的小孩們高興地鼓起掌。「喔喔——」

安寧也有些興奮，扭頭對沈澤秋說：「訓練就這麼熱鬧，等端午節比賽時肯定更加精彩。」

「那當然了！」

兩日時間過得飛快，端午節到了。

這一日，桃花江畔遊人如織，十里八鄉的人都趕到鎮上來，為自己村的龍舟隊加油助威。熙攘的人群一眼望去，全部都是後腦勺。

擔心安寧大著肚子不便和人擠，又不想叫她錯過一年一度的龍舟賽，沈澤秋訂了臨江一座茶樓的雅座，花了點小錢，但避免了擁擠。

江岸邊的空地上還擺著很多販賣冰鎮甜品、糕餅的小攤子，一片煙火氣息。

沈澤秋留下何慧芳陪安寧待在雅間裡，自己擠到人群中，左顧右盼後，終於找到了沈家村來的龍舟隊。「澤文、澤武、澤石！」

今年他們這支有三個兄弟參加，正坐在水邊的榕樹下歇息，待會兒就要下水了。

「澤秋！唉，今年沒你參加太可惜了！」沈澤文捶了沈澤秋一把，笑著說道。往年沈澤秋是最好的槳手，既懂得鼓舞士氣，還會領著大家訓練，今年沒他在，是沈澤文挑上大梁。

「沒事，你們今年好好划，一定能得頭名！」沈澤秋笑著說完後，到處看。「怎沒見澤玉？」

「有戶人家娶親，訂了套家具，正在趕工哩！」沈澤石答。他和沈澤秋算不上親近，說完了正準備閉嘴，忽然想起臨行前王桂香囑咐的話，對沈澤秋要熱情些。「澤秋，你們在鎮上過得可還舒心？」沈澤石扯了扯短褂的下襬，擠出個笑。「一直想來看看你們，沒騰出空來。」

「都好。」沈澤秋拍了拍沈澤石的肩膀。「等比完賽先別急著回家，留下吃頓飯。」

話音剛落，比賽準備開始的鑼鼓聲就敲響了，參加比賽的人要去江邊的祭臺前燃香燒紙，祈求風調雨順和划船平安。

茶樓上，安寧偶遇了也來看龍舟賽的胡娘子和胡雪琴，便邀請她們一塊兒過來坐。

「開始了！」安寧站在窗戶邊上，聽見一陣鑼鼓聲響起，八艘龍舟如離弦之箭般快速划過。賽道很長，小孩子們會沿江追著奔跑，站在某一點，只能看見龍舟划過，並不能看完全程。

饒是如此，安寧也被熱烈的號子聲、鑼鼓聲和沿岸遊人的歡呼聲所感染。

「哇——」

看到一半，人群裡突然爆出一聲驚呼，原來有艘龍舟側翻了。不過好在槳手們都是會水的好手，人沒事，只是比賽輸定了。

正看到興頭上，站在旁邊的胡雪琴忽然說：「下頭有賣冰粉的，我去買幾碗給妳們吃。」說罷，提著裙襬下樓去了。

胡娘子納悶地喊道：「雪琴，茶樓就有賣冰粉呀……」話還未講完呢，胡雪琴已經下了樓，身影消失在樓梯下。

安寧也感到有些奇怪，順著窗戶往下一望，看見了李遊的身影後，她若有所思，笑著對胡娘子說：「胡姑娘是個有主意的。」

胡娘子笑著搖了搖扇子。「是啊，也倔得很。」

夏日炎炎，走在人群裡不一會兒便要出一身汗，人群聚集，李遊帶著衙門裡的衙差在桃花江沿岸巡邏，維持治安。

走到一處冰粉攤子前，他看著晶瑩清涼的冰粉，更覺口乾舌燥，一看攤子前標的價，一碗八文，二碗以上六文也不算貴，便坐下來道：「店家，還有多少碗冰粉？我們四十個人，一人一碗可夠？」

攤主忙不迭地點頭。「夠的、夠的！」

李遊收了手裡的紙扇坐下，對身邊的隨從點了點頭。「去知會兄弟們一聲，讓他們輪流過來歇一歇，喝碗冰粉涼快一下。」

隨從得令走了，攤主也做好了一碗冰粉端到李遊面前。

李遊抬起頭道：「煩勞先記著帳，晚些一塊兒結。」才說完，身後響起一道清脆的聲音。

「李大人，真巧啊！」

李遊回頭，看見穿著粉色襦裙的胡雪琴，頷首微微一笑。「原來是胡姑娘。」

「來一碗冰粉！」胡姑娘脆生生地說道，然後坐到了李遊對面。

「店家，記我帳上。」李遊抬手對店家說。

「多謝李大人，恭敬不如從命，我便不推辭了。」

沈家村的龍舟隊經過初賽、複賽，順利地闖進了決賽，最終要和桃花鎮本鎮的龍舟隊爭奪冠軍。

這時候已經到了下午，日頭有些西斜，岸邊的遊人不少反而增多，都等著看最後一場。

「加油、加油、加油——」

呼喊聲震耳欲聾，安寧盯著那兩艘龍舟看，只覺得颼一聲就從眼前劃過了。

胡雪琴以手撐臉，失神地望向泛著夕陽紅光的江面。

「胡姑娘、胡姑娘……」安寧連喚了幾聲，她才回過神來。「龍舟比賽結束了。」安寧道。

胡雪琴站直了。「喔，誰勝了？」

安寧正想搖頭說她也沒看清，就見沈澤秋噔噔噔地跑了上來。

沈澤秋興高采烈地說：「沈家村的龍舟第一名！」

又等了兩刻鐘，遊人漸漸散去，外面不再擁擠，安寧才下樓準備回鋪子。

另一邊，沈家兄弟沖了澡，換了身衣裳後正走過來。其他人已經先回村了，他們幾個要去鋪子裡吃飯。

何慧芳心裡頭挺樂呵的，為村裡的龍舟三年連勝高興，喜孜孜地說：「早猜到咱家會有人參賽，所以特地買了兩尾魚、一簍子黃鱔，就等著給你們慶功呢！」說著，領著他們回花街。

沈澤文、沈澤武、沈澤石都是頭次來鋪子裡，跟著走到內院裡，神色都有幾分緊張，抬著頭四下打量探望，忍不住發出感慨。這白牆黑瓦，乾乾淨淨的，是大戶人家才有的氣派嘛！三房這一支，確實是發達了。

夏夜裡，屋外比屋子裡還要涼快，何慧芳跟沈澤秋搬了幾張長凳出來。「坐著歇會兒，嬸娘做飯去！」

沈澤石搓了搓手，坐下後忍不住再仔細瞧了遍，看著那兩層的小閣樓，寬敞的院子，腳下還有青石鋪就的小路，住這兒該多舒服呀！

嗯，桂香說得太對了，是該和澤秋一家多親近親近。他們家是真發了，人家現在過得多好啊，再想想自己，整日在泥巴堆裡頭刨食，多苦。想想還真羨慕澤平和毛毛，有機會出來做學徒。

沈澤石顧著神遊，沈澤文、沈澤武已經跟沈澤秋要了副象棋，在一塊兒下了起來。

「澤石，愣著想啥呢？」

沈澤秋抱著一大碗最先做好的拍黃瓜出來，隨口對沈澤石道。

沈澤石回過神，笑著答道：「沒啥。」說完站起身往灶房去，嘴裡道：「我來幫著打打下手吧？」

何慧芳樂滋滋的。「呦，澤石你累了一天，歇著吧！」

「沒事。」沈澤石拿起一把小蔥摘了起來。「不怎累。」

何慧芳煎好了魚，燉好了黃鱔，又配了兩個素菜。男子多，胃口大，還要喝點小酒，怕菜不夠，何慧芳又炒了碟花生米，挖了一碗酸辣蘿蔔丁。

「澤秋，把飯桌搬到院子裡吧，院裡吃飯涼快。」何慧芳說道。

沈澤石應聲說好，和沈澤秋一起進堂屋把飯桌搬出來，擺好了飯菜、碗筷，還提了兩盞煤油燈出來照明。

一切準備妥當，已經到了戌時一刻，天完全黑透了。院裡微風一陣接著一陣，吹在人身上涼絲絲的，別提多舒服了。

何慧芳拿出一小罈子昨日買的米酒。「今天過節，該喝兩口！」

安寧喝不得酒，喝的是加了糖的米湯。

「別客氣，吃菜！挾魚肉吃，桃花江裡撈上來的，味道鮮美！」何慧芳連聲招呼著。魚肉外層被煎得金黃，裡面卻還十分鮮嫩，加上香味濃郁的醬汁，吃起來鮮美無比。

沈澤石吃了幾口，連誇何慧芳做得好。「小嬸娘手藝就是好！」

「那你多吃幾塊！」何慧芳被誇得心花怒放。沈澤石這孩子打小就木木的、不愛說話，今日倒是嘴甜！何慧芳就想吶，男娃娶了媳婦果然不一樣，會招呼人了呢！

喝了幾杯酒，醉意翻湧，大家都被酒意熏紅了臉。

沈澤文用手肘碰了碰沈澤石。「不能再喝了，晚點還要趕夜路回家哩。」

雖然天已經黑透了，但沈澤文他們三個大男人一點也不怕，走夜路嘛，一塊兒說說笑笑的，到子時就能到家，但喝醉了可就走不得了，幾個醉漢萬一走到半路睡著了被野獸叼去，或者掉河裡去就不好嘞。

「嗯，今兒高醒，多哈幾杯不打緊！」沈澤石喝得最多了，現在已經有點上頭，大著舌頭說。

前不久家裡才整理出一間客房，何慧芳遂豪氣地揮揮手。「喝多了就在鋪子裡歇一宿，二樓有房讓你們睡！」

沈澤石一聽，那可真是太好了！他就想試試在鎮上的好房子裡睡覺是什麼滋味？肯定連作的夢都比在家的甜吧？

等晚飯吃完，除沈澤秋外，他的三個堂兄弟都喝得醉醺醺，好在沒有發酒瘋的毛病，嘴巴一閉、往桌上一趴，個個只想睡覺。

「娘，我把他們攙到客房裡睡去。」

沈澤秋把三個兄弟扶到客房的床上躺好，床上睡兩個，給沈澤石打了個地鋪。怕他們半夜醒了口渴，還在桌上放了一大壺水。

這一通折騰下來，沈澤秋出了一身汗，自己都嫌自己臭，去浴間裡沖了個涼水澡。

回屋的時候安寧還沒睡，正坐在書桌後面翻看帳本。

「怎麼還不睡？」沈澤秋的頭髮還沒絞乾，邊往屋裡走邊問。

安寧合上帳本，笑著迎上前，接過沈澤秋手中的帨巾，讓他往椅子上坐，邊幫他絞乾頭髮邊說：「在等你啊！」

夜已經很深了，夏蟲兀自鳴叫，把夜襯得更加靜謐。

等把頭髮絞得只剩三分濕後，安寧取來木梳，一下下輕柔地幫沈澤秋梳髮。「我剛理了理帳，端午前夕生意好，多了三五十兩流水銀，這回你去青州進貨，能帶三百兩銀子去。不過扣除給錢掌櫃的房租、息錢，只能餘二百多兩進貨了。」

沈澤秋反手握緊安寧的手。「夠的。咱們本錢不夠，我勤快些跑青州，也能周轉過來。」

「嗯，辛苦你了。」安寧摟住沈澤秋的脖子。「咱們趁著年輕多闖闖，多置些家業，以後日子就好過了。」

沈澤秋一點都不怕苦，對他來說，現在是泡在蜜罐子裡呢！以前挑著貨擔走街串巷他都能忍，一日走個不停，一月能穿壞兩雙鞋，現在這點苦頭，他能吃。

「咱睡吧。」沈澤秋的眼睛又黑又亮，這半年來沒在外日曬雨淋，白了些，濃眉大眼瞧起來更精神了。

安寧點頭，牽著沈澤秋的手，一塊兒熄了燈。

第二天沈澤石一回家，就和王桂香說起了在鎮上的事。

「澤秋家的鋪子可氣派哩，那後院宅子也寬敞，地鋪得平平整整，收拾得乾乾淨淨！」

王桂香一聽，只恨自己生了孩子要照看，不能跟著去見識一下。她把頭一揚，笑咪咪地說：「就說嘛，和他們家處好關係準沒錯！」

又過了幾日，到了五月初八，何慧芳特意翻了黃曆，看到這日宜出行，便催沈澤秋選今日走。

有了上回的經驗，這次他沒有穿得太破爛，只穿了件六、七分舊，但沒有補丁的立領舊布衫子，蹬著雙半舊的鞋，依然揹著個小包袱，天還沒亮透就要出發了。

「澤秋哥，我和你說的可都記好了？」安寧邊整理沈澤秋的衣裳邊問。

沈澤秋笑著點頭。「放心吧，都記下了。簪子各種顏色及花樣都挑選些，鑲金帶玉的不要，選絨花簪、銀鍍簪、花絲簪這些實惠的；胭脂水粉也各種都挑幾盒，等買回來賣一賣，看哪樣銷量好後，再做打算。」

安寧就知道沈澤秋心細，和他說的話他都能記在心上，辦事情妥當著呢！

「沒錯。路上小心些。」安寧又囑咐一遍。

何慧芳拎了一袋子昨日下午新做的粽子和艾葉粑，塞到沈澤秋手裡。「雖說節日已經過了，但心意不能不到，一包給錢掌櫃，一包給毛毛跟澤平他們解饞。」

「好。」沈澤秋不讓她們送，自己拎著東西往清水口去了。

殊不知，秋娟的夫婿李元鬼鬼祟祟地跟了過去。這幾日他運道不行，賭場裡來了幾個眼睛毒的夥計，他的手法沒處施展，不僅沒贏錢，還倒貼了，再這樣下去可不成。他們這些做生意的富人，家裡隨時隨地都存有個幾十兩銀子吧？想到沈家如今就剩下婆媳倆，他不禁動起了歪心思。

今日沈澤秋的運氣好，在清水口等了沒一會兒就有船到了，一路順風順水，到了濱沅鎮時還早，他便提著東西去了錢家的貨棧。

妮妮從二樓的窗戶裡看見了他，忙邁著小短腿跑下來。「澤秋叔叔，你來了可太好了！」說著牽住沈澤秋的袖子，穿過鋪子忙往後院裡帶，不忘奶聲奶氣地說：「澤秋叔叔快幫我勸勸我爹，放毛毛哥他們一次吧，他們知道錯了！」

走到後院，沈澤秋看見毛毛和沈澤平都打著赤膊，正站在太陽下罰站，兩人臉上還都掛了彩。「你們這是幹啥了？」

錢掌櫃聽見了動靜，走過來說：「剛得了月錢，就跑去和隔壁鋪子的學徒賭錢，然後幹了一架，兩個人合夥把人家的腿給打傷了，人家的掌櫃告狀告到我這兒來了！我罰他們站兩個時辰，這會兒還差半個。」

話音剛落，沈澤平就嘟囔著說：「要不是他耍賴，我怎麼會揍他？分明就是他找打！」

錢掌櫃一瞪眼，拿出了做師傅的威嚴。「你不服？」

毛毛趕緊踩了沈澤平一腳。昨兒晚上沈澤平和人打了起來，毛毛本來是去勸架的，可那人嘴裡不乾不淨，毛毛一生氣，就和沈澤平一起揍了他一頓。

錢掌櫃說他這是不夠沈穩，壓不住脾氣，以後做不了大事，毛毛覺得錢掌櫃說得很對，所以這站該罰。

他倆做了錢掌櫃的徒弟，自然要聽師傅的話，沈澤秋不好勸，和錢掌櫃回到了鋪子裡。

妮妮跟在後頭，委屈地說：「毛毛哥又沒賭錢，少罰半個時辰不行嗎，爹？」

錢掌櫃摸了摸妮妮的頭。「爹不是因為賭錢罰他們，而是打架。妳也不能因為和毛毛關係好些，就偏袒他。」

妮妮噘著嘴，還是有些不高興，去倒了兩碗水給他們喝。

坐到屋子裡，錢掌櫃怕沈澤秋心裡不高興，便對沈澤秋道：「我罰他們，都是為了他們好。」

「我明白，人不教不成器。」沈澤秋把帶了一路的粽子和艾葉粑拿出來。「自家做的，拿來給你們嚐嚐。」

不一會兒，半個時辰到了，毛毛和沈澤平滿頭大汗地衝了進來，垂頭站在錢掌櫃面前齊聲道：「掌櫃的，我們知道錯了！」

錢掌櫃沈著臉看了他倆一眼。「下去喝些解暑的涼茶，洗個澡後去吃飯，下次再犯絕不輕饒你們。」等兩個小子蹦著跑遠了，他不禁嘆了一口氣。「別看他們認了錯，下次還敢。」

這年紀的男娃都調皮，沈澤秋也是從那年歲過來的。「錢掌櫃多擔待些。」

「咳咳，哪裡，他們皮是皮了點，但人挺機靈的。澤平的嘴會說話，又有眼力，毛毛做事當差也很老道，都是好孩子。」錢掌櫃挺欣慰的，這種從小培養起來的徒弟，比半路招來的夥計可靠許多，等再磨礪他們幾年，提拔到櫃上做管事，或跟著自己收貨，反正不會虧待了他們。

錢掌櫃要留沈澤秋吃晌午飯，沈澤秋見時辰還早，想早些上船，便婉拒了。

「行，你急著趕路，我就不強留了，回程時再來吃飯。」

沈澤秋點點頭，揹著小包袱，還沒走幾步遠呢，毛毛和沈澤平就追了上來。他們在錢掌櫃這兒做事有兩個月了，各拿了兩百文的月錢，沈澤平花了一半，還剩一百文，託沈澤秋捎回去給家裡。

「我也能掙錢養家呢，拿回去給爹娘買肉吃！」

毛毛也把自己的月錢遞過去。「這是我攢的，讓嬸娘幫我存著。」

「行，你們回去吧。少惹事，多幹活啊！」

沈澤秋又囑咐他們幾句，這才往碼頭去趕船。

再說鋪子裡頭，慶嫂裁剪著衣裳，裁累了揉著腰想歇會兒，忽見對面有個人影閃過，好像生怕自己發現他似的，有些鬼祟。

「何姊、安寧，我怎覺得對面有人盯著我們這兒呢？」慶嫂覺得奇怪。

何慧芳忙探頭出去看，只見街上人來人往，但沒啥可疑的人。

安寧扶著腰，正在隔壁鋪子看新裝修後的成果。牆壁重新刷過，貨架是在原有的基底上改的，牆上的美人圖也畫好了，美人香腮玉臂，烏髮如雲，格外有情致，穿的也是安寧花樣本上的衣裳，衣帶飄飄，叫人挪不開眼睛。

一切都整理得差不多了，等沈澤秋把貨進回來，就能開業了。

聽見何慧芳和慶嫂在小聲嘀咕，安寧走過來問道：「怎麼了嗎？」

「慶嫂說對面有人在盯我們的梢。」何慧芳有些憂心。

慶嫂幾個人還記得上回宋掌櫃偷藏在隔壁的事情，那多磣人呀！

慧嬸子這時候說了。「要不，晚上把我兒子叫來，我們娘倆陪著妳們一塊兒住吧？」慧嬸子的兒子今年十八歲，生得挺壯實的，在碼頭上做工。

「好呀！哎喲，謝了、謝了！」何慧芳心裡別提多高興了。在外頭遠親不如近鄰，有她們幫襯著，日子好過了許多。

安寧也十分感激。「多謝了。」

吃過了晌午飯，慧嬸子說要先去碼頭和兒子說一聲，讓他下了工就直接來沈家布坊裡。何慧芳連聲說好，目送慧嬸子出了門。

天漸漸熱了，孕婦本就體熱，何慧芳想著做些涼性的東西給安寧祛祛火，想來想去，今晚上做苦瓜釀吃好了，清火又解毒！

何慧芳先準備好了四、五條苦瓜，打了井水洗乾淨後，用菜刀把頭尾給切掉了，然後切成手指長的小段，正用小勺子掏苦瓜裡的籽兒。

家裡沒有肉，還得去買兩斤，於是何慧芳挎上菜籃子，準備去菜市場。

「安寧，別太累了，歇會兒吧。」看著安寧還在扶著腰查看新裝修好的右邊鋪子，何慧芳心裡可心疼了。

「好，娘您放心，我待會兒就去午睡。」安寧還在琢磨該給鋪子裡加點什麼裝飾，聞言回身微微一笑，寬慰何慧芳幾句，讓她安心。

嗐，也是個停不下來的主兒，都是為了這個家呀！何慧芳心裡又暖又澀。「那就好，我買菜去了。」

挎上菜籃沒走幾步遠，正好慧嬸子從碼頭回來了。

見了何慧芳，慧嬸子壓低聲音說：「何姊，我在回來的路上瞅見宜春樓前面圍著好多人，擠進去一瞅，妳猜怎麼著？」慧嬸子一拍大腿道：「你們老家對門那位姑爺被人揪著打呢！」

何慧芳驚訝得合不攏嘴。「走，我們再看看去！」

原來李元前陣子發了一筆賭財後，包了宜春樓一位姑娘，後來錢又賭沒了，欠了宜春樓錢，結果被打了一頓，趕出門外。

「不踏實過日子，就是這下場。」何慧芳連連搖頭。

待看完了熱鬧，慧嬸子和何慧芳一塊兒去菜市場買菜。

看見路邊有賣西瓜的，綠油油可新鮮哩，何慧芳上前拍了拍，挑了個又大又好的，回到鋪子裡後，把瓜放在木桶裡，吊到井裡頭冰著，冰西瓜吃起來更解渴。

安寧現在已經很少親手做剪裁了，蓮荷雖然是最後來的，可做事非常細心，安寧挺喜歡她的。而且她婆婆人很好，丈夫也是老實人，蓮荷幾乎日日都來鋪子裡，她婆婆在家幫忙照顧兒女也沒有怨言。

「蓮荷，妳過來，我有些話想和妳說呢。」安寧把蓮荷招呼到後院裡頭，溫聲問她現在過日子可有啥難處？

蓮荷規矩地坐在安寧對面，羞澀一笑。「沈娘子，我要謝謝妳呢，自從在妳家的鋪子幫工後，我一日能裁剪六、七套衣裳，一月能掙二、三兩銀子，比我家男人掙得還多，現在家裡好過不少，婆婆生病能抓得起藥，孩子也能吃上雞蛋和肉，沒啥難處了。」

「那便好。」安寧笑得柔和，摸著肚子說：「妳也知道，等青州的貨回來後，新鋪子就要開業了，售賣的是首飾脂粉，我想讓妳以後學著幫我賣這些，妳看可好？」

蓮荷一怔。「好是好，可我不懂這些。」

「不難，我教妳就是了。」安寧出聲安慰。「不過這樣一來，鋪子裡還得招兩個人來幫忙裁剪衣裳。妳要是有認識又可靠的姊妹，記得介紹過來，我給妳算工錢。」

蓮荷臉一紅。「不用不用，這是我應當的！」

「一碼歸一碼，該算的錢我不虧妳。」安寧心裡的石頭放下了。等沈澤秋回來大概是五月中旬，到下月新鋪子應該就能正式營業，這中間還有二十來日，慢慢教蓮荷一些簡單的技能，來得及。「蓮荷，明日妳先和我學盤髮吧。」

蓮荷有些懵懂，不是售賣脂粉首飾嗎？「為啥要學盤髮呀？」

「到時候妳就知道了。」安寧微微一笑。

鋪子外頭，慶嫂和慧嬸子剛裁剪完兩套衣裳，正把針線盤扣和裁好的料子打成個包袱，準備發給女工們縫製，邊做邊伸著脖子往內院瞧。

「安寧找蓮荷說啥呢？」慶嫂壓低聲音，有些好奇，心裡還有些醋意。

慧嬸子也是。「不知道呀，我看蓮荷可會哄安寧高興了，也是個小馬屁精！」

「唷，咱們還怕她個小妮子嗎？我們才是元老呢！」慶嫂把包袱打包好，拍了拍衣襟上的布灰。「我去裡頭看看。」她往裡頭走了兩步，高聲說：「安寧，我們新裁了衣裳要發下去，妳來記帳吧。」

裡面安寧也和蓮荷把話聊清楚了，應了聲好，和蓮荷一塊兒走了出來。

安寧先取了給客人們登記尺寸的本子，找到對應的記錄，用筆劃了個勾，旁邊標注上了日期，表示衣裳已經裁剪好、何時發了下去。

等慧嬸子她們把衣裳分給女工後，還要和安寧說一聲分給了誰，安寧也要記帳的，到時候好算工錢。

太陽很快便落山了，何慧芳沒等天黑透，就和安寧一塊兒關了門。

慧嬸子回家拿了些換洗的衣裳來，她兒子名叫鄧元山，小夥子壯實又精神，剛從碼頭回來，滿頭的汗。

「你就是元山呀？長得真好！」何慧芳心裡可安逸了，有元山這樣壯實的小夥兒在家，還怕個啥？「你坐在院裡歇會兒汗，待會兒再去洗澡哈！」

鄧元山點點頭，坐在矮凳上逗著大黃玩耍。

灶房裡，何慧芳已經把肉餡剁好了，買的是後腿肉，肥瘦相間，又在肉餡裡拌了鹽、蔥薑末、五香粉及醬油啥的，現在把肉餡往挖好籽的苦瓜裡填就成。

慧嬸子在灶房裡幫著一塊兒做，仰頭看了看二樓的燈亮著。「呦，安寧還忙著啊？」

何慧芳點點頭，每日安寧必做的事情就是整理當日的流水帳，然後算出個總數記上。

「咱家多虧了她，不然哪有今天的好日子？」何慧芳嘆了句。

苦瓜釀填完了肉餡，就該上鍋蒸了，不過還得澆上一碗用乾辣椒、香油等調製好的醬汁，這樣蒸出來的苦瓜釀才能色香味俱全。

慧嬸子幫忙看著火，何慧芳去院子裡拔了幾棵青菜。現採現吃，新鮮！洗乾淨了用滾水一焯，斷了生就撈出來，淋上一層醬油、香油、陳醋等調製出來的醬汁，又清爽、又好吃，這是和慶嫂學的。

「開飯嘍！」

鄧元山洗了澡出來，何慧芳煩勞他把飯桌給挪到院子裡，四個人剛好湊一桌，何慧芳笑著招呼慧嬸子和鄧元山別客氣。

苦瓜釀蒸出來又香又有苦瓜的清新，聞著就好吃，知道幹力氣活的就要多吃飯，何慧芳特意煮了白米飯。

鄧元山抓了抓頭髮，笑得有幾分羞澀。「好，那我就不客氣了。」

慧嬸子笑了笑。「他飯量可大哩！」

「沒事，管飽！」何慧芳豪氣地揮了揮手，她晚上可是特意多加了一碗米。

可一碗、兩碗、三碗飯下肚後，眼見鄧元山還沒有飽的意思，何慧芳趕緊回灶房又煮了一鍋！好傢伙，難怪長這麼壯實，都是糧食壘出來的呀！

飯後，何慧芳把吊在井裡的西瓜提上來，切了半個劈成四塊，安寧和何慧芳合吃了一塊，慧嬸子嚐了點，剩下的都給鄧元山吃完了。

「沒事，能吃是福呀！」安寧笑著說。

一夜安眠，夜裡啥事都沒發生。

何慧芳起了個早，把昨夜睡前發好的麵團揉了揉，切成小塊放在鍋裡蒸，對慧嬸子道：「饅頭是能填肚子的飽實東西，待會兒元山去上工，讓他帶幾個去！」

慧嬸子心裡覺得可熱呼了，連聲道謝。「昨天晚上也沒啥事，今晚我帶他回去睡吧。」她兒子別的毛病沒有，就是特別能吃，慧嬸子怕惹得安寧還有何慧芳不高興。

何慧芳從灶房裡探出頭來。「留下吧！住到澤秋回來，妳看成不？」她是一朝被蛇咬，十年怕井繩，沈澤秋不在，家裡多幾個人住，她心裡頭踏實。

慧嬸子沒啥不願意的，答應了。

鋪子裡，太陽才升起，蓮荷就已經走了一個多時辰的路到了花街，臉頰上滲出一層密密麻麻的汗珠。

「來得這麼早呀？坐下先歇息一會兒吧。」安寧笑著對她點點頭。

今日安寧正和慶嫂、慧嬸子對帳，也和她們說了還要新招兩位女工來鋪子裡裁衣裳的事情。

慶嫂和慧嬸子二人連聲說好，道一定幫忙注意著。等安寧領著蓮荷搬張凳子，坐到鋪子和內院處的空地說話後，慶嫂兩人忍不住嘀咕開來。

「安寧這是啥意思啊？我瞧鋪子裡人都夠用嘛！」慶嫂蹙著眉。

慧嬸子低頭想了想。「莫不是嫌棄我倆上了年紀，手腳慢？」

「不會吧……」

再說裡頭，安寧翻開一本冊子，裡頭是她前幾日畫的一些髮型，各種各樣都有。

「以後簪子回來了，各種款式和花樣都會有，而不同的髮型便要配不同的簪子，我先和妳簡略地說說。」安寧笑著翻了翻冊子，用手指著，娓娓道來。「這叫垂環髻，青春活潑，是未婚女子的髮式，簪貝殼簪、絨花簪子等顏色清新的比較合適。」說完翻到第二頁，接著道：「垂掛髻，也是未婚女子的髮式，臉龐圓潤的女子更適合這種，簪子的式樣也是貝殼、絨花、燒藍比較適合。這個叫隨雲髻……」

一共十幾種髮式，安寧逐一跟蓮荷說了一遍，讓她先大致留個印象，然後合上冊子說：

「以後這冊子上的髮式，妳需看一眼就能說出名字、適合什麼樣的女子梳、簪何種簪子合適？我會檢查的。」安寧看著蓮荷的眼睛，認真道：「若新鋪子經營得好，妳該得的都不會短妳。」

蓮荷心裡對安寧崇拜佩服得不行，忙不迭地點頭說：「謝沈娘子妳看得起我！」然後垂著頭羞澀一笑。「平日我就是隨便挽一個婦人髻而已，還不知裡頭有這麼多的彎彎繞繞呢！沈娘子怎麼懂得這麼多呀？」

「小時候我身邊有位教導嬤嬤，是從大戶人家裡出來的，我這些都是同那位嬤嬤學的。」安寧說完，接著嘆了聲。「這些髮式我許久沒動手梳過了，有些手生，今日開始也要練習起來。」說罷要去取木梳。「今日我幫妳梳個烏蠻髻吧，烏蠻髻髮髻高聳，額前覆髮，左右簪花，是很常見的髮式。」安寧說常見，是小時候身邊常有人梳，以桃花鎮來講，大部分人是見都沒見過的。

慶嫂和慧嬸子聞聲都走過來瞧，烏蠻髻會把前額露出來，適合年輕、皮膚白又有些圓潤的女子，而蓮荷恰好符合。等頭髮挽好，安寧把她原先簪的兩枚竹簪一左一右地插入髮間，比起之前，整個人都脫胎換骨一般了。

「要是有珍珠簪、點翠裝飾，就更好看了。」安寧越看越滿意，微笑著說。

蓮荷攥緊手指，咧嘴笑了笑。「我去鏡子前瞧瞧。」說完小碎步跑到銅鏡前，待看清楚鏡中人，登時喜得合不攏嘴。「沈娘子好手藝，我就是成親那日，也沒這麼好看過！」

慧嬸子看得眼睛都直了，嘆了句。「衝著娘子這手藝，賣簪子首飾就錯不了！」

不一會兒，何慧芳又去市場逛了圈回來了，手裡提著捆一尺多高的葡萄苗。「安寧，妳上回不是說想在院子裡搭個葡萄架子嗎？我把葡萄苗給買回來了！」

「那可太好了！」安寧挺高興的，扶著腰，要和何慧芳一塊兒去後院種。

何慧芳趕緊攔住她。「別操心，我一人種就成了！」

「何姊，我幫妳一塊兒種！」慶嫂在後頭搭了腔。

何慧芳打量了下後院，決定在原來是兩家圍牆的位置搭葡萄架，剛好是院子中間。

「這葡萄苗是我好不容易才找到的，那人說哩，至少得兩年葡萄藤才能長滿架子，慢是慢了些，但長好以後涼快吶……」

何慧芳用鐵鏟刨著坑，慶嫂在旁邊幫著扶苗，連連嗯聲。

「這搭架子需要木頭和竹篾，買太花錢了，改日我回老家帶上來！」何慧芳興致滿滿，說得興高采烈，心裡頭可美了。等她轉身瞧見慶嫂垂著嘴角、懨懨不樂的樣子後，被嚇了一跳。「慶嫂，妳心裡有事啊？」

慶嫂聳了聳鼻子，嘆了口氣。「何姊，妳們是不是嫌我和慧嬸子年紀大了，手笨腳笨的啊？這兩日安寧光和蓮荷有說有笑的……」

何慧芳的眼睛頓時瞪得比銅鈴還大。「沒有的事！妳倆幫了我家這麼多，感激還來不及呢，怎會嫌棄哩？不可能！」

等把葡萄苗種好、澆了水後，何慧芳打了盆水洗了手，走到鋪子找了個空檔，便和安寧把剛才的事說了。

「娘，是我疏忽了。」

安寧當機立斷，讓慶嫂、慧嬸子還有蓮荷都停下手上的活計，等大家坐攏在一塊後，安寧把話說清楚了。

「新鋪子約莫再過半個月便要開張了，我是想著讓蓮荷跟我一塊兒賣貨。這樣一來，蓮荷的事沒人做了，只好招新的人進來。」安寧環視眾人一圈，溫聲道：「新人來了，管理女工們的活還是慶嫂和慧嬸子做，妳們做得可好了，就是想走，我也要留，哪裡有嫌棄這麼一說？」

把話說開後，慶嫂跟慧嬸子都有些訕訕的，臉紅不已，她們這是以小人之心度君子之腹啊！「哎呀，是我們多心了……」

晚上婆媳兩個在一起說話，何慧芳還在琢磨呢。「以後家裡頭的夥計多了，要一碗水端平可難嘞！」

安寧合上帳本，點了點頭。「今天的事給了我一個教訓，今後有啥決定，定下來以後，得大家坐一塊兒好好說說，把話挑明了，背地裡的猜測就少了嘛。」

「對！」何慧芳想想是這個道理。「可我沒把慶嫂和慧嬸子當作夥計看哩，我們仨是老姊妹，能一塊兒說話解悶，處得來！」

到了五月十八日，離沈澤秋去青州足足有十日，安寧和何慧芳估算著他也該回來了。等他一回來，何慧芳就要回村帶幾根木頭、竹子上來搭葡萄架子。

沒承想，沈澤秋還沒回來，沈澤石提著包花生和南瓜子先到了鋪子裡。

沈澤石笑憨憨地說：「今天幫我娘賣雞蛋，順便過來看看你們，這些是給你們吃的。」何慧芳心裡挺高興的，留沈澤石中午在家吃飯，他倒是沒推辭，點頭說好。

吃飯的時候，沈澤石瞅見了院子裡種的小苗，隨口問了句。「嬸娘，你們要搭葡萄架子吶？」

何慧芳做了肉片白菜湯，正給安寧挾裡頭的肉片吃，聞言抬起頭道：「是啊，等澤秋回來，我就回村去把屋後的幾棵小桂樹砍了，再拿幾根竹子上來。這葡萄架子以後要在下頭待人的，不結實可不成。」

「我明天給妳們送上來吧！」沈澤石喝著湯，擦了擦嘴說。

何慧芳連忙推辭。「喲，這不耽誤你的功夫嘛！」

「沒事、沒事，我有空！」沈澤石嘴上說有空，其實家裡現在挺忙的。不過他記著媳婦兒的話咧，就得和沈澤秋家把關係搞好。

何慧芳就琢磨著，就算回村也要找人幫忙砍，說不定還要雇馬車，一來一去挺折騰人的，花銷也少不了。如果沈澤石能幫忙，等木頭跟竹子送上來，把時間折成工錢給他也行，於是就拍了板。「行，辛苦你嘞！來，多吃點肉！」

隔日下午，安寧和何慧芳還沒見沈澤秋回來，都有些焦急。

何慧芳說：「我去清水口等等他！」

安寧則留在鋪子裡照顧生意。

「沈娘子。」

不一會兒，來了熟客，是楊筱玥還有久未露面的許彥珍。一瞧見許彥珍，安寧便明白，上次託李遊辦的事成了。

「多謝沈娘子了。」許彥珍微笑。她看上去瘦了些，但是眼睛亮亮的，很有神采。

安寧頷首回禮。「不客氣，舉手之勞。」

楊筱玥走到鋪子裡，目光一下子便被右邊的幾幅美人圖給吸引了，不由得驚嘆道：「真好看！」頓了頓，問：「隔壁鋪子何時才開業？」

「確實的時間還沒定呢，到時候我會給二位小姐發請柬，請務必賞光呀！」安寧笑著說道。

楊筱玥連連點頭。「那是肯定的！」

上回她和許彥珍興致勃勃地訂做了新衣裳，就想端午節穿出去看賽龍舟，誰知出了那樣的事，後來龍舟沒看成，對上次做的衣裳也失去了興致，楊筱玥直接就賞給了春杏。今日來一為感謝安寧，二來便是要訂做新衣裳。

她在鋪子裡逛了幾圈，眼尖地注意到了蓮荷的髮髻，眼睛一亮。「妳梳的是什麼髮式？真好看！」

蓮荷頷首笑答。「沈娘子幫梳的，名為隨雲髻。」

話音剛落，安寧已經回到櫃檯後，將畫了髮式的本子取出。「楊小姐、許小姐請過來看看有沒有喜歡的，我可以幫妳們梳。」

楊筱玥興高采烈，提著裙襬走得快。「我喜歡這個十字髻，表姊，我們梳一樣的好不好？」

許彥珍笑笑點頭。「好呀，那有勞沈娘子了。」

「不必客氣。」安寧領著她們到了後院，不一會兒便把髮重新挽好了，顯得比之前更有神采。

楊筱玥可高興了。「沈娘子，妳的手真巧，等妳的新鋪子開業，我定要第一個來！」說完了和許彥珍一塊兒選料子做新衣，邊選邊纏著安寧問新鋪子到時候會有什麼貨？

安寧仔細地答了，不過她其實也沒有底，實際都有什麼，還要等沈澤秋回來才知道。

瞧著楊筱玥這般心急，許彥珍不由得想笑，她扯了扯楊筱玥的袖子。「好了，也別纏著沈娘子了，早點把衣裳訂了，我們還要去找林宛呢！」

「原來妳們小姊妹還有約啊，那我快些量尺寸。」安寧笑道。

楊筱玥點頭。「嗯，林宛過陣子就要去青州，我們以後再想見她就難了。」

「為什麼？」安寧拿著軟尺問道。

楊筱玥心直口快，想也沒想便答道：「林宛要和她舅媽的姪子訂婚，以後要住到青州去。」等話說完了，被許彥珍蹙眉看了眼，才後知後覺地發現自己失言，遂咬了咬唇，低聲說：「這事還沒定呢，沈娘子別往外傳。」

安寧抿唇點頭。「楊小姐請放心。」

邊上許彥珍絞著手帕，有些無奈。還囑咐別人不要外傳呢，先管好自己的嘴才是吧？都快及笄的人了，還和個孩子似的。

等送走了她們姊妹倆，安寧還在心裡感嘆，難怪娘幾次想探李遊的口風都被打斷，原來是二人注定無緣無分。

在去林府的路上，楊筱玥玩著手帕，一邊問許彥珍。「表姊，妳說男子是不是都喜歡文靜溫柔些的姑娘？」

許彥珍想了會兒，答道：「也不一定。」

「那我這樣的呢？」楊筱玥眨著眼睛，認真地問。

許彥珍心弦一動，刮了刮楊筱玥的鼻子。「妳有喜歡的人了？」

「沒有。」楊筱玥又嬌又嗔地看了許彥珍一眼。「我隨便問問。」

望著她發紅的耳朵，許彥珍將信將疑，她揉了揉楊筱玥的臉。「妳太小了，還什麼都不懂。」

「我會長大的嘛！」楊筱玥蹙起眉，不知想到什麼，伸出十指勾了勾，用只有自己才能聽見的氣聲說：「十而已，差得也不遠……」

何慧芳沒有在清水口等到沈澤秋，失望地回到鋪子裡。

其實按照行程，沈澤秋是該今日歸的，但在濱沅鎮碼頭下船時，他遇到了上回幫過的那小孩兒。這次只見大的，沒看見小的。

大的正問碼頭邊上的船客討錢，沈澤秋認出他了，他也認出了沈澤秋，忽然抱著沈澤秋的腿，撲通一聲跪了下去。

這時茶棚的夥計看到了，忙說：「客人您別理！這種小叫花子可憐不得，沾上了就會得寸進尺，沒完沒了！」

另一位茶客也搭嘴。「是啊，別看人小，比大人還狡猾呢！」

沈澤秋蹙起眉，低頭看著抱著他腿的孩子，孩子用髒手抹了抹眼角的眼淚。

「恩人，求您救救我弟弟，他生病了！」

沈澤秋心裡頭一驚，一邊是夥計和茶客的提醒，一邊是孩子的苦聲哀求，最後還是惻隱之心占據了上風，他蹙眉問：「你弟弟生的什麼病？」

大孩子邊擦眼淚邊答道：「咳嗽、渾身發燙……」

「那你等等，我先把貨送到友人那兒暫存，再同你去看看。」沈澤秋用袖子擦了擦額角上的汗，包了輛驢車，將在青州進的四箱貨運到錢掌櫃的貨棧裡。

此刻正是太陽初升時，陽光很好，貨棧的夥計正將店中的貨搬出來翻曬。

「鹿茸體輕質脆，氣腥味鹹為上品；木耳正黑反白有絨毛，薄脆易碎為上品……」沈澤平一邊把乾貨往簸箕上放，一邊唸唸有詞，抬頭看見沈澤秋，忍不住笑起來。「澤秋哥，你從青州回來啦！」

「背什麼呢？」沈澤秋走上前拍了拍他的肩膀。「大老遠就見你唸叨個不停。」

沈澤平有些不好意思，抓了抓頭髮。「練眼力、背竅門。上回錢掌櫃考我們，我墊了底，還挨了罰。」說起來就氣人，他和毛毛一塊兒背、一起學的，但山貨的好壞他就是難辨清楚，不像毛毛一學就會。

「澤秋小弟，今日能陪我喝酒了吧？」錢掌櫃正在櫃檯後教毛毛看帳，看見沈澤秋來了，急忙笑著走出來。

沈澤秋拱了拱手。「難說呀！」接著把跟在他身後、眨著雙大眼睛，有些怯場的孩子拉到身前，把孩子的事說了。

「唔……」錢掌櫃沈吟了一會兒。「我與你同去吧。」

說著和沈澤秋一起，跟著那孩子七拐八繞，到了不遠山林中一間不知道破敗了多久的山神廟裡。門窗都敗壞腐朽了，廟塌了還剩下一半，四、五歲的那個孩子就躺在角落裡，身上蓋著一件破衣裳，眼睛緊閉，直說胡話。

見到這一幕，沈澤秋和錢掌櫃心裡都是一揪，心有不忍，嘆息一聲。

「造孽呀——」

沈澤秋抱起了病得迷糊的孩子。

錢掌櫃走在前說道：「去我的貨棧。」

自從經過上次的「鬧鬼」事件後，錢掌櫃就迷上了燒香拜佛，對神鬼之事十分敬畏，見死不救在他看來是損陰德的；而沈澤秋則純粹是可憐這兩個孩子，想幫一把。

等大夫請來後，更令人震驚的事發生了，這四、五歲的孩子不是男孩，竟然是個小女孩！

大孩子守在他妹妹床前，啜噎地說：「恩人，我不是故意要騙你的……」

兩個孩子洗了澡後，模樣清秀，半點也不髒了，沈澤秋摸了摸大孩子的頭。「我不怪你。」

沈澤秋和錢掌櫃原本想將兩個孩子送去官府辦的慈幼局，但見此情景，錢掌櫃忽然改變了心意。他只有妮妮一個獨女，這小女孩比妮妮小個一、兩歲，正好可以做妮妮的玩伴；而大的那個孩子瞧著像是機靈的，收做學徒也不錯，正好貨棧還缺人。

如此安排，倒是兩個孩子的造化了。

只是這一頓忙和下來，回桃花鎮的時間便耽擱了，沈澤秋在錢掌櫃家中留宿一晚後，第二日清早才回到了桃花鎮。

第十八章

「欸，沈掌櫃回來了！」慶嫂眼尖，先看見了沈澤秋。

何慧芳和安寧都迎了出來，再晚一點，何慧芳又要去清水口等人了。

「累嗎？」安寧扶著腰迎上去，笑著拍了拍沈澤秋衣裳上的灰。

幾日沒見，就像很長時間沒見似的，沈澤秋眼眶有些發熱，搖搖頭。「不累。回來晚了，妳們在家裡等急了吧？」

何慧芳拿著先就折好的柳枝，一邊輕輕往沈澤秋身上抽，一邊道：「何止急？再不回來，我和安寧都準備上青州找你了。」說完又嫌沈澤秋身上灰塵多，髒得很，忙不迭地進內院，要燒點熱水讓沈澤秋先洗個澡。

沈澤秋無奈地搖頭。「每次回來娘都嫌我髒。」

「我不嫌。」安寧對沈澤秋笑。「都進了什麼貨？」

車夫已經幫忙將四個大箱子搬了下來，沈澤秋付了車錢。「我打開給妳看。」

慶嫂等人也想看個新鮮，都圍攏了過來。

前兩個箱子裡裝的是布，棉的、麻的、絲織的、綢緞的，多是夏季的女布，補了點貨，剩下兩個箱子才是重頭戲。

沈澤秋開了箱，裡面還有幾個小木匣，捧出來一打開，是造型、材質各異的簪子，有粉嫩的桃花狀陶瓷簪子、栩栩如生的芙蓉花燙花簪子，也有更俏皮活潑的羽毛簪子，以及顏色素雅、更低調的纏花簪和絹紗簪子。這琳琅滿目、一盒盒放在櫃檯上，令人眼花撩亂。

胭脂水粉沈澤秋也是不懂的，便按照安寧的話，每樣都要了幾盒，有畫眉的各色黛粉、點唇的各色口脂、擦臉的各種搽粉，還有各種花樣的花鈿。

「哇……這麼多種類？」

慶嫂等人都驚呆了，紛紛誇讚安寧和沈澤秋有眼光，也嘆息不愧是從青州城來的貨，果然精緻，不同凡響。

安寧心裡挺高興的，沈澤秋進的貨各色價位都有，款式都很好看，應當不難賣。

晚上吃飯時為了給沈澤秋接風，何慧芳炒了好幾道菜，有香噴噴的青椒絲炒肉片、韭菜炒蛋，也有爽口的白灼小青菜、芹菜豆干，配上一碟馬鈴薯餅，香得叫人流口水。

井裡還吊著兩個大香瓜，等吃完了飯，歇會兒再破開來吃。

「來，快吃吧！」好多天沒有一家人坐在一塊兒吃飯了，何慧芳心裡高興。沈澤秋上次從青州回來，已經說過在青州的見聞，但何慧芳聽不膩，叫他再說說，聽得仍是津津有味。

「哎喲，那城門很高吧？街上的房子、館子是不是都比咱們鎮上氣派吶？」

見何慧芳這麼好奇，安寧笑著說：「娘，等有機會了，一定帶您去青州逛一圈。」

何慧芳連連咋舌。「我有這個福氣嗎？」

「當然有啊！」

這次從青州回來，沈澤秋還帶了個好消息，便是將雲裳閣給打聽清楚了，他們確實兩年舉辦一次比賽。

「雲裳閣舉辦的比賽就在今年冬天，現在正在收參加比賽的衣裳呢！要自己把衣裳交到雲裳閣在青州的鋪子裡頭，店裡的人會給收據和號碼牌，等年後他們會貼出前十名的號碼。聽說這回頭名有五十兩黃金的獎勵呢！」

何慧芳一聽，登時驚得嘴巴都合不攏。五十兩黃金能換白銀五百兩，比現在他們的家當還翻幾倍呢！可一轉念想到天上不會掉餡餅，就有些忐忑了。「還有這樣的好事？那可是五十兩黃金，那啥雲裳閣的就這麼捨得？」何慧芳喝了口湯，再道：「不會是騙子吧？」

「娘，雲裳閣的分號在青州附近都開遍了，光青州城裡就有五、六家，我都去看過，客人多得都快把門檻給踏平了，五十兩黃金對他們來說，算不得什麼。」沈澤秋說道。

「安寧妳怎看？」何慧芳心裡踏實了一些，又問安寧。

安寧想了想，她第一次聽見雲裳閣是春天時林宛說的，而這回沈澤秋又去店裡看過，就算是騙子，最多也就是騙身衣裳罷了，為了一套衣裳壞了自家店的名聲，那叫得不償失。

「我們可以試試看。」安寧道。

沈澤秋忽然想起了啥，去包袱裡拿出了一張紙，上頭抄著這回雲裳閣給出的題目，上面是一首詩。

「雲想衣裳花想容，春風拂檻露華濃……」捏著那張紙，安寧明白為何頭獎有五十兩黃金了，光這題目就叫人摸不著頭腦，有些費解。「胡姑娘讀的詩多，我明兒去胡家，讓她幫忙解解題。」安寧道。

吃完了飯，三人在院裡歇息乘涼。

沈澤秋見到了院子裡的葡萄苗，葡萄最愛水，一問晚上還沒澆過，沈澤秋忙打了桶水，一邊澆一邊說：「苗長得快，這架子要快些搭好。」

何慧芳搭了話。「是啊，澤石答應幫忙從家裡砍木頭和竹子上來，明後兩天就該到啦！」

果然，第二天剛到中午，沈澤石借了板車，把砍的四棵小桂樹，五、六根竹子拉了來。

「來來來，喝點水，到後院去歇息。」

沈澤石抹著汗，直說不累，留在鋪子裡吃了晌午飯後，還說要留下來幫忙搭架子呢！

「不用了。」何慧芳指了指正幫忙在院牆上開側門的幾個泥瓦匠。「待會兒叫他們幫忙就好，你早些回吧，走夜路不安全。」說著塞給沈澤石一百文錢，算是他幫忙砍樹、送樹的工錢。

沈澤石拿著那一百文，心裡可美了，回家直接給了王桂香。

王桂香抱著孩子坐在院子裡，拉高嗓音說：「哎呀，給這麼多錢吶？看來小嬸娘看重咱們嘞！以後澤秋哥家的事，就是我倆的事，澤石，你說對不？」

沈澤石笑呵呵的，他媳婦說的話從來只對不錯，他當然點頭了。「妳說的對！」

自從沈家大房分了家，吃自然也分開了，家裡原來的灶房歸兩個老的和老三用，老大和老二各自搭了個草棚，先湊合著用，準備等手頭攢下錢，再建個好些的。

梅小鮮這些日子上山採草藥賣錢，沈澤玉幫人打家具也忙得很，所以他們家吃飯最晚，王桂香吃完了正在院裡炫耀時，沈澤玉一家正圍著一大盆南瓜吃晚飯呢。

他們的兒子兩歲多，已經能聽懂話了，伸著脖子往外頭看。

梅小鮮不為所動，餵了兒子一口南瓜。「乖，吃南瓜長得快。甜不？」

而老二沈澤鋼的媳婦周冬蘭就沒這麼好脾氣了，她就見不得王桂香這副賣弄顯擺的樣子，因此一邊餵小孩吃飯，一邊乘機指桑罵槐。「吃飽了撐著呀？整日裡沒個消停！」

被罵的小黑狗夾著尾巴跑了。

唐菊萍洗了碗從灶房中出來，大概聽明白了，澤石幫何慧芳砍樹，得了一百文錢。她擦著手走過來，邊逗孩子邊對王桂香說：「桂香，這錢給我吧，我收著。」

王桂香眨了眨眼睛，抱著孩子站起來。「娘，咱不是分家了嗎？我……要自己學著當家哩，您就少操心，享清福吧，我能把小家操持好的。」說完就抱著孩子進屋了。

唐菊萍一口悶氣憋在心裡，罵吧不對，憋著吧又難受得慌，只好回屋對沈有福長吁短嘆。「孩子大了，翅膀硬了！早知道還不如不分家……」

沈有福聽得心煩，叼著煙杆出去找人下象棋了。

第二天清晨，安寧準備動身去胡家請教昨日那首詩的意思。昨晚何慧芳炸了安寧教做的南瓜餅，新炸出來的，就用紗罩擱在砧板上。

安寧想包上一包拿給胡家人嚐嚐，畢竟上門求人，空著手多不像樣。

「好嘞，我去包！」何慧芳往灶房裡去，不一會兒傳出一聲驚叫。「哎喲——」

院子裡的沈澤秋和安寧都嚇了一跳，紛紛往灶房門口走，焦急地問：「娘，怎啦？」

何慧芳提著被咬破一個大洞、已經被擠到地上的紗罩，愁眉苦臉的出來了。

「南瓜餅全被老鼠給糟蹋完了！哎喲，真是可惜，都是好東西吶！」何慧芳心疼得心肝都疼，沒想到家裡的鼠已經這麼猖獗了，看來得抱隻貓過來養才是。她邊想邊把地上剩下的、被老鼠踩過及啃過的南瓜餅撿起來，吹吹上面的灰塵，嘀咕道：「這炸一遍還能吃吧？」

「不行，得扔了！」安寧小時候見過感染鼠疫的人，那病可凶險了，會出人命的。「娘，老鼠碰過的東西不能吃。」

沈澤秋怕何慧芳捨不得，直接用掃帚把地上的餅掃走了，邊掃邊說：「娘，我去買點老鼠藥——」

何慧芳忙豎起手指噓了幾聲。「不能說，老鼠能聽懂人話的，咱們偷偷商量。」沈澤秋和安寧瞬間都噤了聲。

正巧慶嫂來鋪子，聽說後，說家裡有好幾個捕鼠夾子，可好用哩！放鼠藥的話，家裡的狗和雞、鴨容易誤食，還是夾子好用！

「行！」何慧芳一想也對，被老鼠糟蹋了南瓜餅她就已經心疼壞了，要是鼠藥再把大黃或者雞、鴨給藥死了，她還不心疼得掉淚？

安寧想了想，叫沈澤秋從地裡摘了些碧油油的小青菜，用草繩捆好，拿上便去了胡家鋪子。

胡娘子正在門口招呼客人，安寧扶著腰在門口等了會兒，見客人出來了，才走進去，笑著說：「胡娘子，家裡種的菜熟了，拿來給你們嚐嚐。」

「哎喲，這怎麼好意思吶！」胡娘子笑盈盈地迎上前接過安寧手中的青菜，生怕她大著肚子被門檻給絆到了，特意往前幾步伸手扶了安寧的胳膊。「快六個月了吧？」她問了句。

安寧點點頭。「過了五月底就六個月啦。」

胡娘子雙手一拍，不無感慨地說：「女子懷孕最辛苦了，現在天氣正熱，苦了妳了，快進來喝杯茶。」等把安寧帶到一邊坐下，嘴裡又唸叨。「趁著日頭好，我把我家孩子當年穿的衣裳、玩的玩具翻出來洗洗曬曬，送給妳！」說著遞上一杯溫茶。「我家那小牛犢子當年壯實得不得了，好養好帶著呢！」

「那太好了，多謝胡娘子了。」安寧心裡挺高興的，初生的嬰兒撿健康孩子的衣物穿是椿吉利事。不過她沒有忘了這次來的另一件事，在鋪子裡掃視一圈後便問：「胡姑娘在嗎？我想請教她一件事情。」

聽到安寧要找胡雪琴，胡娘子的臉上出現一抹遲疑，她坐到安寧對邊，沈吟了一會兒後，指了指二樓。「她在上頭呢。」

二樓售賣的都是女布和一些珠釵胭脂等物品，客人一般不多。安寧點了點頭，她不好去打擾。「那我在這兒等會兒。」

胡娘子欲言又止，到底沒說什麼。過了一炷香時間，從二樓走下來一個人，安寧抬頭一望，登時有幾分驚訝，竟然是李遊。

李遊穿著常服，胡雪琴陪在身後，她沒想到安寧在這兒，頭微微低下，有些不好意思。

李遊倒是坦然，對胡娘子和安寧微微昂首示意，轉而對胡雪琴拱了拱手。「我走了。」

「好。」

胡雪琴送李遊出了門，望著他的背影呆了一會兒，才提起裙襬快步奔回鋪子裡，對安寧說：「李大人今日是來裁衣裳的。」話才說完，一向爽朗活潑的胡雪琴臉上如搽了胭脂般浮起一層紅暈，哪還有那說一不二的胡家二姑娘的氣勢？

安寧用帕子掩嘴微笑，怕繼續說李遊，胡雪琴的臉便要紅成熟蝦殼，遂岔開了話題。「胡姑娘，今日來我是有事要請教妳呢，可否賜教呀？」

胡雪琴扯了扯衣袖，輕咳了幾聲，彆扭勁還沒下去。「哪有什麼不可以。」

安寧取出了沈澤秋抄回來的那張紙，胡雪琴接過細讀起來。

「這首詩叫做清平調，讚美了古時一位美豔的貴妃，雲霞比作衣裳，花比作容貌，貴妃娘娘天姿國色，如天上仙子，又像月光下的神女……」

安寧記下了，謝過了胡雪琴後，回到了自家鋪子裡。

慶嫂已經回家將捕鼠夾子取了來，何慧芳覺得老鼠都是從狗洞裡偷跑進來的，所以主要在院牆下放了幾個，剩下七、八個準備等睡覺前放在灶房門口、院子裡，還有樓梯前。

幾個泥瓦匠在院牆上開好了側門，葡萄架子也搭上了。

安寧和沈澤秋把新裝修的鋪子裡裡外外看了一遍，覺得差不多了，唯一美中不足的是，安寧還想訂兩盞屏風，這是上回幫楊筱玥她們表姊妹梳髮時想到的，街面上人來人往，女眷梳頭該有物件遮擋才是。

「不過沒關係，先用布簾子吧。」安寧道。

何慧芳在旁邊搭腔。「能開業了吧？」

「能，都準備妥了。」安寧對她點點頭。

何慧芳喜得拍了拍掌，終於能開業了，她心裡頭高興。「我得去翻翻黃曆！」說完了覺得不行，又道：「我還是得去香山寺一趟，找慧能大師給我算才好！」

「行，聽娘的。」

吃過了晌午飯，安寧就開始寫請柬，紙上塗抹些許香粉，聞起來特別的幽香淡雅。老顧客都會送，邀請她們開業之日過來捧場。

安寧的字跡娟秀，沈澤秋的也一絲不苟，不過他稍微寫得慢些。一共三十多份，到天黑前終於寫完了，就等明日何慧芳去香山寺問慧能討個開業日期，他們再填上就萬事大吉。

夜色一降臨，鋪子就關了門，而兩個不懷好意的人正躲在不遠處往沈家門前張望。

夏夜的風尚有一些燥熱，盯梢的矮壯漢子不耐煩地抹了一把額上的汗珠，粗聲粗氣地說：「要我講，直接踹開門衝進去就好了，管他三七二十一！呸，誰能攔住咱們哥倆？」

另一個滿臉絡腮鬍的漢子，從街角探出頭看沈家門前飄搖的招牌布幡，皺起眉低斥剛才那個矮壯的漢子。「這是鎮上，附近都住著人呢！你以為還在山裡啊？把衙差招來，我們身上的罪九條命都不夠用！」

原來，這哥倆是流落到桃花鎮的土匪，在衙門裡是掛了號的，官兵剿匪時他們逃脫了，一路到了桃花鎮，在鎮上的賭場裡廝混時認識了李元，李元酒醉後提起過沈家，知道沈家有錢，家宅廣闊，而且家裡只有一個男丁。於是他們在身邊的錢都揮霍完以後，便起了打劫的歹心。

「等過了子夜，咱們就翻牆進去，動靜小些，別被發現了。」絡腮鬍的那個說。

矮壯的往地上一坐，粗眉一擰。「要是他們醒了呢？」

「那就怪不得我們了……」絡腮鬍的做了個抹脖子的動作。

夜深人靜，何慧芳一沾枕頭就睡著了，還打起了鼾，睡得特別香甜。

大廂房裡頭，安寧有些睡不著，感覺肚子裡的孩子一直在動，她一邊摸肚子一邊低聲道：「你怎麼這麼調皮呀？娘唱歌給你聽好不好？楊柳兒活，抽陀螺，楊柳兒青，放空鐘……」

往日沈澤秋睡得都很沈，打雷下雨都不醒，今兒不知道怎麼了，安寧翻了個身，他便醒了，迷迷糊糊攥著安寧的手，呢喃道：「睡不著嗎？是不是熱？」說罷拿起床邊的蒲扇，側著身子給安寧搧扇子，涼風一陣一陣拂來，吹在身上可舒服了。

搧了幾下後，沈澤秋也精神了，揉了揉眼睛，打了個呵欠。

「孩子在肚子裡踹我呢，我剛才唱兒歌哄他來著。澤秋哥，我是不是吵到你了？」安寧道。

沈澤秋一聽孩子在動，忙騰出另外一隻手貼在安寧肚子上感受，一邊繼續搧扇子，一邊說：「沒有，妳唱得很小聲，吵不醒我。」說完覺得有些口乾，爬起來倒茶喝，並問安寧。

「要喝水不？」

安寧點了點頭。

今晚是下弦月，月亮如一艘小船高掛在天幕中，雖不是滿月，但月明雲稀，還是將院子照得亮堂堂的。

沈澤秋將杯子遞給安寧後，感到有些熱。睡前怕安寧著涼，窗戶只開了半扇，現在想開大些，讓涼風透進來。他剛傾身去開窗，就眼尖地看見了院牆上的黑影。

「家裡好像來賊了，我去看看！」沈澤秋忙下樓去，隨手拿起靠在門邊的鐵鏟子。

那一對土匪分工明確，高個子的絡腮鬍貼在圍牆下做人梯，矮壯的踩著他的肩膀翻牆，二人小心翼翼，倒是沒發出聲響來。

大黃本趴在窩裡睡覺，耳朵忽然動了動，對著外面就狂吠起來。「汪汪汪……」

伴隨著大黃憤怒的吼叫聲，趴在院牆上正準備翻下來給同夥開門的矮壯土匪罵了句娘，心想要偷偷幹一票是不可能了，乾脆來個一不做、二不休！

「呸呸呸！」他往手心裡吐了幾口唾沫，雙掌攀著牆頭往下跳，緊接著響起一聲大叫，活像殺豬！

原來他剛好踩到了何慧芳白天放的捕鼠夾子，那捕鼠夾子可大哩，是慶嫂從老家帶來的，力氣大、咬力足，矮壯漢子登時覺得雙腳鑽心的疼。

這時候沈澤秋也摸到了他身後，一鏟子拍下去，把矮壯漢子給敲懵了，躺在地上半天爬不起來。

再說樓上，沈澤秋一下去，安寧就去隔壁屋叫醒了熟睡的何慧芳。

「哎喲，我的娘唉！」何慧芳嚇了一跳，心肝兒直顫，好在很快冷靜下來，叫安寧在床後頭躲著，她輕手輕腳地下樓，等她到了院子裡，矮壯的那個土匪已經躺在地上，被收拾得爬不起來，正低聲哼哼著。

「三哥，進來救我……」

何慧芳一聽，這可不得了，這廝還有同夥呢！急忙抄了把鋤頭在手裡防身，然後和沈澤秋一塊兒高聲喊：「不好了，著火了！」

「快救火啊……」

在一片靜謐的深夜，他們的呼喊聲很快叫醒了周圍的街坊鄰居。

「喲，當家的，快醒醒！好像著火了！」

「走走走，出去看看！」

頓時，寂靜的街面上熱鬧了起來，各家的男人都披著衣裳探出頭往外看。

沈澤秋和何慧芳已經綁了那個矮壯的土匪，拖到了街面上。

何慧芳提著燈高聲喊：「不好哩，是賊！他還有同夥，剛才跑掉了，大家快看看是不是藏到家裡了？」

登時間，街面上亂哄哄的，老人、小孩還有婦女都鎖好門躲在屋子裡，男人們手拿武器、舉著火把，開始挨家挨戶的搜人。

絡腮鬍的高個土匪一聽見同夥的慘叫，就一溜煙地順著牆根跑了，矮壯土匪喊「三哥救我」的時候，他早就跑遠了，正準備藏到某家人的院子裡，誰知那家有兩個兒子，小夥子火氣旺，半夜都還沒睡，點著蠟燭在房裡看畫本子，眼尖瞧見有人爬牆，立刻大叫。

「有賊！快抓賊呀——」

絡腮鬍土匪本就是個沒血性的，不然根本不會丟下同伴自己逃。他被嚇了一跳，從牆上溜下來又繼續跑。

這時候沈澤秋他們聽見了動靜，紛紛舉著火把，拿著武器追了過去。

何慧芳解開大黃，牽著狗回到二樓，和安寧待在一塊兒，還推桌子、椅子堵住門。

過了兩刻鐘，院子裡響起沈澤秋的聲音。「安寧、娘，剩下那個也抓到了！」

原來絡腮鬍的那個土匪一路慌張，跑到了桃花江邊，眼看前邊沒有路了，他一個助跑，竟撲通一聲跳到了江水裡，準備來一齣金蟬脫殼。

江邊有專門打漁為生的漁民，聽見動靜也探出頭來。

沈澤秋生怕絡腮鬍逃走留下後患，忙上前說：「船家，剛才跳水的是個賊人，快開船去追，我付你船錢。」

「喲，有這事？」船家忙划船去追，沈澤秋也跳到了船上。

月光很亮，絡腮鬍一邊往江中游，一邊往後看，水性瞧起來不錯。

沈澤秋捏著一把汗，生怕追不上他，餘光看到了船上的漁網，靈光一閃，突然有了主意。「用網拖住他！」

漁民撒網有準頭，一下子就罩到了土匪頭上，這時另外一條船也追了上來，於是漁民們和街坊們一塊兒合作，把絡腮鬍捆了個結實，濕漉漉地從水中撈了上來。

桃花鎮這些年治安一直很好，許多年沒有鬧過匪患了，所以接到下屬稟報的李遊大為震驚，騎著馬就衝到了花街，翻身下馬開口便問：「情況如何？歹人抓住了嗎？可有百姓受傷？」

兩個正在街面巡邏的衙差最先趕到，把捆成粽子似的兩個土匪拖上來，拱手說：「回大人，歹人已經由街上的住戶抓住了，發現得及時，沒有百姓受傷。」

李遊這才放下心，目光在人群裡梭巡，最後落在沈澤秋身上，關切地問：「澤秋，家裡人沒受到驚嚇吧？」

沈澤秋搖了搖頭。

「走，把人帶回衙門，我要連夜審問！」李遊厲聲道。

經過昨晚的事，一家人都沒睡好，何慧芳一大清早就去了香山寺，不僅是去問開業時間，更想求幾枚平安符回來。

沈澤秋和安寧則是有了別的想法。院子沒有擴寬前，一家三口住二層小樓便很寬敞，如今兩間鋪子打通，宋掌櫃家的院子更寬，廂房足足有五、六間，都是空著的，倒不如租出去，家裡人多，也就不招賊惦記了。

不過想來想去，租給旁人不放心，蓮荷住得遠，叫她搬來是信得過的。

「等蓮荷來了，我問一問。」

蓮荷一聽自然歡喜，他們家現在住的地方就是租的，地方遠，她每日要走很遠的路，路上就要耽擱不少時間，如果能住到鋪子裡，那是再好不過了。

「只是……這樣好的地段和房子，租金很貴，我們家怕是住不起。」蓮荷面露難色。

安寧笑得溫和。「我給妳優惠。」說著，帶蓮荷去看右邊一樓的兩間小耳房。「這兩間租給你們，一月三百文錢如何？灶房和堂屋你們且用著。」

蓮荷大喜，眼眶裡的淚都要滾下來了，這樣的價錢，哪怕是雜院的房都租不來啊！「謝沈娘子了！」

安寧拍了拍蓮荷的手，嘆了口氣。「昨晚上的事妳也聽說了吧？我也是有私心的。」

「我知道，我家男人是賣力氣的，勁頭大，婆母雖然生病，但也是機警的人。一個院子裡住七、八口子人，再大膽的賊人也不敢來了。」說完後，蓮荷忽然想起了什麼。「我老家人養了種犬，叫做靈緹，特別聰明勇猛，是達官貴人打獵用的呢，娘子要不要養上一隻？」

安寧一琢磨，上次宋掌櫃偷爬牆和這次家裡進賊，都虧了有大黃，如果家裡再養一隻狗，一來給大黃作伴，二來看家護院，倒是個好主意。

「行呀，那請妳幫忙留意，要是有幼崽，我們也抱一隻回來養。」

何慧芳到了香山寺，去年見到的掃地小和尚長高了許多，正提著水給寺廟中的花草澆水喝，何慧芳雙手合十問：「小師父，你師父在嗎？」

小和尚放下水桶，唸了聲佛號。「在。請隨小僧來。」

禪房裡頭，慧能正與更老的那個和尚盤腿打坐。

老和尚慢慢地撥弄著念珠，慢騰騰地說：「慧能啊，正大殿十八羅漢的泥像，也該修一修了。」

慧能點頭，鎮定自若地說：「師父你莫急，徒兒會化緣將錢籌來的。阿彌陀佛，善哉善哉。」

老和尚點點頭，又掐指算了算。「慧能，今日不宜亂化緣吶，為師推了一卦……」

話未說完，小和尚已經領著何慧芳走到了門口。

「慧能大師！」

慧能睜開眼睛看見何慧芳，心道果然是不宜「化緣」的主。他一邊從蒲團上站起，一邊將手背在身後，對老和尚比了個大拇指，他師傅算卦的這門絕學實在是高明，臉上則露出高深的微笑。

「貧僧昨日卜卦，卦象顯示施主今日會來，今日施主果然到訪。」

何慧芳驚訝地一挑眉毛，直道：「哎呀，大師你真神了！」

慧能笑笑不語。

何慧芳一坐下來，便迫不及待地將今日來的目的說了。

慧能掐了掐手指，說三日後的五月二十五便是宜開業的好日子，又叫徒弟給何慧芳抓了三枚平安符來。

「大師，這是第二回求你了，我無論如何都得捐點香火錢！」何慧芳心裡踏實了，攥著三枚平安符，無論如何都要往功德箱裡扔錢。

慧能連連推辭。「施主，妳我有緣才能結識，論錢財之物太俗氣了，使不得，萬萬使不得呀！」

「我這錢不是給你的！」何慧芳說一不二的勁上來了，對佛像拜了拜，道：「我是給佛祖用呢！」說完不由分辯，往功德箱裡扔了半吊銅錢，然後千恩萬謝的走了。

慧能張口無言，回過身，只見老和尚雙手合十。

「善哉善哉！慧能啊，今日哪裡都不要去了，不要靠近水、不要點燈、吃飯慢些，為師只能幫你到這兒了。那家施主的錢拿不得吶……」

慧能低頭答是。

昨日小心無恙，今日睡醒後，慧能卻發現手指被毒蟲咬了口，又癢又疼。

小和尚眨著眼睛，認真地說：「師父，師祖說您這一劫就算過了，以後可千萬別貪圖不義之財。」

慧能慈愛地看了小和尚一眼，摸了摸小和尚光溜溜的頭。「乖徒兒啊，為師突然想抽查你的功課呢，快去默寫十遍《心經》交給為師。」

小和尚癟了癟嘴。「喔……」走了幾步，回頭問：「師父，我什麼時候才能收徒？」

「還早呢，而且就算收了徒，這十遍《心經》也要你自己抄。阿彌陀佛，快去吧，別耽誤了吃齋飯。」

沈家店鋪二十五日要重新開張了！

這消息像是長了翅膀，很快就傳遍了桃花鎮。沈家布坊的老主顧很多，許多都是衝著安寧設計新穎的衣裳去的，聽說沈家還要經營首飾和脂粉，都滿懷了期待。

「沈娘子的品味不俗，明兒我也去瞧瞧。」

楊夫人準備帶上楊筱玥一塊兒去，林宛也和丫鬟說了明早備好馬車，要去瞧新鮮。

有人期待，自然也有人唱衰，街面上好多布坊的掌櫃們都暗自嘀咕著。

「好好做布疋生意還不夠他們家掙的嗎？瞎摻和首飾跟脂粉做什麼呀？」

「胡掌櫃家更有資歷吧？也學著賣脂粉首飾，結果呢？還不是竹籃打水一場空！」

更有好事的設了個賭局，賭的就是沈家新店開業能不能撐到秋天？

有人笑嘻嘻地買了不能，調笑道：「要是沈家賠了個傾家蕩產，我去接盤！」

「萬一人家把生意做起來了呢？」

那人哈哈大笑。「作白日夢吧！」

到了五月二十五日一早，天才矇矇亮，安寧就醒了。今天新鋪子開業，她激動得有些睡不著，剛睜開眼睛，翻了個身子，沈澤秋也醒了。

「要再睡會兒不？」沈澤秋迷迷糊糊地睜開眼睛，摸了摸安寧的臉。

指腹摩挲在臉頰上，有點兒發癢，安寧捉住沈澤秋的手指，眼眸亮晶晶的。「我睡不著了。今日開業，不知是什麼情況呢？」安寧有些忐忑。

沈澤秋翻了個身，正面對著安寧躺了會兒，一邊用蒲扇給她搧風，一邊寬慰道：「前兩日登門送請柬的時候，客人們大都很歡喜，說一定會來捧場。」

安寧用指頭點了點沈澤秋的鼻子，長睫一搧一搧的，唇角勾起微笑。「但願他們說的不是場面話。」

今日不止他倆醒得早，何慧芳也早早的起來了，在灶房裡把早飯都做好嘞。

慶嫂跟慧嬸子今日也趕了個早，早早就到鋪子裡幫忙。

隨著太陽升起，鞭炮聲噼哩啪啦一陣熱鬧，沈家新鋪子正式開張了。說是新鋪，其實和老店也可算做一家，只是中間開了一扇大圓門，左邊是琳琅滿目的衣料、成衣；右邊牆上有六幅巨大的美人圖，穿著沈家衣裳、戴著沈家珠簪，別提多好看了！牆下靠著一排貨架，擺的是香粉、胭脂，櫃檯後的架子則是造型各異的簪子。

安寧梳了個倭墮髻，鬢髮裡並排簪了兩支貝殼簪子；而蓮荷梳著隨雲髻，戴著安寧借給她的絹花簪子。二人都穿了自己最新的衣裳，抹了淡妝，唇上一點朱紅，站在門前迎客格外的亮眼。

「快看，沈娘子今日真好看！」

客人陸續上門，看見安寧和蓮荷的髮髻都眼睛一亮，讚不絕口，安寧簡直成了店鋪裡的活招牌。

安寧微微一笑，對客人道：「衣裳、首飾、脂粉用的都是自家的貨，娘子喜歡就進來瞧瞧吧！」

鋪子裡的簪子大多不貴，絹花、絨花和貝殼簪等從一百文到五百文不等，竹簪、木簪更是幾十文就能買上一支，點翠簪、鍍銀簪則稍微貴些，也有一、兩支珍珠簪做鎮店寶。

鎮上有一、兩家金銀貨店鋪，人家賣的首飾不是金便是銀，不是平頭百姓能買得起的，而沈家鋪子裡的這批首飾剛好滿足了想打扮但又買不起金簪銀釵的娘子及姑娘們的愛美心。

而像楊家、林家這樣家底殷實的，也不在乎花八百、一千的買兩支顏色亮麗、造型別致的簪子開心。

胡雪琴也來店裡逛了趟，買了一盒有桂花香味的香粉。一開始她是來捧場的，等來了店中，看著絡繹不絕的客人、店裡的裝修，還有安寧及蓮荷二人的打扮後，不由得嘆息一聲。「還是沈娘子有頭腦，心思聰慧。」

胡家經營首飾和脂粉，從一開始貨便進得不對，簪子種類太少，價格也偏貴，又一直擺放在二樓，沒能引起女客們的青睞，更重要的是，她沒有安寧挽髮、描紅妝的手藝。

「今日小店開業，多謝各位捧場了。」安寧淺笑著道：「我手裡有一本畫冊子，上頭是各色髮型，諸位瞧瞧，有心儀的今日可免費幫諸位挽髮。」

「拿給我瞧瞧！」女子天性愛美，立刻有好幾位客人圍在一處看畫了髮型的花冊子。

「我想梳這個十字髻。」一位小姑娘道。

另一位少婦笑得靦腆。「我就想梳和沈娘子一樣的。」

本來有的人只是過來湊熱鬧，等髮髻挽好，對著鏡子照了照，總覺得空蕩蕩的，少了什麼，要是簪上漂亮的簪子豈不是更好看？於是又紛紛擠到櫃檯前挑選心儀的簪子。

也有的看安寧唇紅如櫻，眉若柳葉，想試著買胭脂水粉的。

從早到晚，店鋪中的熱鬧便沒有停過，雖然有五、六成都是來瞧熱鬧的，但一日下來，簪子也賣出了二十多支，香粉胭脂等十幾盒。

安寧算了筆帳，流水銀到了十多兩，淨掙了三、四兩銀子，利潤十分的可觀。

但忙了這一日下來，安寧覺得，店裡的人手還是不夠，她既要管布坊和新店的帳，又要接待客人，和蓮荷兩個人實在吃不消。
晚上何慧芳特意做了肉丸絲瓜湯，還有幾碟小菜，準備一家人慶祝一下開業順利。
吃飯之前她從鍋中挾了六、七個肉丸子，盛了一碗湯給蓮荷一家子送去，笑咪咪地說：「今日蓮荷辛苦了，家裡做了肉丸，端一碗來給你們嚐嚐！」
蓮荷忙站起來接過碗，感激地說：「謝沈老太太！」
蓮荷的丈夫和婆母都是不善言辭的，有些局促，跟著蓮荷直說謝謝。

吃罷了飯，安寧有些累了，可剛吃了總得消消食，直接睡下胃容易不舒服，她便摸著肚子，慢慢在院子裡散步。
何慧芳把洗乾淨的碗扣在碗櫃裡，正準備提桶水去澆菜，就見蓮荷的婆母趙大媽打了一桶水，慢悠悠地澆起沈家的菜地。
「哎喲，趙大媽，妳太客氣了！」何慧芳走上前說道。
趙大媽笑了笑。「沈老太太，這都是我該做的。我曉得，俺們家能住這麼好的院子，都是您家大發慈悲……」
「呦，可別叫我沈老太太，我受不起！和慶嫂她們一樣，就叫我何姊好哩！」何慧芳笑了笑，和趙大媽一塊兒澆起地。
等院子裡的小菜們喝飽了水，趙大媽和何慧芳也聊了個痛快。何慧芳挺滿意的，這個趙大媽心眼子實在，處起來挺舒服的。

不一會兒，趙大媽的兩個孫兒跑了出來，大的是兒子三歲，小的是女兒才一歲多剛會走，圍著趙大媽「奶奶長、奶奶短」地喊個不停，何慧芳瞧著，心裡有些羨慕。「趙大媽好福氣吶！等安寧生了，我還得和妳多討教帶孫子的竅門呢！」

趙大媽點頭說好，讓兩個孩子叫何慧芳沈奶奶。

孩子也聽話，眨著黑葡萄一樣的眼睛看著何慧芳，奶聲奶氣地說：「沈奶奶好！」一聲聲童言童語，把何慧芳的心都給喊化了，這兩個孩子真招人喜歡。「乖，奶奶去拿糖餅給你們吃啊！」

院子裡的另外一角，安寧走了一刻鐘，正坐在搖椅上歇息，蓮荷坐在她旁邊。

一聽安寧還想招人，蓮荷躊躇了很久，最後說道：「我有個親妹子，今年剛滿十五歲，不知娘子肯不肯要？」

安寧一聽，有幾分心動，既然是蓮荷的妹子，資質肯定不會差，但……「十五歲正是議親說媒的年紀，只怕妳爹娘不肯她出來。」

聽安寧說起這個，蓮荷嘆了口氣，小聲地說：「我爹想將我妹子嫁給隔壁村長的傻兒子，好換彩禮錢，我妹子一萬個不願意，正在家裡鬧呢！不過，我妹子要是能出來掙錢，爹娘會放人的。」

安寧想了想。「那叫她來試試吧，不過能不能留下，我不能打包票。」

蓮荷已經喜不自勝。「我懂！沈娘子肯給我妹子機會已經很好了！」

幾日後，蓮荷請了假，回老家把妹妹帶了上來，一路走山路過來的，姊妹二人都出了一身汗。蓮荷的妹妹叫做蓮香，姊妹二人模樣有五、六分相似，蓮荷叫她進店見安寧的時候，蓮香還有些怯怯的，抿唇抱著隻小狗崽進來了。

「這就是我和娘子說的，老家人愛養的那種狗，剛好滿月，便抱了隻上來給娘子養。」蓮荷道。

蓮香一眨也不眨地看著安寧，在她的眼裡，安寧就和畫上的仙子一樣好看，看著看著就紅了臉。「沈娘子好，我叫蓮香。」這句話是在路上時蓮荷教的，可說完了蓮香覺得不夠，自作主張地又加了句。「沈娘子妳比畫上的仙女還好看呢！」

這話把安寧逗笑了，也瞧出來蓮香雖然年紀小，但不是個害羞怯場的，適合在鋪子裡做活兒。

第二日，蓮香就開始在鋪子裡幫忙了，從灑掃和整理貨品開始學起，她十分的細心又好學，安寧給她開了三百文一月的工錢。

六月也被稱作伏月，是一年中最熱的季節。

何慧芳每天都要熬幾鍋香蘭茶放在鋪子裡，有客人上門，蓮香便會機靈地倒上一碗遞過去。

「這茶怎麼熬的呀？喝起來解暑又舒服，總在你們家蹭，都不好意思了！」熟客們喝過幾回留下了印象，紛紛打聽。

安寧笑著搭腔。「這有啥？想喝了隨時過來。」接著又道：「這茶方子也簡單，藿香加佩蘭還有茶葉，一塊兒熬煮出來就行。」

剛說完，街上就跑來幾個人，嘴裡大喊道：「上回咱們街上來的那兩個賊人是土匪，打家劫舍沾了不少人命，被判了死刑，大家快去看啊！」

何慧芳想起上次的事情就後怕，幸好沒出事，一聽說被判了死刑，心裡出了一大口惡氣，忙和慶嫂等人一塊兒去看。

犯人戴著鐐銬，被四名衙差押解著，要帶到清源縣去。

鎮上的百姓對這些惡人深惡痛絕，紛紛用土疙瘩扔他們，把兩個人砸了滿頭的包。

錢莊的馮二爺身體好了，因此歪心思又開始出來作祟。他瞧著衙差們經過，從鼻子裡發出一聲悶哼，陰陽怪氣道：「李大人真是好手段，兩三下就叫他倆全招了！」

錢莊管事于鵬聞弦歌而知雅意，拍馬溜鬚最為在行了，立刻覺察出馮二爺對李遊的不滿。上回李遊因故打了宜春樓老闆周海的板子，也等於打了馮二爺的臉，這位李大人是完全沒將他們放在眼裡呢！

「二爺，您的病已經大癒，不如去趟縣城，和縣令大人好好敘敘舊？」于鵬擠眉弄眼地說道。

馮二爺摸了摸鬍子。「有道理！哼，咱們有縣令大人，還怕李遊嗎？」

好不容易過了伏月，天晴了一個多月後，終於下了一場痛快的暴雨，一下便涼快了。

安寧坐在櫃檯後算完了帳，問蓮荷可知道哪裡有鳳仙花？

「沈娘子找這個做什麼？」蓮荷問道。

安寧月分大了，身子越發笨重，坐在櫃檯後的高椅上，腰後墊著軟墊，手裡拿著把小團扇搧風。

「乞巧節就要到了，我想用鳳仙花擠出汁子，給來鋪子裡的姑娘們染指甲用。」

蓮荷嘆了句。「沈娘子想得太周到了！」

「應個景嘛！」安寧放下扇子，端起桌上的茶啜了口。

蓮香聽見她們說話，將髒抹布往水桶中一扔，站起來說：「我曉得哪兒有鳳仙花！上回我陪沈老太太去市場，看見路邊賣豆腐的那家人院子裡，長了好大一片呢！」

安寧的眼睛亮了亮，輕聲對蓮香說：「那妳跑一趟，去問問店家可賣花？價錢怎麼算？」

蓮香點點頭，把髒抹布洗乾淨在後院晾好，倒了髒水後，擦了把臉，往市場跑去。

過了會，慶嫂到了，手裡拿著一串二十個香囊，放到櫃檯上。「安寧，香囊都做好了，妳過來瞧瞧吧。」

安寧扶著腰慢騰騰地走過去，這批香囊的造型和上次端午節的差不多，不過裡頭的香料改了幾種，聞起來更加幽香馥郁。

「幫我掛到這邊來。」安寧指了指牆上的美人圖，上回叫沈澤秋在每個美人的腰間釘了兩枚釘子，現在把香囊掛在釘子上，就如美人佩戴著香囊般，十分的融洽。

香囊備好了，安寧還招呼大家用蜻蜓翅膀、紙做了一批花鈿，有各色花卉，也有扇子、彎月等花樣，一枚一枚地放在小木盒子裡。

客人們來鋪子裡瞧見了這些香囊和花鈿，問起價來，安寧總輕輕搖頭說：「這不是賣的，是七夕那日鋪子裡投針驗巧得勝者的彩頭。」

客人們往往都會驚訝地問一句。「什麼叫投針驗巧？」

乞巧節吃巧果、拜織女、給牛過生日、聽喜鵲叫是舊風俗，而投針驗巧是最近這些年從京城那邊流傳開來的新遊戲，桃花鎮上大部分人還不曉得呢！

安寧笑著解釋。「就是七月初七那日，拿一碗水放在太陽底下，未出閣的閨女拿縫衣針往水面上投，針會漂浮在水面上，倒影是花鳥魚蟲則表示手巧，一根直線或者雜亂的便沒討到彩頭。」

楊筱玥正在鋪子裡逛，聽到這個，杏眼一睜。「可針落到水裡不就沈底了嗎？」

「楊小姐七月初七那日，來小店試一試便知了。」安寧笑著說。

「好，我一定來！」楊筱玥近日常來鋪子裡請安寧梳髮，有時候安寧和蓮荷都忙，蓮香也幫她梳過一回，雖然不及安寧二人技巧精湛，但梳出來也是像模像樣的。

「蓮香，要不妳跟了我吧？」楊筱玥心直口快，還以為蓮香是安寧買來的丫頭。「沈娘子，妳花多少錢買的？我付雙倍好不好？」

這話把蓮香嚇了一跳，生怕安寧真賣了她，忙求助似地看著安寧。

「楊小姐說笑了，蓮香是來店裡幫工的夥計。」

楊筱玥一怔，有些不好意思，拍了拍蓮香的手。「沒嚇著吧？我是瞧著妳我年紀差不多，我想和妳做個伴，妳別多心。」

蓮香點點頭，但自此以後每回看到楊筱玥就躲，當然，這是後話了。

這小半個月楊筱玥過得很鬱悶，她姨父和表哥不知道又發了哪門子瘋，把許彥珍拘在府中不准出來，據說還是不太滿意張陵甫做許家的女婿。她失了玩伴，又有了心事，人都瘦了幾斤。

七月初六，安寧讓沈澤秋去打了半桶桃花江裡的江水，晚上睡覺前提了半桶井水，井水和江水混合起來，然後分別裝在幾個大碗裡，靜靜置放了一夜。

何慧芳一開始還犯嘀咕。「這是做啥呢？」

「是投針驗巧用的水，等太陽出來曬上半日，娘您就明白了。」

七月初七一早，蓮香拿上安寧給的三十文錢，去市場賣豆腐那對夫妻的院子裡採來了一大簇鳳仙花，然後蓮荷把昨晚靜置了一晚上的水放到了鋪子前。

隨著太陽升起，何慧芳驚訝地道：「哎喲，我瞧清楚哩，這水面上有一層膜膜！」

這層膜就是針可以浮在水面上的竅門了。

不一會兒，鋪子裡頭來滿了客人，裡三層、外三層的，比開業那日還熱鬧，排著隊玩投針驗巧的遊戲，還有的則等著用鳳仙花的花汁染指甲。

慶嫂和慧嬸子也來右邊幫忙接待客人，只是二人偶爾會嘀咕兩句。

「安寧又是送香囊、又是送花鈿的，這成本花銷不少呢！我看今兒這一群人都是來占便宜的，怕是會虧本喔！」

「且看看吧，安寧腦子靈光，不會做虧本的買賣呢！」

今日的客流沒有一千也有七、八百，只要有一成的人在店裡買了東西，安寧就不會虧。果然，晚上一盤帳，今日掙的銀子扣掉香囊及花鈿的成本，比平日掙的還多了兩、三倍。

關上門後，何慧芳說：「今日是乞巧節，我們兩家人湊在一塊兒吃頓飯吧！」

趁著天還沒黑之前，何慧芳去市場的滷肉店買了一隻外皮金黃的脆皮烤鴨，又買了一斤小河魚，把內臟清理乾淨了，炸了兩遍，炸得香香脆脆，又在院子裡摘了兩根黃瓜，做了道涼拌菜。

最後出鍋的是一碟碧油油的小青菜。

兩家人湊在一塊兒，吃了第一頓喜氣洋洋的慶功宴。照這樣下去，別說還清欠馮二爺的款，就是把錢家的鋪子買下來，也是早晚的事。

安寧以茶代酒，敬了大家一杯。

「只要大家齊心協力，咱們的鋪子會越來越興旺。」

與沈澤秋一家子的熱鬧相比，大葉街上賣脂粉的一戶姓葉的人家裡，則是一片愁雲慘澹。葉掌櫃正在看帳，帳房先生小心地遞上帳冊，葉掌櫃一翻，臉色登時格外難看。

「今日是七月初七，為何才賣出幾盒胭脂？這樣下去，你們個個都得跟著我喝西北風了！怎麼回事？」葉掌櫃眉頭深蹙，咬著牙把帳冊狠狠地往地上一摔，氣得呼吸急促，發起脾氣將帳房先生罵得狗血淋頭。

「掌櫃的，這問題都出在花街布行上！」帳房先生心裡那個苦啊！他就是個算帳的，店裡生意好、生意壞，和他不相干吶！

葉掌櫃聽了，斜眼瞪了帳房一眼。「花街上都是賣布的，和我們有什麼相干？」

「掌櫃的您不知道呀？花街年前來了戶姓沈的人家，做生意是這個！」帳房說著，豎起大拇指，繼續道：「上月沈家擴展了店面，您猜怎麼著？人家不只賣布，還賣起了脂粉首飾！」

聽帳房這麼一說，葉掌櫃想起來了，上月是聽說過這麼個消息，可他沒把姓沈的放在眼裡，覺得他們成不了氣候。

「今日沈家搞了什麼投針驗巧的把戲，將客人們都引了過去，沒人來咱們店，東西自然就賣不出去呀！」

葉掌櫃聽明白了，瞇了瞇眼睛，從鼻子裡發出一聲悶哼。

哼，他倒要看看這姓沈的有幾分能耐！

第十九章

七夕一過沒多久，王桂香的孩子已經滿兩個月了。

今日家裡又攢了二十來個雞蛋，唐菊萍準備拿到鎮上去賣，王桂香便纏著要跟著一塊兒去，說順便去看看安寧。

這一個月唐菊萍越發看清了王桂香，她哪是去看安寧呀，分明是瞧三房起來了，上趕著巴結人家呢！唐菊萍一想自家還欠著何慧芳的錢沒還，有些不好意思去。

「娘，親戚就要多走動才親熱呢！而且安寧嫂子有孕了，咱們知道了不特意去瞧瞧，顯得咱們多沒有人情味啊！」

唐菊萍到底架不住王桂香的哄，想想也是，就包了一包花生、提了些青菜，準備拿給安寧她們吃。

王桂香把孩子交給沈澤石帶，自己打理一番，跟著唐菊萍出發了。

往日去桃花鎮，沈澤石心疼王桂香，都是花兩文錢到渡口坐馬車進鎮的。

走到了渡口，王桂香看到了馬車，她從腰間抽出一塊手帕給唐菊萍擦汗，關切地問：

「娘，您累不？我看著您流汗心疼，要不咱們坐馬車吧？」

唐菊萍看了王桂香一眼。「我不累，坐馬車要花錢，賺錢不容易呢！」

王桂香被噎住了，用袖子擦擦汗，訕訕地說：「娘說得對。」想到待會兒去鎮上，就能到三房家裡了，王桂香忍了下來。

到鎮上賣雞蛋的時候，王桂香一直心不在焉，恨不得立刻就去花街，等啊等，終於賣完了最後一個雞蛋，她捶了捶蹲麻了的腿，和唐菊萍一塊兒去了花街布行。

「慧芳、安寧啊，我來看妳們了！」唐菊萍站在鋪子門口道。

何慧芳忙走出來，喜孜孜地說：「太好了，快進來坐吧！」

王桂香站在鋪子前，滿眼都是好奇和豔羨，原來三房家的鋪子這麼氣派啊！她呆了呆才回過神，忍著激動的心情對何慧芳說：「小嬸娘好！」

剛剛安寧和沈澤秋一塊兒去找沈大夫請平安脈了，不在鋪子裡，何慧芳招呼她們到堂屋裡頭坐下。

蓮香是個機靈孩子，見到主家來了親戚，親戚又走得滿頭大汗，忙倒了兩杯香蘭茶進來放在桌上，脆生生地說：「早上熬的涼茶，很消暑！」說完看王桂香和唐菊萍臉上淌著汗，又飛快地轉身打來一盆水，叫她們洗把臉涼快涼快。

王桂香驚異地看著蓮香，因為蓮香在脂粉鋪子裡幫忙，所以挽著精緻的髮髻，穿戴得乾淨又體面，唇上還點了一抹紅，就算是村裡最漂亮的閨女，都比她遜色一籌。

等蓮香走了，王桂香忍不住同何慧芳打聽。「剛才那位是誰呀？」

何慧芳切了塊香瓜給她們吃，聞言望了蓮香的背影一眼。「妳問蓮香吶？是鋪子裡幫忙的夥計。」說完了往右邊指了指，繼續道：「蓮香的姊姊也在鋪子裡幫忙，一家人就住在旁邊。」何慧芳說的平常，並沒有多想。

但王桂香卻驚呆了，家裡幫忙的下人都穿得這般氣派，三房家是多有錢啊？

王桂香打量起院子、家裡的擺設，還有何慧芳的穿戴，心裡羨慕得不得了，又哀嘆三房起來了，怎麼他們大房的日子過得還是那副窮酸樣？真是氣死個人。

再說蓮香，去外頭找了兩把團扇，忙拿進來給王桂香和唐菊萍搧風取涼。

王桂香剛才還笑盈盈的，現在知道蓮香只是個「下人」，就有些鼻子不是鼻子、眼睛不是眼睛了。「放著吧。」她在心裡過了把富家太太的癮。

蓮香跑走了，王桂香心裡的那股酸勁兒卻還沒下去。連下人都能住這麼好的院子，他們家憑什麼不可以呢？他們可是打斷骨頭連著筋的血親呢！

眼看到了晌午，何慧芳自然要留唐菊萍和王桂香在家裡吃晌午飯。

安寧和沈澤秋一回來，王桂香就迎了上去，嫂子長、嫂子短，喊得特別親熱。

何慧芳在灶房裡做飯，她也自告奮勇，要去幫忙打下手。「小嬸娘，您看我能幫您做點啥？」

何慧芳怎麼會叫客人動手？客客氣氣地說：「哎呀，灶房裡煙大，妳別被熏著了，出去坐著吧，飯菜待會兒就好了。」

王桂香忙不迭地點頭，笑咪咪地說：「小嬸娘，您真好！」

這話被唐菊萍聽在耳朵裡，便有些不是滋味兒了。在家裡頭，一日三餐都是她這做婆婆的動手，沒捨得叫王桂香下廚，也沒瞧她主動要搭把手，怎麼到了三房家來，就勤快嘴甜，完全變了樣？

到了吃飯的時候，王桂香的嘴更是如同抹了蜜似的，甜得不得了，連聲誇何慧芳做的菜好吃。

「那就多吃些，千萬別客氣啊！」

唐菊萍心裡頭更不痛快了，憋屈得慌，不冷不熱地瞅了王桂香一眼。

可王桂香就像沒看見似的，喜笑顏開，只顧著誇何慧芳和安寧。

「大嫂，吃菜！」何慧芳給唐菊萍挾了一大筷子青椒小炒肉。

唐菊萍「欸」了聲，臉上擠出些笑來。

王桂香瞧了瞧安寧的肚子，甜滋滋地說：「安寧嫂子，肚子裡的娃兒愛動不？」

「愛動，一天到晚折騰。」安寧摸了摸肚子，笑著道。

「喲，那一定是個男孩兒！」王桂香提高嗓門道：「孩子好動，而且妳的肚子又圓，一定能生個大胖小子！」說完了喜孜孜地對何慧芳說：「恭喜啊小嬸娘，以後這小姪子肯定聰明得不得了！」

王桂香本意是拍何慧芳一家子的馬屁，哪家人不希望頭胎生個大胖小子呀？

何慧芳心裡當然也是偏愛孫子的，但她是過來人，知道一家人盼天盼地想生兒子，最後生下來是個女娃時，小夫妻倆的壓力會有多大。再說了，她一直遺憾沒有個閨女，要是安寧生下的是個孫女，她也寶貝得很。

而安寧和沈澤秋則是生男生女都好，所以安寧笑了笑，柔聲輕氣地說：「也有可能是女寶寶——」

「哎呀！」話還沒說完，王桂香急忙「呸」了三下。「安寧嫂子，妳可不能說這麼不吉利的話！」

唐菊萍抬頭一瞧，就見何慧芳、安寧還有沈澤秋的臉色明顯都不對了。虧老三媳婦平日是個機靈人，這時怎一點眼色都不會看？「桂香瞎說，男娃、女娃都一樣好！」唐菊萍說著，在飯桌下偷踹了王桂香一腳。

王桂香心裡還委屈呢！她爹娘就是重男輕女，嫁到沈家後唐菊萍也一直嚷嚷著頭胎一定要生孫子，所以她也跟著重男輕女了，實在想不透這生男生女怎能一樣？根本不一樣嘛！不過她也沒一條道走到黑，訕笑著說：「哎喲，我說錯話了，大家別見怪。」

一頓飯吃完，唐菊萍說要走，何慧芳瞧著外面日頭正曬，叫她們歇歇晌再走，將她們帶到了二樓的客房。

唐菊萍還真累了，脫了外衫和鞋，側躺在床上準備小睒一會兒。

旁邊的王桂香可睡不著，她剛才打聽了一下，那叫做蓮荷、蓮香的姊妹兩個都是幫三房的鋪子做工的，既然她們能行，自己也可以啊！

「娘，您睡著了嗎？」王桂香戳了戳唐菊萍。

唐菊萍差點就要睡著了，迷迷糊糊地道：「快睡吧，待會兒還要趕路回家哩！」

「娘，俺想到安寧嫂子的鋪子裡來幫忙。」王桂香眼睛一亮，一字一頓地說。

這句話一下子就把唐菊萍的瞌睡蟲驚跑了，她抬起頭看了王桂香一眼。「妳說胡話啊？」

王桂香蹙起眉，抱著唐菊萍的胳膊，放軟了聲音哀求。「娘，我認真的！我要是來鎮上幫忙，就能往家裡掙錢，您和爹就能享福了！」

這回唐菊萍可不信王桂香的鬼話，少有的對王桂香沈下了臉。「不行！妳能到鎮上來，那家裡的田地也能搬到鎮上來？我和妳爹也能來？再說了，孩子才兩個月大，妳想啥呢？淨作夢！」

王桂香討了個沒趣，半個時辰過去了都沒睡著，滿腦子裡想的都是安寧他們靠走街串巷賣布都能起家，憑啥她想在鎮上過日子就是作夢？

見何慧芳送走了唐菊萍她們，蓮香鬆了口氣，偷偷對姊姊蓮荷說：「剛才那位娘子好像不喜歡我，總對我翻白眼。」

蓮荷摸了摸妹妹的頭。「沒有的事，妳別在沈娘子和掌櫃的面前瞎說。」

蓮香調皮地吐吐舌頭。「我知道。」

鋪子裡的銷量上去了，沈澤秋去青州的次數也跟著多了。上回進了三百多枚簪子，過了乞巧節已經所剩無幾，脂粉等本就進得少，存貨也不多了。

原打算七月十日出發去青州，也是巧了，何慧芳去市場買了菜回來，放下籃子喘了口氣便道：「明天澤秋去不成青州了。」

安寧扶著腰，從櫃檯後走出來。「這是為啥？」

「李大人帶著衙差去鎮外剿匪，在剿完匪之前，水上的船都停在港口，一艘都不准出去。」說完了拍著腿嘖嘖幾聲。「多磣人吶，原來鎮外頭的山裡藏著土匪哩！」

沈澤秋早就安排好了行程，這回是要和胡掌櫃一塊兒去的，因此忙出門去探了探消息，一個時辰後抹著汗回來了。

原來抓到上次那兩個土匪後，李遊審問了許久，知道他們是打州府那邊逃來的，一行人有十多個，在鎮外的盤山裡藏了一個春天，他倆嫌棄盤山上的日子過得苦，偷跑下來的。

土匪們過慣了大魚大肉的日子，殺人殺到木了心，一旦手頭的錢揮霍完了，很有可能下山禍害桃花鎮上的百姓，因此李遊派衙差秘密探查了一個月，終於摸清楚了土匪的老窩，今日就要帶人去剿了他們。

李遊帶了五十個人上山，可趕到土匪們藏身的山洞時，只留下一地狼藉，人是一個也沒有。根據地上的腳印，李遊又帶人追蹤到了盤山旁邊的大楓嶺。

「大楓嶺往前是很大一片楓樹林，樹林盡頭則是斷崖，他們十幾個人，除非從懸崖上跳下去，否則絕對沒有逃脫的可能。」李遊沈聲道。

田老四在邊上搭腔。「大人，那咱們現在就進去搜山？」

李遊沈吟了一會兒，搖搖頭。「大楓嶺地形口窄肚大，我們人手不夠，搜索不過來。傳令下去，嚴守著路口，我要向縣裡借兵。」說著叫了自己的隨從到身邊，拿出主簿的腰牌給隨從，又寫了一封短信，叫隨從送去清源縣衙門，直接交給縣令魏大人。

桃花鎮到清源縣，坐船要兩個時辰，如果清源縣的援兵來得及時，到天黑的時候也該到了，可左等右等，到了第二天凌晨，隨從孫七才鼻青臉腫的回來。

「怎麼了？」李遊眉毛一挑，問道。

孫七哭喪著臉。「魏大人說……說大人擅自動兵，僭越了。還說，叫大人您即刻去縣衙，魏大人要見您。」

縣令是一縣之長，官居七品，一縣的兵馬、稅賦、斷案等皆由縣令一手抓。清源縣很大，其中桃花鎮和濱沅鎮人口最多，相當於一個小縣城，縣令一般會派身邊的主簿、縣丞等去鎮上主持事務。

李遊是沒有不經過魏縣令的許可就動兵馬的權力，可話說回來，若他連指揮衙差的權力都沒有，又怎麼主持鎮上的事務呢？

「大人，我看魏大人就是故意給您穿小鞋，不知咱們何時得罪了他？」孫七小聲嘀咕了一句。

李遊攥了攥拳，發了話。「孫七，去尋一車牛糞來。」援兵不到，他倒是靈光一閃，想到了一個引蛇出洞的好法子。

孫七不知道自家大人葫蘆裡賣的什麼藥，但他差事辦得漂亮，太陽還沒升起，就去鎮上找來了一堆牛糞。

「點火！」李遊吩咐衙差們將牛糞鋪在地上點燃，牛糞一下子便冒起了滾滾黑煙。

衙差們得令，齊齊高聲呼喊道：「燒死他們！寧願燒山，也絕不放過！」

此刻正是順風，燃燒牛糞蒸騰起來的煙霧籠罩了整個大楓嶺，衙差們的呼喊聲也清晰可辨，一下子就把等著衙差撤退的土匪們給驚動了。

「大哥，這夥官兵好陰險，要放火燒死咱們！」

「橫豎都是個死，不如衝下去跟他們拚了！」

十幾個土匪害怕了，於是紛紛往山下衝，等一腳踏空，踩到早就挖好的陷阱裡，才後知後覺的反應過來，他們中計了！

這個小白臉好陰險狡詐！

沈澤秋又在家待了兩日，等到七月十二日，清水口又能通船了，才和胡掌櫃一塊兒坐上船去了濱沅鎮。自從上次落水受驚後，胡掌櫃對水就有些怵，所以這次去青州，他還帶上了店裡最通水性的夥計，一塊兒去進貨。

錢掌櫃和胡掌櫃認識很多年了，關係也不錯，到濱沅鎮下了船，沈澤秋照例是要去錢掌櫃的貨棧走一趟的，一來敘舊兼看看毛毛和澤平，二來把房租息錢還上。

他邀了胡掌櫃一塊兒去。

「那好，我便厚著臉皮去錢掌櫃家蹭一頓飯了。」胡掌櫃欣然同意。

等到了貨棧裡，錢掌櫃正拿著戒尺考學徒們的本事，沈澤秋和胡掌櫃沒出聲，站在店外觀看。

夥計取了一截人參鬚上來，給幾個學徒看、聞、摸，等他們瞧夠了，錢掌櫃才道：「寫。」

學徒們便在紙上寫好自己的答案，然後遞給錢掌櫃看。

「五人中有四人答對了，只有一個人不一樣。」

錢掌櫃話一說完，沈澤平就暗暗覺得不好，那個不一樣的人不會就是自己吧？果然，怕什麼來什麼！這個猜測很快就應驗了。

「澤平，把手伸出來。」

錢掌櫃用戒尺狠狠地在沈澤平的掌心打了三下，一邊打一邊教訓他。「別人都能瞧出那是次品，你怎麼瞧出一等品來了？」他恨鐵不成鋼啊！沈澤平這樣的眼力，以後怎麼跟著去收山貨？只怕褲衩都要賠個精光！

「錢大哥，消消氣。」見錢掌櫃嘆著氣坐下喝茶，沈澤秋才伸手輕叩櫃檯，待錢掌櫃抬頭看見他，他方走進去，拍了拍錢掌櫃的背。

「澤秋小弟，喔，胡掌櫃也來了啊？你真是稀客！」錢掌櫃站起來拱拱手。「你們這是結伴去青州？」

「是啊，路上好有個照應。」胡掌櫃拱手道。

三人坐下一塊兒閒話敘舊，從二樓的窗戶往下看，能見到沈澤平，他被罰在院子裡掃地。

沈澤秋捏了捏手指，幾分猶豫後開了口。「錢大哥，澤平是不是沒有做你們這行的天分？」

錢掌櫃啜了口茶，用力地嚥下去，似下了決心般開口。「澤秋小弟，我同你直說了吧！澤平這孩子聰明機靈，學東西也下了苦功夫，可有些東西講究天分，不是想學就能學會的呀！」錢掌櫃雙眉緊鎖。「照這樣下去，以後他只能在貨棧做個粗使夥計，賣把子力氣。」

話說到這個分上，沈澤秋心裡也明白了，沈澤平學不透山貨行業裡的道道，以後只能在錢掌櫃這裡賣力氣掙錢，沒啥前途了。

「澤秋小弟？澤秋小弟？」錢掌櫃想說，若孩子有別的出路，盡快去尋，若沒有，只要他錢氏貨棧存在一日，就不會少沈澤平一口飯吃，但一連叫了兩聲，沈澤秋才回過神。

「錢大哥，正好我家擴了門面，上上下下都是女眷，缺個男夥計，我把澤平帶回去吧？」沈澤秋一琢磨，沈澤平那孩子嘴甜機靈，去布坊裡招待客人、幫幫忙正合適，而且是一家人，比外招的可靠多了。

錢掌櫃想了想，把沈澤平招呼過來，問他願不願意。

「帶我去桃花鎮？好啊！」沈澤平滿口答應，就差沒蹦起來。一開始來貨棧時他對啥都感到新奇，但日子一日日過去，新鮮勁磨沒了，他學藝又總不得要領，回回都是五個學徒中墊底的，臉都不知該往哪裡擱了。

沈澤秋伸手彈了彈沈澤平的額頭。「給錢掌櫃磕頭，咱要謝謝他這半年來對你的苦心栽培。」

「對，一高興昏了頭，忘記這茬！」沈澤平急忙給錢掌櫃磕頭。「掌櫃的教我讀書認字兒、打算盤、識乾貨，這一番苦心我都記在心裡呢！可惜我不是做這行的料，叫掌櫃的失望了。」

錢掌櫃的眼眶有些發熱，拍了拍沈澤平的肩膀叫他起來。「澤平，沒事的，行行出狀元，這行你不成，換一行沒准就成了！」

沈澤平重重地點了點頭。

留在錢掌櫃這兒吃了頓早晌午飯後，沈澤秋想帶沈澤平去青州長長見識，便把他一塊兒帶走了。

毛毛追過來，要把工錢交給沈澤秋帶回去給何慧芳存起來，不過這次他只拿出了一百五十文，留了五十文在荷包裡。

「毛毛，你留錢幹啥啊？」沈澤平嘿嘿笑著，攬住毛毛的脖子往他身上跳。「是不是留著給妮妮買糖吃？」

兩個孩子打打鬧鬧的，毛毛一個反手抱摔，要把沈澤平往地上摜。「少胡說！」沈澤平比毛毛大六歲，個子也高上不少，力氣自然也大，所以毛毛不僅沒推倒他，還被沈澤平撩著腿，差點摔一個馬趴。「我都知道啊！上回你買的水果糖，不就給妮妮吃了嗎？只給了我一顆！」沈澤平眨眨眼睛。

毛毛的耳朵都脹紅了。「我也分給如意吃了！」

如意就是上回撿回來的小女孩，她哥叫做平安。是錢掌櫃給取的名字，兄妹二人合起來正好是平安如意，討個吉利好兆頭。

「那是因為如意老跟著妮妮，你不好意思不給！」沈澤平扮了個鬼臉。「你認不認？」

沈澤秋和胡掌櫃看著這兩個孩子，哭笑不得。

沈澤秋無奈地沈下臉。「澤平，少說兩句！」接著拍了拍毛毛的肩膀。「毛毛，哥走了，下回再來看你。」

蓮香經過一個多月的磨練，進步得快，手巧嘴甜，臉上總笑盈盈的，很受娘子、太太們的喜歡，已經能獨當一面了，有她和姊姊蓮荷一塊兒幫忙，安寧總算能偷一會兒閒。

「蓮香，到了八月，我就給妳漲工錢，五百文一個月，好不好？」這日安寧把蓮香叫到跟前，柔聲同她說道。

蓮香一怔，隨即咧開嘴，喜孜孜的笑了。「真的嗎？」

「哄妳做什麼？」安寧道。

對蓮香來說，三百文錢就已經很多了，她捎回二百文給爹娘，自己留一百文，已經非常的知足，沒想到掌櫃娘子待她這麼好，還要給她漲工錢，而且一漲就是二百文哩！

「多謝沈娘子，我以後會好好幹活，報答您！」蓮香抿唇，有些羞澀，又有些激動。

安寧笑著點點頭，一手撐在櫃檯上，另一隻手握著團扇搧風取涼。晌午飯過後，正是一日中最曬的時候，街面上人少，她正好抽空想想拿去雲裳閣參加比賽的衣裳款式，便對蓮香道：「去幫我拿紙筆過來，我有用。」等蓮香取了來，又細心地吩咐道：「趁著鋪子裡人少，妳去歇會兒晌吧，半個時辰後再出來當差。」

「雲想衣裳花想容。」安寧提著筆，皺眉苦思。這首詩既然是描寫雍容華貴的貴妃娘娘，那麼貴妃定是貴氣逼人、風華絕代，紅色是最顯貴的顏色。

安寧提筆寫下了紅色二字，算是第一個設想。

「若非群玉山頭見，會向瑤臺月下逢。」

貴妃美得像是瑤臺上的仙女，穿紅著豔也太俗氣了，銀色、白色等才有仙氣，於是安寧又提筆寫下了第二個設想。

而蓮香得了加工錢的好消息後，迫不及待地要和姊姊分享。「姊，我下月就要漲工錢了，以後每月可以往家裡捎四百文錢呢！」

蓮荷也高興，樂顛顛地摸了摸妹妹白裡透紅的臉蛋。「妳真能幹，沈娘子也好心。」

這話好巧不巧，剛好被慶嫂給聽見了，她癟了癟嘴，把姊妹兩個的私房話聽在耳朵裡，越琢磨越不是滋味。

下午慧嬸子忍不住就問了。「慶嫂，妳總盯著蓮香做啥？這丫頭今兒招惹妳啦？還是臉上抹了鍋灰了？」

慶嫂正編著一枚菊花盤扣，手上動作熟練沒有停，嘴附在慧嬸子耳朵邊嘀咕了幾句。

慧嬸子聽了，臉色也變得不太好了。

過了一會兒，慶嫂瞅準個空檔，把蓮香召到跟前，劈頭蓋臉第一句便是——

「蓮香，沈娘子是不是給妳漲工錢了？」

蓮香平日裡對布坊這兩位長輩挺怵的，一點都不敢造次，遂老實地點了點頭。

她越顯得老實，慶嫂跟慧嬸子心裡就越氣。

慶嫂伸出手指頭戳了戳蓮香的腦門。「妳每月都往家裡捎工錢吶？」

「嗯，給俺爹娘存著哩！」說到這個，蓮香又笑起來。能往家裡拿錢，她高興。

「傻姑娘！」慶嫂嘆了口氣，苦口婆心地說：「妳今年十五了，該為自己打算打算！依我看，這加工錢的信，就別往家裡說了，自己多存著點吧！」

蓮香懵懵懂懂的，絞著垂在肩膀上的頭髮，好奇地問：「為啥？我掙了錢不給爹娘，給誰呀？」

「唉……」慶嫂跟慧嬸子都嘆了口氣。蓮香到底是年紀小，還沒有開竅，她下頭還有個弟弟哩，這工錢拿回去，十打十全成了弟弟娶妻的彩禮錢！蓮香小小年紀就在外頭辛苦掙錢，不能全貼了么弟啊！

慶嫂又戳了戳她的腦門。「嬸子我是過來人，總之自己手裡攢錢最踏實，妳掂量著辦，去吧，忙去吧！」等蓮香蹙著眉懵懂地轉身離開時，慶嫂又壓低嗓門囑咐了一句。「今天的話不准往外傳，不然有妳好看的！」

桃花鎮最有錢、最富貴的街要數大葉街了，那是整個鎮子最繁華的地方，街上住著的老住戶哪個手裡頭沒幾間商鋪、幾處產業吶？雖不比楊、許、林幾家富裕，但過得也比一般人家要自在得多。

就連茶樓的說書先生都說：「要說咱們這桃花鎮，大葉街的男兒最好娶親，大葉街的女子卻最難嫁人。」

外地客人不明白了，往往要問上一句。「為啥？」

「哼，因為大葉街上的老太太跟老夫人的眼睛都長在頭頂上，嫁女要高嫁，但能富貴過大葉街的又有幾人？挑來揀去，好好的豆蔻少女都熬成了老姑娘嘍！鎮上還有句俗話，叫做寧做大葉街的妾，不做貧家漢的妻，這用不著解釋了吧？」

說書先生嘴巴不饒人，可大葉街的夫人、太太們難伺候是出了名的，說的也不是瞎話。比如田家夫人就是箇中翹楚，她家的閨女田雨濘今年十八歲，就是說書先生口中那挑來揀去的「老姑娘」。

「田夫人，早呀！」

田夫人是葉氏脂粉鋪子的常客，這日一大早，田夫人帶著田雨濘出門，路過葉氏脂粉鋪子時恰逢葉掌櫃從鋪子裡走出來，忙笑盈盈地招呼一聲。

「鋪子裡來了新貨，田夫人跟田小姐可有興趣看看？」

田夫人停都沒停，一句「算了，沒興趣」，就把葉掌櫃給打發了，接著挽著女兒的手說：「今天娘帶妳去花街買胭脂。」

這？葉掌櫃想不明白，田夫人可是他家多年的老顧客了，今天居然一點面子都不給！

「掌櫃的，您還不知道吧？」帳房先生瞅見了，從鋪子裡冒出來。「上回田小姐用了咱鋪子裡玫色的口脂，被笑話顯老氣，把田夫人氣得夠嗆，差點沒撕爛那人的嘴呢！」
葉掌櫃明白了，田夫人這是因此遷怒他家了。田小姐十八了還沒訂親，田夫人最忌諱有人說田雨濘老。
「混帳！知道了怎麼不早說？成心叫我出洋相嗎？」葉掌櫃氣不打一處來。
帳房先生苦著臉。「大葉街上太太、夫人嘴碎吵架的事多了去，這些都得和掌櫃的您說嗎？」
葉掌櫃眼睛一瞪。「當然要說，一樁一件都要告訴我！還有，那姓沈的人家裡發生的事兒，也得一件不落全給我打聽清楚！」
知己知彼，百戰百勝，他不信自己鬥不過一個年輕人。

「你們這是新店吶？」
一大清早，店鋪剛開了門，安寧還坐在二樓廂房裡挽髮，蓮香在鋪子裡灑掃，就來了今日的第一位客人，是一對母女，一瞧就是養尊處優的，穿著嶄新的繡鞋襦裙，頭簪金釵，一身富貴。
蓮荷忙上前接待，又是倒茶、又是給她們試顏色。
但田夫人坐在椅子上，有些不耐煩。「就這點水準？虧隔壁林太太、對門宋太太都說好，也不過如此！小姑娘，就沒別的好東西了？嗐，掃興！」

蓮荷急忙跑到內院裡去叫安寧來。

「沈娘子，外頭來了一對母女，我和蓮香都接待不來，您下來看看吧？」

安寧正好把髮梳好，拿起床上淡藍色的披錦披上。「好，我這就來。」

店內的蓮香都快急哭了，一個多月下來，這對母女是她遇上最難伺候的客人。

「田夫人、田小姐，稀客稀客呀！」安寧一出來，就認出來田氏母女二人，笑著頷首說話。

田夫人扭頭看過來，有些驚訝安寧竟然認得她們，心裡稍微舒坦了幾分，看來她田家還是很有名望的，從沒來過沈家鋪子，這沈娘子就認得她，準是特意打聽過。

安寧之所以能認出她，其實是有一日去胡家做客時，田夫人恰好在鋪子裡訂衣裳，胡雪琴悄悄在安寧耳邊抱怨了一句「那邊那位叫田夫人，最挑剔、最難纏」。

田夫人拍了拍田雨濘的手。「沈娘子，妳看我女兒適合什麼髮式？」

安寧也從胡雪琴那兒聽說過田雨濘的事情，女子過了十六、七沒有訂親，鎮上那些個嘴碎、愛損人的老嫗、老婆子便會聚在一塊兒嘀嘀咕咕，說什麼田雨濘性子古怪啦、八字不好等，把田雨濘編排得不能聽。

當然，田家富裕，田夫人強勢潑辣，這些話她們當面都吞到肚子裡，一個字都不敢往外露，反而笑盈盈地誇田雨濘模樣俊得如天仙，性子又好，以後誰能娶了她便是祖墳上冒青煙嘍！

不過今日安寧細細端詳了田雨濘，才發現傳言都是錯的，田雨濘算不得美，五官勻稱沒什麼極精緻的地方，唯一占優勢的是皮膚極白，而且臉小、五官淡，十八歲的姑娘眉眼乾淨如豆蔻之年的少女。

「田小姐，平日有什麼喜歡的顏色和妝面嗎？」安寧笑著問田雨濘。

田雨濘微微頷首，餘光看了看她母親，十分乖巧地說：「我都是聽母親的。」她說話輕聲細語，一點都沒有傳說中的古怪，或許是田夫人過於強勢，把女兒管束得緊，田雨濘還有些孩童般的天真。

安寧心裡已經有幾分想法了，讓田雨濘隨她往鋪子裡側走幾步，坐到梳妝鏡前，鏡子映照出田雨濘平淡又白皙的臉龐，她梳著最貴氣的牡丹鬢，簪著兩支蝶翅金簪子，一襲紫金的襦裝，通身都貴氣逼人，可卻沒一分符合她自身的氣質。

端詳了片刻，安寧想好了。「飛天髻美而不失活潑，今日便幫田小姐梳個飛天髻吧？」

田夫人點了點頭。

田雨濘見母親同意了，這才說：「好。」

安寧叫蓮香拉上簾子，田夫人在外頭一邊喝香蘭茶，一邊等待。

飛天髻為三環高髻，在為田雨濘把髮梳順後，安寧將她的頭髮分成三股，用絲條紮好向上盤，慢慢地盤成了環形，還將田雨濘額前的碎劉海編成小辮子綰好，露出她飽滿光潔的額頭。

「真……好看。」田雨濘出神地望著鏡中的自己，微笑著表示很滿意。

「還沒弄完呢！」安寧取了一條粉色的絲帶，纏在鬢髮後頭，打了一個漂亮的蝴蝶結，長長的絲帶十分飄逸，只要田雨濘扭頭，就會隨著烏髮飛舞。

五官清淡、皮膚白皙的田雨濘十分適合這種有些許仙氣又活潑的髮型，整個人也少了方才的壓抑沈重之感。

「田小姐，我再幫妳畫個妝吧？」安寧扶著田雨濘的肩膀笑道，為客人做出漂亮又符合自己氣質的造型，安寧心裡也很有成就感，唯一美中不足的是，田雨濘今日的妝面有些不搭。

「嗯，有勞了。」田雨濘的眼睛亮亮的，對身邊這位溫柔貌美的店家娘子有了很高的期待，不知道她會給自己畫什麼樣的妝呢？

安寧腦中閃過的第一個念頭，便是桃花妝。

她用棉帕沾了水，一點點地將田雨濘臉上的舊妝拭掉，重新塗上香粉，描了眉，取了一點胭脂在掌中化開，在田雨濘的臉頰兩側輕輕塗開，點上櫻桃紅的口脂，而點睛之筆是額上一片水滴狀的花鈿，遠看如朱砂痣，近看又像一片桃花瓣。

田夫人喝完了兩杯茶，慢悠悠地問：「畫好了嗎？」等了小半個時辰，她屁股都坐麻了。

安寧把簾子掀開，柔聲對裡頭的田雨濘說：「田小姐，快出來吧。」

田雨濘望著鏡中的自己，居然有幾分羞澀，慢騰騰地走了出來。

田夫人正拿著茶杯喝茶呢，看清田雨濘的模樣後差點沒被茶水給嗆住。這還是她女兒嗎？面若芙蓉、亭亭玉立，有股出塵的仙氣呢！

「……沈娘子，妳實在是高明！」田夫人心服口服了，難怪大葉街上的鄰居們都誇讚花街的沈娘子手巧，不是跟風，這是真的！

「不過這身衣裳不太襯，鋪子裡有現成的粉色襦裙，我拿一件來給田小姐試穿看看可好？」安寧問道。

田夫人急忙點頭。田雨濘今天穿的這身紫金襦裝是花了大筆錢訂做的，田夫人曾經非常滿意，可現在左看右瞧卻覺得礙眼極了。「好，現在就換上讓我瞧瞧。」

「蓮香，妳去把那身裙襬繡花瓣的絲綢襦裝取來，服侍田小姐換上。」安寧對站在一邊的蓮香說道。

等田雨濘一身新裝的出現在眼前，田夫人更加滿意了，拉著女兒的手左瞧瞧、右看看，越打量越是高興。買新衣、新首飾、新脂粉，對她來說是家常便飯，但買得越多越覺得大同小異，沒什麼意思，她好久都沒這麼歡喜過了。

「今日用的是什麼脂粉？都給我包起來，這身衣裳我也買了！」

田夫人心裡高興，買了好幾盒胭脂水粉，還把衣裳給買下了，並訂做了兩套其他花色的，然後又讓安寧介紹鋪子裡的簪子，把鋪子裡兩支最貴的珍珠簪子都給包了。

母女兩個滿載而歸，安寧把她們送到門口，笑著說：「田小姐跟田夫人以後想換新髮式，歡迎隨時到店裡來。」

田夫人心裡喜孜孜的，笑著連聲說好，並高聲道：「以後店裡有了新貨，派人去大葉街告訴我一聲，有好東西也得幫我留一份吶！」

「好，田夫人放心。」安寧笑著頷首。

原以為來了一位棘手的客人，沒想到卻賣出了新店開張以來最大的一筆訂單，珍珠簪子一對十八兩銀子，幾盒脂粉三兩五，衣裳三套還都是綢緞的，加起來共有五十多兩銀子，今天真是開門就遇喜事呢。

何慧芳在邊上瞧著，心裡也喜孜孜的，直說今天一定得做桌好菜，讓慶嫂、慧嬸子，還有蓮荷一家子留在家裡好好吃上一頓，慶祝慶祝！說完了，對田家母女兩個有些好奇。「她們家是開錢莊的呀？怎能這麼豪氣的花錢？」

安寧笑笑。「田家有好多間臨街旺鋪收租呢，還兼做生意，自然有錢了。」

「唔。」何慧芳點點頭，在心裡悟出一個道理。「做生意就該在有錢人堆裡做，人家隨便花點小錢，就夠咱們賺上一筆好的哩！」

忙了一個早上，安寧也有些疲了，坐在櫃檯後頭畫了幾筆參加雲裳閣比賽的花樣子，沒一會兒便有了睏意，打了幾個呵欠。

七個月的身子已經十分笨重，何慧芳是過來人，曉得的，忙勸安寧去樓上歇會兒。

「嗯。」安寧揉了揉有些痠的腰，也不逞強，何況蓮荷姊妹也叫人放心，便放下紙筆往內院去了。

走到後院，上次抱回來的小犬正和大黃玩耍，小犬尖耳尖嘴，四肢細長、渾身漆黑，按照花色取了個簡單的名字叫做小黑。

小黑追著大黃的尾巴跑，汪汪叫著，活潑又可愛。

過了會，何慧芳回後院拎起菜籃子，準備出去買菜。

大黃已經貼著地睡覺了，小黑好動還沒玩夠，見大黃不搭理牠，便順著狗洞跑出去玩了。

何慧芳也沒啥在意，拎著籃子出去買菜，剛走到半路，就聽見迎面走來的路人嘀嘀咕咕——

「桂婆婆又在幫自家巴兒狗打架了，嘖，人和狗打架，你說這叫啥事？」

另一位路人抿唇笑笑地搭腔了。「桂婆婆把狗養得和孫子一樣金貴，當然護犢子啦！」

何慧芳打從心裡討厭桂婆婆，那老太婆嘴碎又愛占便宜，一把年紀了臉皮比城牆還厚。她繼續往前走，拐過一個路口，就見前頭圍了一圈人。

「嗷嗚嗚——」

「打死你，小畜生！」

嗷嗷的狗叫聲和桂婆婆的厲聲咒罵從人群裡傳出來，何慧芳定睛一看，登時火冒三丈，那被桂婆婆拿竹竿揍的不就是她家養的小黑！

何慧芳在路邊撿了根棍子，擠進人堆裡幫小黑打架。只要是她何慧芳家的，就算是條狗，她也得護著！

「打狗得看主人，曉得不？」何慧芳把桂婆婆養的巴兒狗趕跑了，毫不客氣地對桂婆婆罵道：「妳個老太婆，虧妳還是個人，狗妳也要欺負，白吃這麼多年大米了妳！」

桂婆婆臉上紅一陣、白一陣，忙把自家狗抱起來，撇下竹竿，斜眼看人，並用只有她和何慧芳才能聽見的聲音奚落了一句。「沈家村的鄉巴佬我告訴妳，現在我可不怕妳！妳的靠山李大人就快完蛋咯，哼！」

何慧芳聽得有些糊塗，皺眉瞪了桂婆婆一眼。「紅口白牙胡說啥？妳給我講清楚！」

桂婆婆的大兒子是衙門裡的衙差，她早幾日就聽兒子說了，李遊被魏縣令召到縣裡去，好幾天都沒消息了，恐怕是得罪了上頭，沒官做哩！

這沈家不就是仗著有李遊撐腰才這麼囂張嗎？現在他們的靠山倒了，桂婆婆的膽子也肥了。

「李大人有大麻煩了！」桂婆婆冷冷一哼。

「胡說八道！」何慧芳一聽氣炸了，指著鼻子把桂婆婆罵了一頓。

中午飯吃了沒多久，葉氏脂粉鋪子的帳房先生就把今天早上沈家鋪子的事打聽清楚了，一五一十地說給了葉掌櫃聽，說到田家母女在沈家買了一大包東西的時候，葉掌櫃的臉色明顯繃不住了。

田夫人那麼難伺候的人，居然被沈家娘子輕鬆搞定了？還到了新貨要第一時間去看？葉掌櫃心裡很不舒服，照這樣下去，他店裡的老主顧一個接一個的，恐怕都要被撬走嘍！

不行，不能叫姓沈的繼續猖狂下去！

葉掌櫃下了決心，拿起桌上的扇子往外走。「我出去一會兒。」

沒過多久，葉掌櫃出現在街口的一間茶樓裡，對店小二道：「一壺龍井。」

「好嘞！」店小二應得爽快。

不一會兒，樓下來了個瘸腿男子，混名叫韓瘸子，是出了名的癟三。

「葉掌櫃在哪個雅間？帶老子去！」

店小二一見韓瘸子來了，一點都不敢怠慢，急忙帶著他上去找葉掌櫃。

韓瘸子人如其名，一條腿是瘸的，走路一跛一拐，是前幾年和人打架時被打斷的，可韓瘸子不以為恥，倒把瘸腿當成了炫耀的標記。

「葉老闆，找我來什麼事？」韓瘸子坐到葉掌櫃對面，支著一條瘸腿，吊兒郎當地問。

葉掌櫃倒了杯茶推給韓瘸子，對他招了招手，低聲耳語幾句。葉掌櫃是頭回做這樣的事情，有幾分緊張忐忑，說完了很嚴肅地問：「能辦得成嗎？」

「嘿，這點芝麻綠豆點大的小事啊，包在我身上！」韓瘸子聽完，端起茶杯，一口喝了個乾淨，滿口應承下來，舌頭抵了抵後槽牙，仰著右手，手指在桌面上叩了幾下。「不過……」

葉掌櫃立刻看懂了，從荷包裡摸出一錠銀子，推給韓瘸子。

「嘿嘿，葉老闆，收人錢財，幫人免災，在家等好消息吧！」韓瘸子迫不及待地將那明晃晃的銀子攥在手中，在衣襟上擦了又擦後，塞到了懷裡。

李遊七月十四日親自押著十多個土匪去了清源縣，到今天已經五日過去了，還沒有回來。

何慧芳一頓懟把桂婆婆罵跑了，可心裡還是忍不住犯嘀咕，便打聽了一圈，哎喲，不打聽還不知道，桂婆婆說的好像都是真的！

「李大人不會真的被穿小鞋吧？」何慧芳買了菜回家後，和安寧嘀咕了一嘴，把今天在菜市場的事情說了。

安寧蹙眉仔細的聽完後，出言寬慰何慧芳。「李大人正直清廉，一定會沒事的。他押解土匪去縣裡，或許是被審問絆住了手腳，外頭人憑空胡亂猜測罷了。」

「對！准是這樣的！」何慧芳心裡稍微安了幾分。安寧說的話最靈了，只要她說沒事，就一定不會出現問題。

何慧芳買了幾斤大肉骨頭回來，準備用來做醬大骨。

她拎著肉回到灶房裡，叫了趙大媽過來搭把手，把豬棒骨從中間斬斷，放在清水裡泡著，這要從上午直泡到下午呢，中間還得換好幾回水，把肉裡的血水沁個乾淨才成。

到了酉時初，日頭西斜，何慧芳把泡了半日的大棒骨從水裡撈出來，在灶上架好大鍋，灌滿冷水，再把大棒骨扔進去，點火煮了一會兒，水開了就抽柴禾，把焯過水、去了血沫的棒骨撈出來。

洗乾淨鍋後，再架上，這回才是來真的。桂圓、八角、大料等滷肉的材料一樣樣地往鍋裡丟，等水燒開了，再把肉棒骨扔在裡頭，慢慢地燉上半個時辰。

不一會兒，夜色降臨，饞人的肉香味從灶房裡飄出來，傳出好遠，大黃和小黑都搖著尾巴在灶房裡轉，何慧芳怕狗毛飛得到處都是，招呼蓮香過來把狗拴上。

「待會兒啃剩下的骨頭都是你們的，急啥急？」

何慧芳把鍋蓋掀開，那馥郁香甜的味道頓時更加勾人，自己聞著都嚥了好幾下口水，她往鍋裡加了冰糖和幾勺豆瓣醬，蓋上，還要再燜上兩刻鐘哩！

慶嫂回家拿了一小壺自家釀的米酒，慧嬸子從家裡抱了個大西瓜來，蓮荷沒什麼拿得出手的，便從酸菜罈子裡挖了一碟子脆生生的醃蘿蔔，趙大媽則幫著炒了兩個素菜、拍了個黃瓜。

「趙全，走了，沈老太太招呼咱們吃飯哩！」蓮荷端著蘿蔔碟子，催了丈夫一聲。

趙全是個老實巴交的人，如今不當船員了，改在碼頭賣力氣，平時散了工回來就愛在屋裡待著，實在想走走也是直接出門，從不在院裡多待。「妳們都是女子，我一個大男人湊什麼勁？不去了。」

蓮荷覺得有道理。「家裡還有中午剩的饅頭，那你熱熱就鹹菜吃吧。」

院子裡，飯桌已經擺好了，最中間放了兩個大大的碗公，裡頭飄著香氣的就是何慧芳伺候了一下午的醬肉大骨，糖色明亮，香味襲人，上頭還點綴著幾簇蔥絲兒。

光聞著那誘人的香味，就叫人垂涎三尺，欲罷不能。

何慧芳正往杯子裡倒酒，沒看到趙全出來，順口問了一嘴。

「他已經吃了。」蓮荷道。

「吃了也過來啃兩塊肉！叫他來，客氣啥？咋地，嫌我做飯不好吃啊？」

何慧芳話都說到這個分上了，加上蓮荷也心疼丈夫，他是賣力氣的，該多吃些葷腥，遂喜孜孜的應了。「欸，我這就叫他去！」

醬大棒骨是北方的著名吃食，何慧芳是和客人偷師學，第一次做，沒想到就這麼色香味俱全。「吃吧，別客氣！」何慧芳招呼大家一人挾一塊上手抓著啃。濃濃的醬汁配上燉得酥爛軟糯的肉，簡直是神仙般的享受。「今兒我煮了一大鍋米飯，這醬汁拌米飯吃也香哩！」

吃完了飯，何慧芳把啃完的骨頭都收到狗盆裡，讓大黃、小黑也飽餐了一頓。

「大家坐會兒，晚點咱們切西瓜吃！」

楊筱玥在家裡悶了幾日，家裡幫她舉辦了一場隆重的及笄禮。

多日不見的表姊許彥珍也終於得以出府，在宴席上和楊筱玥見了一面。

許彥珍讓楊筱玥幫忙打掩護，說張公子在後門等著，於是楊筱玥半途藉口衣裳髒了，拉上許彥珍陪她去換衣裳，掩護許彥珍悄悄去了後門，一炷香時間以後，許彥珍拿著一封信回來了。

晚上楊筱玥求了母親半天，楊夫人出面勸許父，終於留下許彥珍在楊府和楊筱玥一塊兒睡。

夜深了，姊妹兩個還在說悄悄話。

「彥珍表姊，姨父還是不許你們在一起，妳怎麼打算呀？」

許彥珍望著窗櫺上的月光，語氣篤定地說：「我們一定會在一起的。」

楊筱玥側身抱著許彥珍，眨了眨眼睛，若姨父死不鬆口，他們怎麼做到「一定會在一起」呢？「彥珍表姊，你們難道要私奔啊？」楊筱玥只是看多了奇奇怪怪的話本，隨口一問罷了，可等了一會兒，許彥珍不但沒有回答，反而全身僵著，表現得很奇怪，難道……「表姊！」楊筱玥被心裡的猜測嚇了一跳，驚得坐了起來。

許彥珍回過神，拉著楊筱玥的胳膊，讓她重新躺下。「傻姑娘，想什麼呢？」

第二日清晨，楊筱玥興致勃勃地拉上許彥珍。「花街的沈娘子店裡上了好多漂亮簪子還有脂粉，妳還從沒去過呢，我帶妳去看看！」

許彥珍在家憋太久了，笑著說好，可姊妹二人剛出院門，就看到了來接人的許博杭。

「小妹，跟我回家吧。」

楊筱玥不幹了，伸手攔在許彥珍身前，蹙眉說：「表哥，我們就去花街的沈家脂粉鋪逛一圈而已，晚些我就送彥珍表姊回家，好不好？」

「沈家脂粉鋪？」許博杭擰了擰眉毛，一揮袖子。「那家去不得！」

「為什麼？」楊筱玥癟著嘴，有些不快，追問了一句。

許博杭古板歸古板，對妹妹們的身體健康還是放在心上的，遂解釋道：「聽說好幾戶人家的女兒，就是用了沈家的脂粉，爛了臉了，他家售賣的是劣等貨，以後萬不可去了！」

「不會吧？」楊筱玥不信。

「騙妳做什麼？好幾個女子都遭了殃，妳不想變成爛臉生膿包的醜八怪吧？」

許博杭說完，領著許彥珍走了。

從清晨直到晌午，脂粉鋪子裡鮮有的一個客人都沒有。蓮荷兩姊妹閒得直打呵欠，安寧坐在櫃檯後面描了一上午的花樣子，望著空空蕩蕩的門口，有些不妙的感覺。生意怎麼會突然冷清至此呢？

「蓮香、蓮荷，妳們出去轉轉，看看別家鋪子是不是也這情形？」安寧說道。

何慧芳這時買菜回來了，喘著粗氣，把臉都氣紅了。「不用忙和，我知道為啥了！現在外頭都說咱們鋪子裡的脂粉用了會毀容，也不知道是哪個王八羔子造的謠！」

原來何慧芳今天去市場買菜時，看見桂婆婆抱著自家的巴兒狗在路邊和人閒扯，望見自己就立刻閉了嘴，扭頭就走。何慧芳覺得奇怪，忍不住和旁邊的人打聽。

做生意的最討厭外頭的閒言碎語了，許是怕沈家人遷怒，何慧芳一連問了幾個，都搖頭說沒啥。

「沈老太太，我同您說了吧！」肉鋪的娘子和何慧芳關係好，何慧芳老在她那裡買肉，她對何慧芳招手，壓低嗓門道：「外頭傳言那麼凶，你們還不曉得嗎？」

「啥傳言？」何慧芳一頭霧水，把菜籃子放下，拉著肉鋪娘子往裡頭走，直到走到布簾後。「妳和我說說，我聽著哩！」

肉鋪娘子是個直爽的，心腸也好，就把外頭傳的話一五一十的說了。「我聽說，你們家的脂粉用了會爛臉。還聽說啊，有個準備成親的姑娘，就是用了你們家的東西，臉上長滿疙瘩毀容啦，婆家一聽，直接退親了！」

何慧芳差點被氣得一口氣喘不過來，店裡的生意何慧芳雖然不大管，但那貨都是沈澤秋辛辛苦苦從青州可靠的大鋪子進回來的，品質沒得說，爛臉更是朝種樹、夜乘涼，不可能的事！

「妳繼續說。」何慧芳強摁下脾氣，對肉鋪娘子道。

肉鋪娘子便繼續說了。「外頭還說，你們掙這黑心錢不是一日兩日了，就連布坊的東西……也有問題。還有……」

何慧芳咬咬牙，問肉鋪娘子。「怎都是聽說？妳曉得源頭出在哪兒嗎？那傳言裡被毀容退親的姑娘，叫啥、家住哪兒？」

「這個我也就不知道了。」肉鋪娘子語塞，傳言一傳十、十傳百，誰還知道最開始是從哪個犄角旮旯來的？

何慧芳氣死了，心裡憋了好大一口惡氣。「妹子，妳想想，若真有姑娘用了我家東西爛了臉，早到鋪子裡討說法去了，怎會一點動靜都沒有？這就是那些個爛心肝的玩意兒故意給我家造謠呢！」

肉鋪娘子一想，似乎也是這個理，嘆口氣說：「沈老太太，我信。」

可安寧和何慧芳都明白，光肉鋪娘子一人信沒用，外頭那麼多人，總不能每一個都和人去解釋吧？

「娘，清者自清，咱們身正不怕影子斜。」

安寧還在心裡思索著該如何應對？謠言這種事情，越早澄清越好，清者自清過於單純了，白紙白布是最好被污染的。不過她不想叫何慧芳過於擔心，才這樣寬慰道。

慶嫂跟慧嬸子一聽也是氣不打一處來，不僅是為沈家氣惱，外頭的謠言還直接影響了右邊布坊的生意，若布坊生意差了，她們的工錢也會跟著少。

「安寧、何姊，妳倆放心，我一定打聽出來是誰在背後搗鬼！」慶嫂拍著胸脯道。

慧嬸子也氣得慌，她還要攢錢給兒子鄧元山娶媳婦呢！「揪出來那人，我非得揍他一頓不可！」

望著團結的諸位，安寧和何慧芳心裡都很欣慰。

「嗯，謝謝各位了。」

第二十章

咚咚咚！

鑼鼓敲了三下，大葉街葉家脂粉鋪子前正熱鬧，掛著紅綢，敲著鑼鼓，店夥計高喝道：「十年店慶，惠酬賓客！今日本店買四贈一咯！走過路過的各位老太太、夫人、小姐，各位貴客，都往裡頭來瞧瞧看看吧！」

葉家脂粉鋪子一時間圍滿了人，顧客多得連帳房先生都出來接待客人了。

按照葉掌櫃的吩咐，夥計們接待客人的時候，都會著重強調一句「咱們葉氏脂粉鋪賣的都是頂呱呱的好貨，比外頭一些亂七八糟的新店品質好，您放心買，保證用了光彩照人、白裡透紅的」。這亂七八糟的新店說的是誰，不用說，大家心裡都有了數。

葉掌櫃摸著鬍鬚，看著店裡久違的熱鬧景象，仰起下巴冷哼一聲，還是他技高一籌嘛！

到了晚上，帳房先生把帳理好了，拿出來給葉掌櫃看，有些為難地說：「脂粉賣了一百多盒，可咱們買四贈一，光送就送了四十盒，這攤下來，沒掙什麼錢了。」說白了，就是表面風光，在帳房眼裡，這就是打腫臉充胖子。

不過葉掌櫃不甚在意，現在他最迫不及待的事情是擠兌沈氏脂粉鋪，只要把沈家拖倒就萬事大吉！「鼠目寸光，你懂什麼？」葉掌櫃合上帳本，拿起邊上的煙杆準備抽菸，瞇了瞇眼睛，得意洋洋地說：「我心裡有安排，哼哼，要麼怎麼我是掌櫃，你就只是個夥計？你呀，還是看不懂關竅！」

「是是是……」帳房先生退下了，他是不懂，他只知道這一天忙和下來，沒掙上仨瓜倆棗。

又過了兩日，到了七月二十三，沈澤秋帶著沈澤平和幾箱子貨回來了。

沈澤平一下船便雀躍得不得了，馬車才到大門口還沒停穩當呢，就掀開車簾子跳了下去。「嬸娘！安寧嫂子！」

何慧芳迎出來，驚訝地謔了聲。「澤平啊，你怎回來了？」

沈澤平不好意思說是自己學藝不精才回來的，抓了抓頭髮，羞赧一笑。「俺想家哩！小嬸娘，您這一身真精神！」

「是嗎？新裁的！」何慧芳被誇得心裡高興，還是澤平最會說話了。

沈澤秋付好車錢，便和車夫一塊兒把東西往鋪子裡面搬，搭腔道：「娘，我帶澤平回來，想讓他在家裡幫忙。」

「那好哇！」何慧芳拍了拍沈澤平身上的灰塵，家裡是缺個男丁呢，幫著管管閒事啥的，正合適。「都累了吧？先到裡頭去洗把臉、歇口氣。」何慧芳往內院走去。「安寧也在裡頭歇著呢！」

內院裡，安寧正躺在搖椅上歇息。這幾日鋪子裡生意不好，她坐在櫃檯後面也是乾坐，何慧芳就催她乾脆多歇歇。

「澤秋哥，你回來了？」安寧剛才睡著了，一睜眼便見沈澤秋坐在她旁邊，不由自主地露出一抹淺笑。看到沈澤秋，她心裡就踏實多了。

吃晌午飯的時候，安寧和何慧芳把外頭的情況同沈澤秋說了。

沈澤秋聽得眉頭緊鎖，這情況很棘手，以前宋掌櫃搗亂是明著來，這回的人更高明，藏在暗處，他們就是想找人算帳都揪不住人。

「慶嫂跟慧嬸子也打聽遍了，也不知這話是打哪兒傳出來的，唉……」何慧芳覺得憋屈極了。

安寧吃完了東西，用帕子擦了擦嘴，喝了幾口茶潤嗓。「咱們先看看澤秋哥進的新貨吧？」

「這回簪子多挑了十幾個花樣，賣得好的那幾款也多進了些，妳們看，這種纏花簪子是青州新流行的，就和真花似的，我也多要了些；還有胭脂水粉，上回要的少，這次也按照賣得好的幾款多要了，口脂顏色更豐富；還買了一本花鈿樣本子，咱們可以自己照著做。」

沈澤秋有了上次的經驗，這回選貨的眼光更好了，款式豐富、花樣多，安寧很滿意。只是如今貨進得越多，大家越感覺到頭疼，賣不出去怎辦呢？

「蓮香，去拿上回買的水紋紙來，再拿兩支筆，咱們給老客戶寫請柬，邀請她們明日來店裡看新貨。」安寧琢磨了一下，自家花大力氣澄清謠言，在外人眼裡就會變成了狡辯，不如用另一種法子澄清，便是邀老客上門。能成為老客的都是家境殷實的富裕人家，只要她們肯來，謠言便會不攻自破。

何慧芳心裡還是有點虛，這……人家會來嗎？不過也只能死馬當作活馬醫了。她點點頭道：「行，我幫著磨墨水吧！」

於是安寧和沈澤秋又像上回開業一樣，給所有的老顧客寫了一份請柬，邀請各位來看新貨。

蓮荷姊妹二人還細心地在每一封請柬上塗抹了一層好聞的香料，水紋紙質厚，對著光看還能看清紙中間的花紋，瞧上去已經十分高級，加上一抹若隱若現的香氣，更有幾絲高雅的味道。

第二日一早，沈澤秋便雇了輛車，帶著沈澤平一家一家地送請柬，一是帶他認人，二是熟悉桃花鎮的路。

沈澤平認山貨不在行，對這些倒是學得挺快的。

太陽緩緩升起，又迎來新的一日。

田夫人領著田雨濘一塊兒出了家門，街坊宋夫人和林夫人正在一塊兒說話，見到田氏母女二人，笑著打招呼。

「妳們上哪兒去呀？喲，雨濘今天塗的胭脂色真不賴！」

田夫人就愛聽這誇讚的話，心裡高興，停下來說：「這胭脂是在花街沈家買的，他家的東西好看！這不，昨兒送了帖子過來，說來新貨了，我們要去看看。」

宋夫人和林夫人也都收到了帖子，正猶豫要不要去。

宋夫人蹙著眉，有些怕。「外頭都說他家的東西用了爛臉。」

「聽說有個姑娘——」林夫人也搭腔，但被田夫人搶白了。

「有個姑娘爛了臉，被婆家退親了，是不是？我早聽說了。」田夫人勾唇笑了笑。「那姑娘如今在哪兒？是哪家人？妳們知道嗎？」田夫人為人比較精明，一開始聽到這個傳言時也嚇了一跳，後來一琢磨，不就是同行打壓同行的小把戲嘛！嗨，老套路了。「妳們不去，我們可先走了。」田夫人帶上女兒，甩了甩帕子走了。

宋夫人和林夫人在後頭面面相覷，一想田夫人都去了，她們還怕啥？就算不買胭脂水粉，挑選幾支簪子也好啊，沈家那些花簪子可好看了。「走走走，咱們也一塊兒去！」

石榴樹上的小鳥雀嘰嘰喳喳，沈家脂粉鋪也又熱鬧了起來。牆上的美人巧笑嫣然，幾簇新鮮的桂花、鳳仙花插在花瓶裡，擺在櫃檯和角落，更添幾抹自然的香氣。

新上的簪子、胭脂琳琅滿目，胭脂水粉一盒盒整齊的擺放著，安寧和蓮荷姊妹兩個妝容精緻，打扮得乾淨俐落，笑著迎接登門的客人。

安寧月分大了，已經很少幫客人化妝挽髮，就負責介紹新品。

田夫人就愛挑貴氣的東西買，新到的兩支珊瑚簪子紅彤彤的顯貴氣，被她包了。

田雨濘挑了兩支淡藍的陶瓷簪，田夫人嫌素淨，不過她女兒就適合恬淡的裝扮，田夫人一時沈吟了。

「這一對陶瓷簪子很襯田小姐的氣質，到時候戴上珍珠耳墜做飾，既仙氣又顯貴氣。」安寧在旁邊笑著道。

沒錯，用珍珠壓一壓，就把身分抬起來了！田夫人笑說：「說的不錯，也包起來吧！」

一些路過的客人見此情景，也把那些無根的謠言拋到了腦後，鎮上的這些富家太太們都不怕了，她們還在意什麼呢？

葉掌櫃到了下午才知道，沈家新貨一上，便又顧客盈門了。

「掌櫃的，要不咱們也去上新貨？」帳房先生提議道。

想要上好的新貨，非去一趟青州不可，縣城裡的也就那幾樣舊貨，但葉掌櫃想想不妥，去一次青州受苦受累不說，來回得十來天，到時候黃花菜都涼了。

「我出去一趟！」葉掌櫃甩甩袖子，直奔茶樓。

不一會兒，韓瘸子來了，蹺著一條腿坐下，喝了口茶，嫌棄地說：「怎麼又是茶？不來點能墊肚子的？」說完拍了拍桌子，把店小二召喚來。「鹽焗雞來一隻，蝦餃要一份，還有那滷牛肉、鵪鶉蛋和酒也各來一份！」

葉掌櫃呼出兩口粗氣。「你上回的事沒辦好！沈家生意又起來了！」

「呵，葉掌櫃，你說錯了！」韓瘸子歪嘴笑了笑。「前幾日沈家一個客人都沒有，你也看見了吧？這就是我的功勞！」店小二先把鹽焗的鵪鶉蛋端了上來，韓瘸子一邊剝蛋吃，一邊往外吐沒剝乾淨的殼。「這傳言剛出來時肯定新鮮，久了沒效果也很正常啊！我不能保你祖宗十八代，幾百年下去還有效吧？」

葉掌櫃蹙起眉，被韓瘸子的這副德行氣得夠嗆。

這時候店小二把所有的菜都送了上來，還有一盅酒，韓瘸子嬉皮笑臉地給葉掌櫃倒了一杯。「我這人就這德行，嘿，別生氣！」說完自顧自地拿起酒杯和葉掌櫃碰了杯。「只要錢給得到位，我能來點更狠的。」

說白了，就是嫌棄錢沒給夠！小癟三、臭瘸子，貪心不足！葉掌櫃在心裡罵了一頓後，從荷包裡摸出一錠銀子，放在桌上。

韓瘸子樂顛顛地收下，拿起支雞腿大口啃，吃得滿嘴流油，口齒不清地說：「等著瞧好戲吧！」

有。

七月二十七，距離李遊去清源縣已經快半個月了，他仍是一點要回桃花鎮的信息都沒有。

外頭傳言沸沸揚揚，都說是李遊剿匪搶了上面的功勞，被魏大人挑毛病給撤了。

胡雪琴懸了好幾日的心，有些懨懨不樂。

胡掌櫃和胡娘子都安慰她。「再等等吧。」

胡雪琴心裡很焦躁，還坐船去了清源縣一次，可惜她一個商戶人家，去了衙門口也沒能探聽到什麼。

這日，清水口終於來了艘官船，李遊穿著綠色官袍，戴著烏紗帽下了船，衙差牽了馬過來，他翻身上馬，直奔衙門去了。

「李大人回來了！」

「真的是李大人！原來他沒事啊！」

路上的百姓一眼就認出了他，紛紛交頭接耳。

半月未歸，衙門裡頭一定積攢了數不清的公務，李遊策馬疾馳，繞了人少稍遠的小路回衙門，急著回去處理。

楊筱玥今日去找了林宛一塊兒下棋，林宛馬上就要啟程去青州了。現在她正坐馬車回家，手裡捧著林宛送她的小香包。

「大路上擁擠，往小路回家吧。」楊筱玥對車夫吩咐道。

一個拐角，他們的車和李遊的馬剛好碰了個面，兩匹馬抬蹄嘶鳴。

李遊勒緊韁繩，控制好了受驚的馬。

而楊筱玥坐的車卻是一個顛簸，她整個人往前一顛，手裡的小香包咕嚕嚕地滾了出來，飛出去老遠，驚叫了一聲。「啊——」

李遊翻身下馬，擔心地問道：「沒事吧？可受了傷？」

楊筱玥被顛得頭暈眼花，簪子也歪了，根本沒聽清楚李遊的話，她一把掀開車簾，想看看是哪個冒失的傢伙？嗯？是他？楊筱玥眨了眨眼睛，呆住了。

李遊把地上的小香包撿起來，拍了拍灰，然後走近幾步遞給楊筱玥，再問了一遍。「楊小姐，對不起，今日是我冒失，妳可有受傷？」

「沒有。」楊筱玥忙搖頭，然後簪子上的珠花啪的一聲掉了下來。她撿起來，苦著臉，這是她最喜歡的一支簪子呢！「只是簪子碰壞了，但不打緊。」說完伸出手接過了小香包。

她的表情瞧上去明明心疼得不行，嘴上卻故作大度，李遊不免在心中莞爾。「抱歉，弄壞了楊小姐的心愛之物，我會盡力賠償。」

「不必了、不必了，我不缺錢！呃……」一說完，楊筱玥就恨不得咬掉自己的舌頭。她想到了元宵節那日在李遊面前故意炫耀有錢的舉動，趕緊又補了一句。「我是說，這簪子不貴。」

「楊小姐，這是我該賠的。今日有公務在身，先行一步了。」李遊頷首，帶著淺笑。

楊筱玥咬著唇，頓了頓，臉已經開始發熱了。「嗯，李大人忙去吧。」

聽說李遊安然無恙的回來了，沈澤秋一家都很高興。

何慧芳樂滋滋地說：「安寧嘴真靈，說沒事準沒事！李大人平平安安的回來了！」

安寧微微一笑，暗自想，李遊這次去縣衙應該也是在險灘上走了一遭，按理該有一頓接風宴，便對何慧芳說：「娘，李大人回來了，咱們做幾個好菜給他送去吧？算是咱們的一份心意。」李遊對他們家很不錯，李遊又沒家人在桃花鎮，他們該盡這份心。

「這主意好！」何慧芳覺得不錯，不過今天有些晚了，去菜市場買不到新鮮菜，明兒再去買，一定給李遊備上一桌接風的好酒好菜！

沒料到，第二日一早，李遊居然親自登門了。

李遊無事不登三寶殿，他來都是有正經事，沈澤秋遂疾走幾步迎上去。「李大人快坐，今日來有什麼事？」

安寧也扶著腰，從櫃檯後走出來，關切地看著李遊。

「我想看看簪子。」李遊道。

安寧和沈澤秋一時驚呆了，無論如何都沒想到他會這樣回答。

不過安寧淺淺一笑，倒是鬆了口氣。「大人來得巧，前幾日店裡剛上了新貨。」

李遊背著手，一款一款地掃過去，尋見材質造型與楊筱玥那支相似的，終於鬆了口氣，拿在手上端詳。

「李大人好眼光，這是支琉璃簪子，上頭鑲嵌的是白玉珠，店裡唯這一支，大人喜歡？」

李遊微微頷首，他想買一支差不多的賠給楊筱玥，小姑娘那麼心疼那支簪子，回家肯定哭鼻子了。

「八兩八銀子如何？」安寧報了個低價。其實這簪子進價便到了九兩，若要往外賣給他人，至少要收十五兩銀子。安寧邊說邊笑，故意不給李遊「我賣便宜了」的感覺。

可李遊雖不懂女子首飾的行情，玉珠的品質和琉璃的精緻他還是看得懂，肅然道：「你們做生意就是吃這份飯，該收多少便收多少，不要客氣。」

「是。」安寧點頭，取來一個木盒將簪子裝好。「十二兩，李大人不准再講價了。」

何慧芳起了個大早，天才矇矇亮就去外頭買菜了，新鮮的五花肉、豬腰子、肥美的小母雞，還提著一條鯉魚，準備好好大展拳腳。

沈澤平和她一塊去逛了菜市場，幫她提著菜籃子。

逛完了回來，何慧芳出了一身汗，沈澤平倒是蹦蹦跳跳的，何慧芳走在後頭用帕子搧著風，一步跨進鋪子裡。

沈澤平不認得李遊，提著籃子直接往內院去了。「蓮香——」他對蓮香招手，兩個孩子年紀差沒幾個月，倒是能說到一起，沒幾日就混熟了。

蓮香提著裙襬向沈澤平跑過去。

沈澤平樂得露出兩排白牙，掏出幾塊芝麻糖。「給妳，剛在菜市場買的，妳嚐嚐甜不甜？」

「好嘞！」蓮香掰了一塊放在嘴裡，眨著眼睛嚼了幾下。

沈澤平瞪大眼睛盯著她看。「好吃嗎？」

「張嘴。」蓮香掰下一塊，塞到了沈澤平的嘴裡。「你覺得好吃不？」

沈澤平笑起來，露出一顆有一點點歪的虎牙。「好吃！」

「我也覺得好吃！」蓮香把剩下的芝麻糖分成兩份裝到了兩個小荷包裡，一邊裝一邊說：「這是我用零頭布做的零食袋子，專門裝零食的，給你一個，不准混裝其他東西，知道嗎？」蓮香自己的是粉色，沈澤平的是黑色。

沈澤平接過來，掛在腰間，點頭說：「知道了。」

外面何慧芳驚喜地看著李遊。「哎喲，李大人怎來了？我們正準備做一桌接風宴給你送去呢！」

李遊有幾分驚詫，連忙推辭。「不必了，太客氣了！」

「欸，這不是客氣，是咱們的風俗嘛！接風洗塵，一路順遂。」沈澤秋勸道。

李遊心中有些感慨，便不再推辭了，坦然道：「那就恭敬不如從命了。不過送去衙門太繁瑣了，晚上就在你們這兒用吧。」

「那更好了！」何慧芳喜孜孜的。

李遊回了衙門，到了晚上再上沈家用飯。這兩輪來來回回，周圍不少人都瞧見了。最犯嘀咕的當數桂婆婆了，她恨自己嘴快，那天和何慧芳說了幾句不該說的混帳話，這要是被何慧芳做傳話筒，落到了李大人的耳朵裡，那她兒子還有好果子吃嗎？只怕差事都要丟了！

桂婆婆急得一日沒有睡，第二天一早提著個籃子就往沈家鋪子裡來了，滿是皺紋的臉上硬是擠出個笑。「沈娘子、沈掌櫃，你們早呀！哎喲，昨日家裡做了小窩頭，拿點來給你們嚐嚐！」

「不用了，自己留著吧！」何慧芳在裡頭聽見了，一個箭步衝出來，冷著臉說道。

桂婆婆笑得有些訕訕的。「咱們是街坊鄰居，妳別見外啊！窩窩頭而已，不是啥值錢的東西，收下吧！」

對於桂婆婆這種人，何慧芳早就看透了，平白無故絕不會獻殷勤，這種人吶，再裝可憐她也不會給好臉的！「直說吧，有啥事？」何慧芳沒什麼好氣地問道。

桂婆婆嚥了下口水。「我之前說了些亂七八糟的話，都是在外頭聽別人瞎說八道傳的，可不是我的意思，妳千萬別誤會，也不須往李大人面前傳吶！」桂婆婆瞪大了眼睛，語氣一變，又忿忿的，咬牙切齒地罵道：「都怪那個賣豆腐的，天天在我耳邊說混帳話，我就是被她給迷惑了！哎喲喲，我可欽佩咱們李大人啦……」

「呵！」何慧芳抱胸冷眼看著桂婆婆睜著眼睛胡說八道，不耐煩地揮了揮手。「行了，聽明白了，回去吧。李大人不會同妳一般見識的，我也不是那愛背地裡愛編排人的。不過妳下次再敢胡說，我就不客氣了！」何慧芳冷冷一哼，轉身走了。

桂婆婆左右四顧，見沒什麼人看，提著窩窩頭，灰溜溜的走了。

「掌櫃的，昨天一共賣出去八盒胭脂水粉，掙了一兩銀子多一點，攤下來還不夠夥計們的工錢吶！」大早上的，葉家帳房來給葉掌櫃報前一日的帳。連續好幾天了，鋪子裡的生意都十分的慘澹。

葉掌櫃氣得摔了帳本，怒氣沖沖地說：「一個個都不中用！廢物！養著你們個個吃乾飯的？」罵完了、出夠了氣，葉掌櫃徑直出了門。

葉掌櫃好不容易才在宜春樓堵住了韓癟子。

「姓韓的，你最近都躲著我，是不是？你不能光拿錢不辦事啊！」葉掌櫃氣得揪住了韓癟子的衣領，把房間裡的兩位姑娘嚇得戰戰兢兢的。

韓癟子的混帳勁頭瞬間就上來了，尤其是在姑娘面前，他更不能丟臉，於是把歪眉一挑，咬著牙說：「喲，葉掌櫃，你衝我發什麼邪火？有話不懂好好說是吧？」

「妳們都出去。」葉掌櫃冷靜了一些，將屋子裡的兩位姑娘趕了出去，把門關上後長嘆了一口氣，往凳子上重重一坐。「韓老弟！我等不起了，你這厲害手段要早些使出來啊！」

「唉──」

韓瘸子把那條傷腿架在凳子上，拍了拍葉掌櫃的肩膀。「我已經從外地找了個姑娘，那張臉，嘖嘖，是真的不能看，全是膿包，嗐，瞧上一眼得作十天的噩夢呢！」

「你是想？」葉掌櫃眼睛一亮，來了精神。

韓瘸子嘿嘿獰笑幾聲，點了點頭，摸了摸下巴上的鬍茬，蹙起眉，做了個數錢的手勢。

「這一套戲唱下來，葉掌櫃，你還得給賞錢，好角色出場很貴的。」

錢錢錢，又要錢！葉掌櫃心裡不痛快，對韓瘸子這種隔三差五就要錢的做派很厭惡。瘸三就是瘸三，不講規矩！他深吸兩口氣，摸出一錠銀子放在桌上。

韓瘸子瞄了眼，撇嘴露出幾絲嫌棄的意味。

「葉掌櫃，這點錢不夠。人家姑娘住店、吃飯我都得掏錢，來往的車馬費也要算裡頭，你不能光催馬兒跑，不叫馬兒吃草，忒摳了啊！」

葉掌櫃只好又摸出一錠銀子。「二十兩銀子，夠頓頓吃肉了吧？」

「夠！」韓瘸子笑笑，一把揣到了懷裡。

八月馬上就到了，早晚已有幾分微微的涼爽，何慧芳已經開始曬秋季的被子了，也把放了大半年的厚衣翻出來洗洗曬曬，過不了多久，就得穿上身。

院子裡曬滿了衣裳，再有兩個多月，安寧就要生了，何慧芳和趙大媽一塊兒坐在牆角下，做著小娃娃玩的布老虎、兔子。

趙大媽和何慧芳閒聊天。「哎喲，別看有些人孩子生得多，結果沒有一個孝順的，就拿我們村姓韓的一戶人家來說吧，生了七個兒子，個頂個的壞，尤其是老么，去年老母親過世都不回去！妳說說，天底下哪有這種人？」

「喲，那可真是一點良心都沒有呢！」何慧芳聽著都覺得來氣，為那老母親感到不值當。

趙大媽幫孫女紮小辮，邊說邊點頭。「那韓老么還有個諢號，叫做韓瘸子，年輕時和人打架被敲斷了腿，前兩日我還在鎮上看見了他，整個人還是吊兒郎當的，我看沒救咯！」

前頭鋪子裡，楊夫人帶著女兒楊筱玥一塊兒來逛。秋季就要到了，中秋節夜晚也要玩花燈，雖不及元宵熱鬧，只是玩得好的幾家私下辦，但楊夫人也早早就幫女兒準備起行頭來。楊筱玥已經滿十五了，說親擇婿的事該提上日程咯！

「娘，我想要兩身衣裳，這榴花紅的我喜歡，青雪色這塊我也喜歡。」楊筱玥捧著兩塊料子糾結，最後選擇全都要。

楊夫人點了點頭，答應了，又叫她去挑胭脂和簪子。

「這兩支纏花簪的顏色和新衣正搭，包起來吧！」楊筱玥拿起簪子在鬢髮邊比劃一下，滿意地說道。

安寧點頭，又拿起一支珍珠簪子想向楊筱玥介紹，一扭頭看見了楊筱玥鬢髮間的琉璃玉珠簪，正是李遊所買的那一支。她微微一愣神，有幾分意外，李遊竟然特意買簪子贈與楊筱玥？

「咦，這支珍珠簪子也好看！」楊筱玥倒沒覺察出什麼，接過安寧手中的簪子道。

安寧回過神，只當作什麼都不知道。「我幫楊小姐簪上試一試吧？」

這事後來安寧又告訴了何慧芳，何慧芳還以為胡雪琴要和李遊成一對了呢，沒想到又算錯了。「我啊，沒一點說媒的氣運。嗐，幸好沒亂點鴛鴦譜！」好幾次她還想向胡家打聽來著，幸好沒開那句口唷！

八月的生意明顯比七月好許多，新進的款式受到了很多人的追捧，一天光是胭脂水粉就能賣出去幾十盒，加上要換季了，又有很多人訂做新衣裳，照這勢頭下去，年底就能把欠款一下子還清了。

只是，沈澤秋過了中秋節又得往青州跑了。

安寧現在睡覺得在腿下墊著枕頭，不然肚子和腰不舒服，還會頻繁的變姿勢，所以沈澤秋特地搬了一張羅漢小床置在床前，晚上他睡小床，安寧一個人睡大床。

「澤秋哥，參加雲裳閣比賽的花樣子我已經畫好了，用月白的紗料和雪色的綢緞做曳地裙，再請好的繡娘在裙襬上繡上曇花，用鴉羽裝飾闊袖，一定很好看。」

沈澤秋正在給安寧捏小腿，月分大了以後，她偶爾會抽筋，沈大夫說多按摩一下會緩解許多。「嗯，妳設計的一定沒有錯。」沈澤秋力度不大不小的揉按著安寧的腿，溫聲道。

「過來。」安寧柔柔一笑，展開雙臂。

等沈澤秋俯身靠過來，她輕輕抱住了他。「我想拿頭名。」

沈澤秋用鼻尖蹭了蹭她的脖子，笑道：「才發現妳好勝心這麼強。」

「不對。」安寧搖搖頭。「我是喜歡金子。」

涼爽的夜風從窗外飄進來，吹得床幔徐徐飄舞。

「我也喜歡，但最喜歡的是妳……」

葉掌櫃基本上日日都叫帳房去打聽花街沈家的情況，一聽就要發脾氣，急得嘴裡都長泡了，可韓瘸子那邊還是一點消息都沒有。好不容易捺著性子等了五、六天，眼看著中秋都到了，還是沒動靜，他急了，再次找到了韓瘸子。

韓瘸子剛在賭場輸了一波錢，懷疑對家姓李的小子出老千，和人家打了一架，把姓李的牙都給打掉了一顆，可那小子死不承認出老千，仗著腿腳快跑了。

賭場老闆看在韓瘸子的「名聲」上，給了他二兩碎銀，韓瘸子揣著銀子去宜春樓喝花酒，又因為欠了幾頓酒錢沒給，叫周海命人扔了出來。

他正鬱悶著呢，現在葉掌櫃來找他，心裡頭更是騰起一股子無名火。

「韓老弟，你前前後後在我這裡拿了好幾十兩銀子了，你不能這麼糊弄我啊！你老實和我說，那個爛臉的姑娘住在哪兒？不需你安排，我自己弄！」葉掌櫃實在是等不起了，語氣急躁，見韓瘸子就像沒聽見似的不搭茬，只顧著喝酒，不禁也一股火冒上心頭，一把奪下他的酒杯。「姓韓的！請不動你這尊大佛，我自己唱戲！把那爛臉的姑娘交出來，我自己安排！」

「操！你算哪根蔥，敢動老子？」韓瘸子砸碎了酒壺，指著葉掌櫃的鼻子破口大罵。

「你也配！」

葉掌櫃驚呆了，韓瘸子現在和個瘋子似的沒兩樣，眼睛瞪得像年畫中的刑天，牙齒咬得咯吱作響，好像隨時要揪住他暴揍一頓。

「實話告訴你，沒什麼爛臉的姑娘！」韓瘸子剛才還像個怒目金剛似的，現在又歪嘴笑，露出兩排又歪又黃的牙齒。「老子就騙你了，怎麼著？」

讓韓瘸子找幾個混混在街頭巷尾傳點謠言簡單，真要他找人去沈家門前哭天搶地的訛人，他才不幹哩，搞不好要蹲牢房的！所以從第二次開始，他就沒想過要幫葉掌櫃「做事」，什麼來點狠的、從外地找人，全是他胡編亂造的。

葉掌櫃氣極了，看韓癟子這樣，錢估計也討不回了，於是甩袖子就要走人。

「慢著！」韓癟子一把揪住他的後脖頸。「還沒給我錢，就想走？」

葉掌櫃被掐得直咧嘴，姿勢彆扭地縮著脖子，一邊費力地掰韓癟子的手，一邊怒氣沖沖地說：「事都沒辦，還敢要錢？」

「這是封口費！」韓癟子冷冷一哼。「給錢，你傳謠的事便你知我知；不給，老子把你宣揚得滿鎮子的人都知道！你信不信？到時候大家罵你道貌岸然，當面一套、背面一套，你可別怪我沒給你機會啊！」

中秋節是闔家團圓的日子，到了八月十四，大部分鋪子都關了門，要回老家過節哩。

毛毛捎了信來，說中秋貨棧給他們這些學徒告三日假，從八月十四放到八月十六。沈澤秋和安寧原打算十四日一早就回沈家村，為了毛毛多等了半日，待中午毛毛坐船從濱沅鎮回到桃花鎮後，他們再一塊兒雇車回村。

村子裡，王桂香已經往村口走了好幾趟，等到了下午也沒見三房一家回來，不禁和沈澤石嘀咕起來。「澤秋一家子不回來過中秋了嗎？我看縣裡的桂生都回來了呢！」

盼吶盼，終於在下午看到一輛馬車進村了，王桂香喜孜孜地奔過去，老遠就招手了。

「小嬸娘！哎喲，你們回來過節啦！」說完三兩步走過去，主動幫忙提東西回家。

家裡許久沒住人，都積了灰，王桂香還要主動找抹布幫忙擦凳子，何慧芳忙攔住她。

「不急、不急！」她還要領著澤平去二嫂家一趟呢！沈澤平從濱沅鎮錢掌櫃那兒回來，如今在自家幫忙的事，他們還沒和二嫂一家打過招呼呢！

王桂香「欸」了幾聲，連連點頭，等何慧芳領著沈澤平出去，她也跟著。「待會兒去我家裡吃飯吧？早上割了肉，有好菜呢！」

何慧芳沒應，光想著領澤平回家。

王桂香被無視了卻不惱也不氣，逕自跟著何慧芳一直到了二房家裡頭。

反正是一家人，何慧芳沒多想，王桂香愛待就待著唄！見到二伯沈有祿和二嫂吳小娟以後，寒暄沒幾句，她就把沈澤平去她家幫忙的事說了。

二嫂吳小娟聽說收山貨經常要往深山老林裡跑，本就有些心疼兒子，現在去三房家幫忙，一來是親戚，二來日子沒那麼苦，自是開心，點頭說太好了。

王桂香在旁邊一聽，心裡後悔死了，直怪上次去鎮上，唐菊萍不幫她和何慧芳說，看看，叫沈澤平占便宜了！明明她也可以去鋪子裡幫忙的！真氣人！

「桂香？桂香啊……」

吳小娟一連叫了王桂香好幾次，一直在心裡罵人的王桂香才回過神來。

「回家說一聲，今天晚上到我家吃飯，你們都要來啊！」吳小娟說道。

王桂香會變臉，一下子就笑了，脆生生地應道：「那太好了，我這就回去告訴他們，咱們吃團圓飯哩！」

二嫂吳小娟晚上擺這桌席，主要是為了感謝三房對沈澤平的照顧。

三家人加起來足足有二、三十口人，在院裡擺有兩桌。十四的月亮雖然還缺一塊，但也皎潔無瑕，銀霜般的月光灑向大地，伴隨著幽涼的夜風，有股愜意。

小孩子們吃完了飯後，大的帶小的，小的做跟屁蟲，一起在路邊草叢裡捉蛐蛐，玩得不亦樂乎。

大人們搬幾張長凳到院子裡，搖著蒲扇，乘涼聊天。

「澤平，你在鎮上要聽你嬸娘、你哥還有你嫂子的話，曉得不？」二嫂吳小娟用蒲扇輕點了沈澤平一下，吩咐著。

「曉得、曉得！」沈澤平連連點頭，咧著嘴直笑。

吳小娟望著兒子，心裡挺歡喜的，不過這小兒子讓人最不省心。「慧芳，澤平要是不聽話，要打要罵，你們儘管招呼。俗話說得好哇，樹不修不成材，兒不育不成人！」

「欸，澤平聽話著嘞，妳放一萬個心吧！」何慧芳對沈澤平很滿意，這句誇讚一點客套的成分都沒有。

下午她私下和二嫂說好了，澤平的工錢給六百文一個月，等熟悉後上手了，再往上提，其中五百文直接給二嫂，剩下一百文讓澤平自己規劃。

王桂香挨著何慧芳坐，把剛才的話聽在心裡。

沈澤平一個小孩都能幹的事，她自然也能做好哩，於是半開玩笑、半認真地開口了。「小嬸娘，妳看我怎樣？」

何慧芳看了看滿臉期待的王桂香。「啥怎樣？」

「我能去鋪子裡幫忙不？」王桂香問。

「哈哈哈……」吳小娟在一邊聽著，只當王桂香是在開玩笑，笑得她直不起腰。「桂香，妳娃兒還沒斷奶呢，妳捨得？」

王桂香抿了抿唇，眨著眼睛說：「我可以抱著娃兒一塊去嘛！」

上次她去鋪子裡的時候，見夥計們都挺閒的，並沒有什麼事做，想來就是站一站，來客人了搭幾句嘴罷了，沒啥難的，她帶著孩子也能做。再說了，以後可以把澤石也弄過去嘛！

何慧芳呵呵笑了兩聲，雖然二嫂吳小娟當作一個玩笑看，但她卻覺得王桂香有點認真。開玩笑呢，讓桂香抱著孩子上鋪子裡做幫工，先不說大嫂同不同意，王桂香一不懂裁剪，二不會挽髮、描妝，去了也不頂用。

「哎喲，桂香，不說笑了！時間不早哩，早點睡吧！」何慧芳說完站起身。「我也回去睡覺咯！」

王桂香不甘心，也跟著出來了，小跑兩步追上何慧芳。「小嬸娘，您別當我說笑呀，我認真著呢！」

何慧芳在心裡嘆了句：怕就是妳認真啊！

「桂香，既然妳說的是真的，那我也同妳認真講，俺家那鋪子人手夠啦！再說了，鋪子裡做活計也累得很，忙的時候腳不沾地，閒了又怕收入少。妳呀，安心把娃娃照顧好，啊？我回去啦，妳也回家吧！」說完，何慧芳頭也不回地走了。

王桂香心裡生氣，憑啥澤平能去，她就去不得？三房這是明擺著偏心眼嘛！

她一口氣跑回了家，砰的一聲甩上門，將臉埋在被子上大哭起來。

沈澤石忙推門進來看，關切地問：「桂香，妳怎了？」

「澤石，你過來，我有話要和你說！」王桂香用手背抹著眼淚，準備把剛才的委屈好好說說。「剛才……」

八月十五的團圓飯在大房家裡吃。

一大早，女眷們就開始準備起飯菜席面。沈澤平和毛毛帶著幾個小姪子、小姪女去摘柚子，留著晚上插柚香用。

等摘完了回來路過大榕樹，見劉春華正領著么兒在樹下一塊兒耍。

么兒在文童生那兒讀了半年，現在已經會背《三字經》、《百家姓》，還會唸詩，劉春華可高興了，趁著私塾過節放假，拉著么兒在人前顯擺。

「么兒，那《三字經》怎麼背來著？」劉春華抱著手，神采奕奕地說。

么兒站起來，揹著手開始背。「人之初，性本善，性相近，習相遠……」

唐小荷看著姪子背書，忍不住有種與有榮焉的感覺，樂滋滋的直拍馬屁。「哎喲，咱們么兒出息啦，背得真好！」說完，看見沈澤平和毛毛帶著一堆小孩兒走來，故意提高嗓門奚落道：「嘖嘖，不像有的孩子啊，啥都不懂，以後也是個沒出息的！」

沈澤平聽見了，朝她們走去。「春華嬸、小荷嬸，妳們在聊啥呢？」

唐小荷下巴一抬，驕傲地說：「聽咱么兒背書哩！《三字經》，你懂不？」

「喲，么兒能背全不？」沈澤平沒理唐小荷的陰陽怪氣，直接問么兒。

這麼多人看著，么兒哪裡敢說不會？只能點了點頭。

劉春華在邊上催促道：「么兒，背給他們聽。」

「人之初……一而十，十而百，百而千，千而萬。萬……萬……」么兒背到一小半就卡住了，《三字經》全文有一千多字，他根本背不下來！

沈澤平呵呵一笑。「下句是，三才者，天地人，三光者，日月星。」

在貨棧做學徒那幾個月，什麼《三字經》、《千字文》，沈澤平早背得滾瓜爛熟了，不僅要會背，還要背得快，錢掌櫃要檢查的呢！么兒才這點本事，她們就敢這麼炫耀？

沈澤平拍了拍么兒的肩膀。「么兒學得不精，還要努力呀！」

說完帶著毛毛和一堆小孩，捧著柚子回家了。剛才大家還直誇么兒長本事了，被沈澤平鬧了這麼一齣後，大家都在心裡覺得，這也算不上啥嘛！澤平去外頭待了半年，就能背得比么兒還好呢！

劉春華臉上掛不住了，滿臉怒氣地拉著么兒回家。

「澤平哥，我看么兒考不上功名的。」一路上，毛毛仰頭對沈澤平道。

沈澤平心裡也這麼覺得，順口問了句。「為啥？」

「他膽子太小了。」毛毛認真說。

沈澤平想到了在鋪子裡見到的李遊，像李大人那樣的才能做官哩！「你說得對。走，咱回家！」

到了晚上吃完飯，大人們端出月餅、蘋果、棗子等，在院子裡燒香祭拜嫦娥娘娘，之後把白天摘的柚子拿出來，用削尖了的小竹竿把柚子穿起來，在柚子上一根一根插上香，把香點燃後斜靠在房前屋後。

插柚香是清源縣這邊特有的風俗，據說可以保佑家裡的孩子身體健康，平安長大。

圓如玉盤的明月高懸，也把山間小路照得明晃晃的。

此時正是闔家團圓日，加上夜已經深了，山路小道上空蕩蕩的，只有秋娟一個人揹著小包袱在路上徘徊。

她在婆家待不住，想回娘家又怕劉春華埋怨她空著手回家，左右不是人，哪頭都不得安寧，眼看著月上中空，秋娟嘆了口氣，還是回了李家村去。

只盼李元喝多了酒，已經睡下，不要打人。

八月十六日一早，沈澤秋一家就回了城，王桂香躲在屋裡不肯出去送。

「咦，桂香怎沒來？」二嫂吳小娟有點納悶，隨口問了一嘴。昨日還笑盈盈的忙前跟後，今天是怎回事？

唐菊萍笑笑，圓場道：「在屋裡照顧孩子呢！」

沈家大房二媳婦周冬蘭才不管那麼多，冷哼一聲後小聲的嘀咕。「猴子撈月亮，撈不著炸毛了唄！」

「嘖！」唐菊萍瞪了周冬蘭一眼，扯了扯這不讓人省心的二兒媳婦一下。望著馬車走遠，一家子各回各家。

今日回鎮上的人多，車也密，等到了桃花鎮，已經到了晌午飯時間。坐了一早上的車，大家都挺累的。

何慧芳準備煮一大鍋麵條，一人煎一個雞蛋，吃頓簡單的晌午飯，然後去房裡歇晌，下午再開門做生意。

「娘，我先送毛毛去清水口坐船。」沈澤秋說道。

「欸，等會兒！」何慧芳把從家裡帶來的一些吃食分了一半給毛毛帶著。「毛毛，這是給錢掌櫃的，一些農貨不值錢，是咱們的心意。」說完了又到內院，包了一包糖餅出來。

「這是給你的。」

等何慧芳把麵下好，剛盛出來，沈澤秋也送完毛毛回來了。

一家人端著碗，各自坐在堂屋、灶房、院裡，把麵給吃完了。

沈澤平正是長身體的年紀，吃完了還要了一碗。

「走吧，咱們上樓歇歇。」何慧芳說道。

雖然到了秋日，秋老虎還是挺厲害的，尤其是白天的太陽，白燦燦、熱騰騰，知了在樹幹上沒完沒了的叫著。

屋裡就算開窗開門，也還是有股熱氣。

沈澤秋用棉帕沁了水，將涼席擦了兩遍，才叫安寧躺上去。

「涼快了不？」沈澤秋把門掩上，開了窗，脫了外衣，打著赤膊躺在邊上。

安寧躺在裡側，一邊搖扇子，一邊點頭。「好多了。」

沈澤秋拿著一把大蒲扇也在搧風，但有一半風都落在安寧那頭。為了不熱著安寧，沈澤秋特意貼著床沿躺，給安寧讓出了一大半的空間，就這樣還生怕不夠。「要不我把羅漢床搬出來吧？」

「別麻煩了，就歇半個時辰而已，你躺在這兒吧，我不擠。」安寧柔柔一笑，摸了摸圓滾滾的肚子，接著道：「參加雲裳閣比賽的衣裳已經裁剪好了，只有一件事，繡娘還沒找到好的。」

沈澤秋摸了摸安寧的手，寬慰道：「別想了，先睡吧。明兒我再出去打聽打聽，看鎮上有沒有什麼好的繡娘。」

「嗯。」安寧是真累了，不一會兒便睡熟了。

「去去去，你怎麼又來了？上午不是給過你吃的了嗎？」

蓮荷揮著手去趕站在門口的兩個叫花子，又煩又嫌棄。最近不知道怎麼了，總有些叫花子組隊上門討錢，不給就不走，躺在門口撒潑打滾，身上臭烘烘的，蝨子到處跳，把客人噁心得都不想上門了。

一開始安寧和何慧芳還可憐他們，給一、兩文錢讓他們買饅頭吃，或者給家裡的剩菜剩飯。但次數多了，安寧便瞧出了不對勁。這些叫花子來得蹊蹺，別人家的鋪子從來不去，光往自家門前來，恐怕又是誰在背後搞鬼哩！

何慧芳說了，若叫花子再來討錢，她絕不再給一文錢、一粒米，她的嘴巴毒，有她在，叫花子們不敢來，結果今天她不在，這些人又來賣慘了。

「上午吃了，一泡屎屙出去，就又餓啦！」

「小娘子行行好，菩薩保佑妳大富大貴，賞俺們一口吃的吧！」

蓮荷氣得臉都紅了，拿起門邊的掃帚要趕他們走。

可這些人欺軟怕硬，根本不怕，反而把蓮荷的掃帚給抱在懷裡，提高嗓門怒道：「小娘子妳不能這麼冷心硬腸啊！」

「行了，給！」蓮香出來了，拿了幾個粗麵饅頭給叫花子。「快走吧！」

打發走了這堆蝗蟲似的叫花子後，蓮荷鬆了口氣，而後又蹙眉說：「沈老太太講了，這夥人不懷好意，不能慣著。」

蓮香捏了捏姊姊的肩膀。「可咱們沒老太太那張利嘴啊！」

沈澤平踮腳看著那些叫花子往街口走了，攥拳想了想，說：「我跟過去瞧瞧。」他今天非要看看是誰在背後指使？

「欸，那你小心點啊！」蓮香叮嚀道。

今日沈澤秋和安寧都不在鋪子裡。原來沈澤秋聽說鎮子外頭有一位從青州大布坊回來的繡娘，手藝特別好，繡出來的東西栩栩如生，只是性子古怪，寧願在家吃糠嚥菜，繡些東西自己玩，也不肯出來幫別人幹活。

安寧太想找一位好的繡娘了，因此想親自登門去瞧瞧。

這位繡娘，大家都叫她徐阿嬤，就住在鎮外那片竹林後頭。

「徐阿嬤，您在家嗎？」

沈澤秋扶著安寧的胳膊，一塊兒踩著厚厚的竹葉，往竹林裡頭走了幾十步，不一會兒就看到了徐阿嬤住的房子，一間破破爛爛的小竹屋，屋子臺階上臥著一隻雪白的胖貓，見了人也不怕，懶洋洋地抬頭瞧了沈澤秋和安寧一眼，就繼續安逸的睡覺了。

「徐阿嬤，我們是花街上沈家布坊的，今日來拜訪您。」沈澤秋沒有聽見回應，和安寧又往前走了幾步，手裡拎著一個大食盒，是飯菜、酒水，要送給徐阿嬤吃的。

安寧也喚了幾聲，不知徐阿嬤今日是不是有事情出去了，並沒有看見她的人。不過，安寧卻被晾曬在枯竹堆上的幾塊手帕吸引了目光，走近一瞧。

雪白的帕子上繡著一簇簇盛開的梅花，紅得妖嬈，彷彿都能嗅見寒梅的香味。

還有一塊帕子上繡著睡臥的美人，也別有一番風味。

安寧都快挪不開目光了，這位徐阿嬤的手藝也太好了！

「你們是做什麼的！」這時，一個五十來歲、穿著一身藍布衣裳的老婦從竹林後頭出來，蹙著眉看沈澤秋和安寧。

安寧忙說明了來意，但話才講到一半，徐阿嬤就不耐煩地揮了揮手。

「你們走吧，我才不給俗人幹活！回去吧，東西也拿走。」

徐阿嬤把睡在臺階上的貓抱起來往屋子裡走，直接下了逐客令。

安寧一見那兩塊帕子就知道徐阿嬤是有真本事的人，還想再努力一下。「徐阿嬤，我把花樣子都帶來了，您瞧上一眼吧？」

「……好吧。」徐阿嬤看安寧堅持，鬆了口。其實她也不想浪費了自己的好手藝，只是來請她的人，品味都太差了，不是叫她繡什麼花開富貴，就是姹紫嫣紅的，俗到家了。

走入徐阿嬤的小竹屋，沒想到外面瞧著破爛，裡頭倒是極整潔乾淨的。

安寧拿出圖紙給徐阿嬤看，有衣裳做完以後的樣子，也有裙襬上曇花的細節，衣裳裙襬曳地，紗絹飄逸，極有意境。

徐阿嬤拿著圖細細看了很久。

安寧還真怕她不喜歡，仍要趕走他們。

「把食盒留下吧。」良久，徐阿嬤把圖還給安寧，淡淡地說。

安寧和沈澤秋都驚喜不已，徐阿嬤願意收下飯菜，是不是就表示答應幫她了？

「這裙子倒是好看，值得我出手。」徐阿嬤摸著膝上臥著的白貓，驕傲地說道。

安寧懸著的心終於定了下來。

等安寧和沈澤秋一回到鋪子裡，何慧芳立刻樂滋滋地說：「最近總指使叫花子上咱家搗亂的人，被揪出來啦！」

安寧和沈澤秋坐下來，一邊飲茶，一邊好奇地問：「是誰？」

「一個咱們想破頭都想不到的人！」何慧芳把沈澤平拉到了身邊。「是大葉街一位姓葉的掌櫃做的好事。澤平親眼瞅見了！」

原來葉掌櫃找韓瘸子打壓沈家不僅沒成，反而叫韓瘸子這癟三連騙帶嚇地訛走了幾十兩銀子，葉掌櫃心裡憋屈，遂悄悄找了一堆叫花子，成日到沈家鋪子前搗亂。

這點子把戲根本影響不了沈家的生意，葉掌櫃純粹是為了出口悶氣。

「安寧、澤秋，你們怎打算？」何慧芳問道。按照她的脾氣，她現在就想揪著那幾個叫花子上葉家門口對峙，撕破葉掌櫃那張偽善的臉皮，叫街坊鄰居都看看，這人模狗樣的掌櫃，背地裡有多陰險惡毒！

沈澤秋想了想，決定以牙還牙，明天也叫一堆叫花子敲著牛骨、唱著蓮花落，在葉家鋪子坐一上午，給葉掌櫃一個警告。

「我也是這樣想的，若他還執迷不悟，咱們就直接報官。」安寧說道。

何慧芳想想，可惜自己不能罵葉掌櫃一頓狠狠的出氣。算了，就按照安寧和澤秋的主意辦吧！

徐阿嬤隔日就來到了布坊裡，這位老阿嬤性子古怪，見人也不太愛說客套話。安寧給了她料子，徐阿嬤問好細節後，就抱著料子坐在鋪子裡先試手。

慶嫂和慧嬸子對這位徐阿嬤充滿了好奇，一來二去熟悉幾分後，三人也能搭上幾句話了。

這日慶嫂問：「徐阿嬤，聽說妳是從青州回來的啊，對不？」

徐阿嬤認真地用銀線繡著曇花的花瓣，聞言勾唇笑了笑，那姿態不像尋常老婦，竟有幾絲高門大院才有的矜貴儀態。她抿了抿嘴，道：「不是。」

慶嫂瞪大眼睛。「難道是從州府回來的？」

「問這麼多做什麼？」徐阿嬤說話不客氣，起身將試繡的花拿給安寧看。

只見雪色的綢緞上，一朵熠熠發光的曇花臥在上頭，美不勝收。

「真好看！就這樣繡。」安寧看了又看，簡直不敢相信自己的眼睛，這位徐阿嬤的繡技實在是出神入化。

徐阿嬤點頭。「行，我把布和線都拿回我的小屋，這活兒精細，需要三、四個月才能完工，可別催我啊！」

「我明白的。」安寧笑著道。

從那日以後，何慧芳一日三餐總要多做一份飯菜，到了飯點就叫澤平或者蓮香送去小屋給徐阿嬤吃。

——未完，待續，請看文創風939《牛轉窮苦》3（完）

2021年3月出版

針愛小神醫

文創風 932~934

不是溫阮要自誇，她醫術精湛，一手針灸之技更是使得出神入化，
偏偏她如今只是個孩子啊，這身本領太高強，擺明了是招人懷疑的，
幸好從小跟在鬼手神醫身邊，於是她靈機一動宣稱是老人家收的徒弟，
而且還是天分極高、師父本人都稱讚不已兼之相見恨晚型的那種高徒，
反正老神醫已然死無對證，一切都是她這個小神醫說了算啊！

活死人，肉白骨／迷央

她這是穿書了？而且還穿到了昨天才剛看過的一本小說裡？
欸……她是很慶幸自己沒穿成那個草菅人命、三觀不正的女主啦，
但成為一個因愛上男主導致全家被女主害死的砲灰小女配，是有比較好嗎？
照原書發展，因為她的關係，接下來她大哥會死掉、二哥會斷腿、三哥會毀容，
無論如何她都要力挽狂瀾、扭轉命運，不能邁向書中設定好的喪門星之路啊！
為了小命著想，溫阮打定主意要避開書中的男女主角，不與他們有交集，
無奈人算不如天算，她因同情心氾濫而救了許多人，引來女主注意，
甚至因同病相憐的緣故，救了本該英年早逝的砲灰男配墨逸辰，
她記得這位鎮國公世子驍勇善戰、用兵如神，是女主埋藏於心之人，
但，他啥時成了自己的未婚夫啊？還人盡皆知？這下女主還不恨透她？
她本想趁年輕時好好瞧瞧京都府各家的小公子們，看有無合她眼緣的，
誰知才提了一嘴，這位掛名未婚夫立即罵她胡鬧，說這些事不用考慮，
不是啊，他自己說了不娶她的，怎的還不許她相看人家？這太沒天理了吧？
算了，反正她目前既要醫不良於行的師兄，又要治太后外孫女臉上的疤及心疾，
姑且就先聽他的，不規劃終身大事了，她這是沒空，可不是怕了他喔！

2021年2月出版

金牌虎妻

文創風 927~929

左手生財，右手馴夫，
這穿越後的日子可有得忙了呀~~

婦唱夫隨，富貴花開／橘子汽水

唉，一朝穿越就直接當人妻，丈夫還是被踢出家門、靠收保護費度日的失寵庶子，
本性不壞，但打架鬧事如家常便飯，根本像她養過的哈士奇，一日不管便闖禍！
幸好丈夫喬勐天不怕地不怕，就怕惹她生氣傷心，還有她那根聞名鄉里的家法棍，
關起門來懂得跪算盤認錯，她就不跟他計較了，定把他調教成有出息的忠犬，
從此街頭一霸變成唯娘子是從的妻管嚴，她馭夫的名聲在平江可是響叮噹啊～～
接下來還有更重要的事得做——喬勐口袋空空，以前收的保護費還不夠養家呢！
眼看喬家不肯給金援，打算讓他們自生自滅，再不想辦法賺銀子就要餓肚子了。
幸好前世她是精通雙面繡的刺繡大師，又擅長廚藝，乾脆用這兩樣絕活來掙錢吧！
孰料她準備一展身手之際，喬勐無端捲入傷人官司，縣令盛怒將他抓進牢裡。
她的生財大計豈能少他出力，如今禍從天降，她該怎麼替他解圍才好……

筆上談心，紙裡存情／清棠

2021年2月出版

書中自有圓如玉

看著書上突然浮現的墨字，憑空出現，又慢慢消失，
雖說子不語怪力亂神，他仍是被這陡然出現的異相給驚住，
奇怪的是，除了他以外，旁人竟完全看不見，
日復一日，那歪七扭八的墨字就沒停過，簡直陰魂不散，
所以說，他這是碰上什麼妖魔鬼怪了嗎？

文創風 923 1

媽呀，她這是大白天的活見鬼了嗎？
好好地在自家書房抄縣誌，宣紙上卻突然浮現「你是何方妖孽」幾個字，
沒搞錯吧？她才想問問對方究竟是妖是鬼咧！
鼓起勇氣細問之下才知道，原來這人已經看她抄了半月有餘的縣誌，
倘若這話是真的，那這傢伙比她還慘啊，畢竟她每天從早抄到晚，字還醜！
問題來了，他們兩個普通「人」之間，為什麼會出現這種筆墨相通的狀況？
難道……是穿越大神特地贈送給她祝圓的金手指小禮物？
但所有的紙張、書本甚至連字畫上都能浮現字，她還怎麼讀書、練字啊？

文創風 924 2

祝圓此生的心願不大，只希望能當個米蟲，悠閒地過上滋潤的日子就好，
可她身為一名縣令的女兒，卻還要操心家裡銀錢不夠用是怎樣？
原來爹爹為官清廉，做不來搜刮民脂民膏的事，自然沒油水可撈，
雖然娘親跟她再三保證，他們不至於會挨餓受凍的，
因為京城主宅那邊會送些錢過來，再不濟她娘手上也還有嫁妝呢，
但她聽完只覺得震驚啊，她爹堂堂縣令竟還在啃老？甚至還可能要吃軟飯？
再者，她家手頭這麼緊了，卻還養著一批下人，光飯錢就是一大開銷，
這樣下去不成，既然無法節流，當務之急她得想辦法掙些錢貼補才行啊！

文創風 925 3

祝圓賺到了人生的第一桶金，成功讓爹娘對她的經商能力刮目相看，
與此同時，跟那個神祕筆友的交流也依然持續進行中，
雖然還是不知這人的來歷，但能肯定對方是個男的，並且家世相當不錯，
這還得從兩人聊到朝廷不給力、害得老百姓這麼窮苦一事說起，
正所謂「要致富，先修路」，但朝廷修的路，那能叫路嗎？
晴天是灰塵漫天，雨天又泥濘不堪，當然啥經濟也發展不起來啊！
於是她指點了水泥這條明路，結果他真弄出來築堤、造路，來頭還能小嗎？
話說，水泥是她提的主意，他應該不會這麼小氣，不讓她抽成吧？

文創風 926 4 完

來錢的事祝圓都不吝跟她親愛的筆友三皇子分享，畢竟她撐不起這麼大的攤子，
直接跟謝崢說多好，事成之後他還會分她錢呢，她這是無本生意，穩賺不賠啊！
既然兩人關係這麼好，那應該能託他調查一下家裡幫她相看的幾個對象吧？
模樣啥的都是其次，會不會喝花酒、有無侍妾、人品好不好才重要，
結果好了，他說這個愛喝花酒、那個有通房了，總之就沒一個配得上她的！
要不，請他幫忙介紹一個良配？他倒也爽快，一口就應了她，
可到了相親之日，說好的對象卻成了他自個兒！這是詐騙兼自肥吧？
再者，她想嫁的是家中人口簡單的，但他根本身處全天下最複雜的家庭啊！

文創風 938

牛轉窮苦 2

國家圖書館出版品預行編目資料

牛轉窮苦 / 一曲花絳著. --
初版. -- 臺北市 : 狗屋出版社有限公司, 2021.03
冊 ; 公分. --（文創風）
ISBN 978-986-509-195-8（第2冊 : 平裝）. --

857.7　　110001355

著作者	一曲花絳
編輯	黃淑珍
校對	周貝桂
發行所	狗屋出版社有限公司
地址	台北市104中山區龍江路71巷15號1樓
電話	02-2776-5889～0
發行字號	局版台業字845號
法律顧問	蕭雄淋律師
總經銷	知遠文化事業有限公司
電話	02-2664-8800
初版	2021年3月
國際書碼	ISBN-13　978-986-509-195-8

本著作物由北京晉江原創網絡科技有限公司授權出版

定價260元
狗屋劃撥帳號：19001626
網址：love.doghouse.com.tw　E-mail：love@doghouse.com.tw